REBECCA RUSS
DIE ERSTE FRAU

atb aufbau taschenbuch

REBECCA RUSS wurde 1991 in Salzburg geboren, wo sie noch heute mit ihrem Mann umgeben von Bergen und Seen lebt. Neben dem Schreiben von Büchern gehört auch deren Gestaltung zu ihren Leidenschaften, und sie arbeitet als selbstständige Cover-Designerin. Ihre Freizeit verbringt sie gerne in der Natur beim Wandern oder Segeln.

Die junge Hannah lernt in einer Galerie in München Thomas kennen. Die beiden verlieben sich Hals über Kopf ineinander, und Hannah zieht zu ihm und seinem kleinen Sohn an den Bodensee. Sie ist beeindruckt von der Lage direkt am See, doch je länger Hannah dort lebt, desto mehr beschleicht sie der Verdacht: Hier stimmt etwas nicht. Im Haus erinnert alles an Katharina, Thomas' Ex-Frau, die vor zwei Jahren spurlos verschwunden ist. Als eine Nachricht Hannah erreicht, in der jemand sie warnen will, beginnt sie nachzuforschen. Denn sie ist schwanger und muss sich fragen, ob sie bei Thomas wirklich in Sicherheit ist – oder ob Katharinas Verschwinden andere Gründe hat, als er Hannah glauben lässt.

REBECCA RUSS

DIE ERSTE FRAU

THRILLER

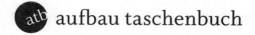 aufbau taschenbuch

MIX
Papier aus verantwortungsvollen Quellen
FSC® C083411

ISBN 978-3-7466-3781-5

Aufbau Taschenbuch ist eine Marke
der Aufbau Verlage GmbH & Co. KG

1. Auflage 2021
© Aufbau Verlage GmbH & Co. KG, Berlin 2021
Umschlaggestaltung www.buerosued.de, München
unter Verwendung eines Bildes von © plainpicture / Anja Bäcker
Satz Greiner & Reichel, Köln
Druck und Binden CPI books GmbH, Leck, Germany
Printed in Germany

www.aufbau-verlage.de

Für meinen Mann

1

Der Sensor oberhalb der Glastüren gibt ein leises Summen von sich und kündigt einen neuen Kunden an.

Ich weiß, dass er es ist, noch bevor ich den Blick hebe. Er kommt jeden Abend in die Galerie. Punkt zwanzig vor sechs. Außer ihm wandert nur noch ein junges, japanisches Paar zwischen den aushängenden Bildern umher und knipst eifrig Selfies. Trotz der offensichtlichen Fotografieren-Verboten-Schilder. Ich habe es aufgegeben, sie zu ermahnen, nachdem sie immer nur eifrig nicken und grinsen und das nächste Foto schießen, kaum, dass ich mich umgedreht habe. Außerdem ist Florian, der Eigentümer, heute früh zu einem unserer Künstler nach Frankfurt geflogen. Frei von seinem kontrollierenden Blick bin ich merklich entspannter. Sollen sie doch so viele Bilder machen, wie sie wollen. Für den aktuellen Künstler unserer Ausstellung und dessen pseudo-intellektuelle Fotografien aufreizend in Szene gesetzter Schaufensterpuppen habe ich ohnehin nichts übrig. Ganz im Gegensatz zu ihm anscheinend.

Er kommt schon seit Beginn der Ausstellung immer wieder hierher. Inzwischen müsste er jedes Foto auswendig kennen, dennoch verfolgt er noch immer denselben Ablauf. Er geht durch den Raum, sieht sich jedes der Werke einmal kurz an und bleibt dann immer vor demselben Foto stehen. Genau gegenüber von meinem Tresen.

Es ist meiner Meinung nach das schlechteste Werk der ganzen Sammlung. Die Fotografie reicht fast bis zur Decke und zeigt eine weibliche Schaufensterpuppe mit grotesk verdrehten Gliedern und zerrissenen Kleidern, die ohnehin kaum Stoff enthalten. Florian lobte es wegen seiner ungetrübten Darstellung des männlichen Blicks. Mir ist es zu plump, aber der Mann scheint Florians Begeisterung zu teilen. Zumindest studiert er es jedes Mal so eingehend, als wäre es ein Van Gogh.

Ich beobachte aus den Augenwinkeln, wie er seine übliche Runde dreht. Inzwischen ist er fast an meinem Tresen angelangt. Automatisch stehe ich ein wenig aufrechter. Mein Blick ist auf den Bildschirm geheftet, doch genauso gut hätte ich eine blanke Wand anstarren können, so wenig nehme ich die Anzeige wahr.

Sein Name ist Thomas Fontana, so viel weiß ich inzwischen von Florian. Er sagte, dass er Manager einer großen Immobilien-Firma sei, die fast sämtliche Großbauprojekte im Münchner Raum umsetze. Die beiden kennen sich oberflächlich von irgendeinem angesagten Club, den beide besuchen. Sie begrüßen sich recht überschwänglich, wenn sie einander sehen, aber an der Art, wie sie versuchen, sich größer als der andere zu machen, habe ich den Eindruck gewonnen, dass es da irgendeine versteckte Rivalität gibt. Es ist offensichtlich, dass sie einander nicht leiden können, was meine Neugierde jedoch nicht mindert.

Obwohl wir noch nie mehr als zwei Sätze gewechselt haben, habe ich angefangen, seine Besuche zu erwarten. Es ist mir zwar peinlich, aber ich genieße es ein wenig, ihn zu beobachten. Er ist ungewöhnlich gutaussehend. Es ist weniger sein Gesicht, das wegen seiner markanten Züge fast zu hart wirkt, sondern vielmehr seine Statur, seine Größe, die Art, wie er seine Schultern hält und sich so selbstsicher zwischen den ausgestellten Bildern bewegt, als gehörte jedes Einzelne davon ihm.

Thomas' Schritte hallen leise durch den weitläufigen Raum, als er sich langsam nähert. Gleich wird er seinen üblichen Platz beziehen und dort die nächsten fünfzehn Minuten verweilen, bis wir die Galerie für den Tag schließen und ich ihn werde auffordern müssen zu gehen.

Ich gebe mich konzentriert und starre weiter den Computerbildschirm an, während er an mir vorbeigeht.

Doch dann tut er etwas, was er davor noch nie getan hat. Er bleibt stehen. Vor mir.

»Ist Florian heute gar nicht da?«

Die Vibration seiner tiefen Stimme bringt mich aus dem Konzept. Ein Zucken fährt durch meinen Körper. Ich schubse die Computermaus neben meinem Handgelenk vom Tresen und fange sie gerade noch auf, ehe sie zu Boden fällt.

»Florian?«, wiederhole ich. »Nein, tut mir leid. Er ist geschäftlich unterwegs. Soll ich ihm etwas ausrichten?«

»Besser nicht.« Thomas lächelt, und sein Gesicht wirkt sofort weicher, zugänglicher und lässt mich ebenfalls lächeln. »Aber vielleicht können Sie mir ja weiterhelfen. Sehen Sie, ich würde gerne den Eingangsbereich in meinem Haus etwas verschönern, vielleicht mit einem Bild oder zwei. Und ich habe mich gefragt ...«

Thomas verstummt und sieht mich abwartend an. Erst da merke ich, dass ich angefangen habe, die Mundwinkel nach hinten zu verziehen. Hitze flutet meine Wangen. »Entschuldigen Sie. Hatten Sie dafür ein bestimmtes Werk ins Auge gefasst?«

»Sie scheinen nicht sehr überzeugt zu sein.«

»Nein, nein. Ich meine, es kommt sicher auf Ihr Haus an, den Baustil und den Rest der Einrichtung ...« Wobei ich mir schwer vorstellen kann, welche Art von Einrichtung das sein soll, neben der eine gefesselte oder entkleidete Schaufensterpuppe heimelig wirkt.

»Was würden Sie denn aufhängen?«

»Ich? Ich weiß nicht. Es ist schließlich Ihr Geschmack, und der künstlerische Wert eines Bildes hängt gänzlich ...«

»Ich würde aber gerne Ihre Meinung hören.« Thomas' Stimme ist fest, genau wie sein Blick, der mich keine Sekunde loslässt. Er macht mich nervös. Es ist ungewohnt, auf diese Weise angesehen zu werden, gerade an einem Ort wie diesem, wo ich normalerweise unsichtbar bin. Die Räume und ich, wir sind nur Beiwerk, damit die Kunst ihre Wirkung entfalten kann. Doch in Thomas' direktem Blick fühle ich mich selbst wie auf einem Podest, nackt, ausgesetzt. Der Tresen, der sonst wie ein Schutzpanzer zwischen mir und den Kunden steht, scheint sich in Nichts aufzulösen.

Nur mit Mühe finde ich meine Stimme wieder. »Um ehrlich zu sein, ich würde etwas wählen, bei dem sich die Menschen, die mich besuchen, willkommen fühlen. Also vielleicht etwas weniger ... Abschreckendes?«

Habe ich das gerade wirklich gesagt? Gut, dass Florian nicht da ist, denn spätestens jetzt wäre ich meinen Job los. Ich soll die Bilder schließlich verkaufen und nicht schlechtmachen. Meine persönliche Meinung zählt hier nicht.

Thomas quittiert meine Antwort mit einem Schmunzeln. »Womöglich mag ich ja gar keine anderen Menschen.«

»Das denke ich nicht.«

»Ach ja? Wieso nicht?« Um seine Augen haben sich feine Fältchen gebildet. Er wirkt erheitert.

»Nun, Sie sind hier. Sehr oft sogar, wenn ich anmerken darf. Und wer Kunst sucht, sucht auch immer die Verbindung zu anderen Menschen. Wir drücken uns aus durch Kunst. Egal, ob wir sie nur erwerben oder selbst herstellen.«

»Interessante Theorie.« Thomas klopft mit seinem Zeigefinger sachte gegen seine Unterlippe. »Sind Sie selbst Künstlerin?«

»Nein, nicht wirklich«, antworte ich hastig. Früher einmal war das tatsächlich ein Traum von mir gewesen, doch inzwischen habe ich ihn lange begraben.

»Schade. Ich bin mir sicher, Sie würden Großartiges erschaffen.«

Die offensichtliche Lüge lässt mich auflachen. Schnell versuche ich, wieder etwas Professionalität in unser Gespräch zu bringen. »Ich bin nur hier, um Sie zu beraten und zu informieren.« Ich schlucke trocken. »Also ... wie kann ich Ihnen am besten behilflich sein? Wir haben auch andere Künstler in unserem Portfolio, falls Sie interessiert sind, deren Werke ich gerne an Sie vermitteln werde. Soll ich Ihnen eine Auswahl zusammenstellen? Vielleicht können Sie mir ein paar Kriterien nennen. Gewünschte Farben, Größe, Materialien ...«

Ich habe bereits begonnen, mich mit der Maus durch unsere internen Programme zu klicken und erwarte seine Antwort, doch Thomas bleibt still. Er scheint mehr Freude daran zu haben, mich mit seinen Blicken zu taktieren.

»Sind Sie in allen Lebenslagen so schnell?«

Obwohl die Frage an sich ganz unschuldig formuliert ist, lässt etwas an seiner Betonung mich erröten. »Ich versuche lediglich, effizient zu sein.«

»Sie meinen, weil Sie bald schließen?«

In diesem Moment ertönt erneut das leise Summen der sich öffnenden und wieder schließenden Glastüren. Das japanische Pärchen hat die Galerie verlassen. Thomas und ich sind allein.

Unwillkürlich schlägt mein Herz schneller.

»Ganz recht ...« Ich schließe das Computerprogramm wieder und ziehe die Schultern zurück, um selbstbewusster zu wirken. Er soll nicht glauben, dass er mich einschüchtern kann. »Vielleicht wollen Sie auch einfach morgen noch mal vorbeikommen und mit Florian persönlich sprechen.«

»Morgen werde ich nicht da sein.«

»Oh.«

»Sie wirken enttäuscht.«

»Überrascht. Nach Ihren Besuchen könnte man die Uhr stellen.«

»Ich wusste gar nicht, dass ich so durchschaubar geworden bin«, bemerkt Thomas und klopft einmal mit den Fingerspitzen seiner rechten Hand auf den Tresen. »Dann wird es wohl Zeit, meine Taktik zu ändern. Verraten Sie mir noch Ihren Namen?«

»Hannah. Lehwald.«

»Hannah«, wiederholt Thomas. »Ein schöner Name. Passt zu Ihnen.«

Ich weiß nicht, was ich darauf erwidern soll, also sage ich nichts.

»Dann will ich Sie nicht länger aufhalten, Hannah. Es hat mich gefreut, mit Ihnen zu reden.«

»Danke. Ich wünsche noch einen schönen Abend und …« Bis morgen, hätte ich fast gesagt.

Thomas nickt mir zu. Ein feines Lächeln umspielt seine Lippen. »Auf Wiedersehen.«

Ich starre ihm nach. Ein Teil von mir hofft, er möge sich umdrehen, und ist enttäuscht, als er einfach durch die Glastüren im diesigen Dunst der Münchner Innenstadt verschwindet.

Aber was hatte ich denn auch erwartet? Dass er mich um ein Date bittet? Er hat lediglich etwas mit mir geflirtet. Aus Langeweile wahrscheinlich. Männer wie er geben sich vermutlich nicht mit Empfangsdamen zufrieden.

Ich lenke mich ab, indem ich auf die Uhr sehe. Zwei Minuten nach sechs. Zeit, den Laden zu schließen.

Ich durchlaufe die übliche Routine und gehe Florians penibel aufgeführte Sicherheitsvorkehrungen Schritt für Schritt durch. Die vertrauten Handgriffe geben mir etwas Halt, dennoch schweife ich in Gedanken immer wieder ab.

Als ich dann nach getaner Arbeit auf den Gehsteig trete, bin ich noch so in meinem eigenen Kopf gefangen, dass der Regen mich völlig unerwartet trifft. Das Wetter war bereits vorher nicht das beste gewesen, doch nun gießt es in Strömen, und in meiner dünnen Stoffjacke bin ich innerhalb von Sekunden durchnässt. Meine Schultern krampfen sich vor Kälte zusammen, und ich lege fest die Arme um mich, aber auch das bietet kaum Schutz gegen die einprasselnden Wassermassen, die selbst den Lärm der kreuzenden Straßenbahnen übertönen. Bis zur U-Bahn sind es mindestens zehn Minuten zu Fuß. Mental bereite ich mich bereits auf einen Sprint vor, als der Regenguss plötzlich aufhört.

»Kann ich Ihnen behilflich sein?« Thomas hält einen breiten Schirm über unsere beiden Köpfe. Keine Ahnung, woher er ihn hat, in der Galerie hatte er ihn auf jeden Fall noch nicht bei sich.

Regen tropft von meinen nassen Haaren in mein Gesicht. Ich muss die Lider zusammenkneifen, um zu ihm hochsehen zu können. »Haben Sie etwa hier draußen gewartet?«

Thomas' Augen blitzen schalkhaft. »Vielleicht bin ich auch bloß zufällig noch mal hier vorbeigekommen. Aber so kann ich Sie auf jeden Fall nicht stehen lassen. Wo parken Sie? Ich begleite Sie zu Ihrem Wagen.«

»Ich bin mit der U-Bahn unterwegs.«

»Die nächste Station ist viel zu weit weg. Sie können bei mir mitfahren.«

Thomas legt ganz selbstverständlich seine Hand auf

meinen Arm und will losgehen, doch ich bleibe stehen. »Das geht nicht«, beharre ich.

»Wieso nicht? So weit kann es doch unmöglich sein. Wohin müssen Sie denn?«

Ich zögere erst, doch dann antworte ich ganz automatisch. »Schwabing.«

»Das liegt auf meinem Weg. Na, kommen Sie. Ich tue Ihnen auch nichts.«

»Nein, wirklich ...« Trotz meiner Worte lasse ich zu, dass er mich mit sich zieht. Selbst durch den nassen Stoff meiner Jacke kann ich die Wärme seiner Hand auf mir fühlen. Mein Herzschlag dröhnt in meinen Ohren. Was mache ich da nur? Das ist absolut verantwortungslos und gefährlich. Doch da ist dieses sanfte Glühen in meinem Brustkorb, das einfach jeden rationalen Gedanken in mir lahmlegt.

Und dann sind wir auch schon bei seinem Wagen angelangt, einer schwarzen BMW Limousine in sportlichem Design. Noch könnte ich einfach weglaufen, aber ich tue es nicht. Ich bleibe stehen, während Thomas die Tür auf der Beifahrerseite für mich aufhält, und rutsche auf den weichen Ledersitz. Einige Sekunden bin ich allein im Wagen. Sekunden, die ich nutze, um einmal tief durchzuatmen und mich zu sortieren.

»Bereit?« Thomas nimmt auf der Fahrerseite Platz und betätigt einige Knöpfe, bis mir warme Luft aus mehreren Richtungen entgegenbläst. »Damit Ihnen gleich wärmer wird.«

Ich nicke und blicke zum Fenster hinaus. Ich habe Angst, dass man mir meine Nervosität ansieht. Dabei würde ich so gerne etwas sagen, irgendwas, um bloß nicht so schüchtern und verkrampft zu wirken. Aber ich weiß nicht was, und zu meiner Enttäuschung bleibt Thomas ebenfalls still, sodass die nächsten Minuten schweigend verstreichen. Minuten, die sich womöglich zu Stunden hinauszögern werden, wenn ich mir den Verkehr so ansehe.

Wegen des schlechten Wetters staut es sich auf allen Straßen. Wir kommen nur schrittweise voran. Mit der U-Bahn wäre ich wahrscheinlich schneller gewesen, wenn auch nicht halb so bequem. Thomas hat die Sitzheizung aktiviert, dennoch friere ich noch immer in meinen durchnässten Klamotten und presse die Zähne zusammen, um nicht zu schlottern.

Als wir länger vor einer Ampel stehen bleiben, zieht Thomas wortlos sein Jackett aus und legt es über meinen Schoß. Dabei streift sein Handrücken fast beiläufig meine Brüste. Dann noch einmal, als er seinen Arm wieder zurückzieht.

Die flüchtige Berührung hinterlässt ein brennendes Gefühl auf meiner Haut und in meinem Inneren.

Und plötzlich weiß ich ganz genau, dass er mich nicht nach Hause fahren wird.

»Hast du vor, da auch irgendwann wieder rauszukommen?«, fragt Thomas mit einem Schmunzeln und zieht das Seidenlaken von meinem Gesicht, unter dem ich mich versteckt habe, seitdem er im Bad verschwunden war und die Scham mich übermannt hat.

In der Hitze des Gefechts erschien alles so klar, so einfach. Mund auf Mund. Schenkel über Schenkel. Es gab kein Fragen oder Halten. Nur er und ich und die köstliche Hitze unserer Körper.

Doch nun ist der Rausch vorbei. Ich bin wieder ich. Hannah. Und ich habe keine Ahnung, was zur Hölle ich mit einem fremden Mann in einem Hotelzimmer treibe. Einem zugegeben sehr schicken Hotelzimmer mit freier Sicht auf die Dächer von München, weshalb es sich aber nicht weniger schmuddelig anfühlt.

Thomas schien das Zimmer bereits vor unserem Aufeinandertreffen gebucht zu haben. Sein Koffer steht neben dem Fenster, und auf dem Kaffeetisch liegen einige geschäftliche Unterlagen verstreut. Bislang kam ich noch nicht dazu, ihn zu fragen, weshalb er in einem Hotel wohnt, und ich bin mir auch nicht sicher, ob ich die Antwort hören will.

Thomas hat sich auf die Bettkante gesetzt, sein Haar ist noch feucht von der Dusche, und um seine Hüfte hat er nur ein dünnes Handtuch geschlungen. Darüber spannen sich wohlgeformte Muskeln.

Ich versuche, eine ernste Miene aufzusetzen. »Ich mache so etwas eigentlich nicht.«

»Vielleicht solltest du«, antwortet Thomas verschmitzt. »Du bist wirklich gut darin.«

Beleidigt stoße ich ihn mit den Zehen an. »Hör schon auf! Ich meine es ernst. Ich … Ich bin nicht so.«

»Du fühlst dich jetzt aber hoffentlich nicht schlecht.«

»Ein wenig«, gestehe ich und streiche mir eine verschwitzte Strähne aus dem Gesicht. »Ich kenne dich schließlich überhaupt nicht.«

»Verstehe.« Thomas' Hand tastet unter der Decke umher, bis er meine Taille findet, dann streicht er sanft mit seinen Knöcheln darüber. »Würde es dir denn leichter fallen, wenn ich dir etwas von mir erzähle?«

Ich unterdrücke einen Schauer. »Womöglich.«

»Also gut. Was möchtest du wissen?«

Alles am besten, aber das könnte falsch rüberkommen. Deshalb beginne ich mit: »Erzähl mir, wo du morgen bist.« Ich möchte wissen, was ihn davon abhält, Florians Galerie wie an jedem der vergangenen Abende zu besuchen.

»Ich wohne eigentlich nicht hier, deshalb auch das Hotelzimmer. Ich bin bloß unter der Woche beruflich in München. Freitagnachmittag fahre ich aber immer nach Hause an den Bodensee. Zu meinem kleinen Jungen.«

»Du hast einen Sohn?«, frage ich überrascht.

»Ja. Sein Name ist Ben.« Ein Lächeln erhellt Thomas' Gesicht. »Er ist erst fünf.«

Mein Brustkorb zieht sich zusammen. »Bist du verheiratet?«

»Nicht mehr. Meine Frau, sie ist ... fortgegangen.«

»Und der Junge lebt bei dir?«

»Ja.«

»Und wer kümmert sich um ihn, wenn du nicht da bist?«

»Er hat ein sehr aufopferungsvolles Kindermädchen. Natürlich wünschte ich, ich könnte öfter bei ihm sein, aber zurzeit bin ich beruflich einfach so eingespannt, und ich will ihn nicht aus seiner gewohnten Umgebung reißen, indem ich ihn mitschleppe. Er hat es so schon schwer genug.

Aber er ist ein lieber Junge und wahnsinnig schlau für sein Alter. Du würdest ihn mögen.«

»Bestimmt.« Ich ertappe mich dabei, wie ich Thomas anlächle. Etwas an seiner Erzählung lässt mich ihn in einem neuen Licht sehen. Als jemanden, der sich nicht einfach nur nimmt, was ihm gefällt, sondern der verantwortungsbewusst ist und liebevoll für seinen Sohn sorgt. Ich frage mich, wer diese frühere Frau war und wie sie ihre Familie so einfach verlassen konnte. Noch ist es zu früh, um nachzubohren, aber vielleicht erzählt mir Thomas irgendwann mehr von ihr.

Erst da wird mir bewusst, dass ich auf ein Wiedersehen hoffe. Auf eine Zukunft. Ich will nicht bloß eine Bettgeschichte sein.

Verflucht. In was habe ich mich da nur verstrickt?

Ich hebe meinen Kopf an Thomas' Brust und schmiege mich an seinen warmen Körper. »Erzähl mir mehr«, bitte ich. »Bodensee ... Dort ist es sicher wunderschön. Kannst du den See von deinem Haus aus sehen?«

»Ich habe sogar ein Grundstück direkt am Seeufer. Und einen Steg, der ins Wasser führt.« Thomas zieht mich noch enger an sich, seine Lippen berühren meinen Kopf beim Reden, sodass ich bei jeder Silbe seinen sanften Atem fühlen kann. »Es ist herrlich dort, auch wenn das Pendeln natürlich anstrengend ist. Im Sommer gehe ich oft frühmorgens schon schwimmen, wenn der Nebel noch über den Ufern hängt und die Wasseroberfläche so still ist, dass man glaubt, darauf laufen zu können. Ein fast magisches Gefühl. Und Ben liebt die Boote und Schiffe, die von sämtlichen Ufern über den ganzen Bodensee fahren. Besonders liebt er die großen Fährschiffe. Ich spaziere oft mit ihm zum Hafen, damit er beobachten kann, wie sie an- und ablegen. Und manchmal, wenn das Wetter schön ist ...«

Ich schließe die Augen, während ich Thomas' Stimme lausche, die so angenehm tief und ruhig ist und eine fast hypnotische Wirkung auf mich hat. In meinen Gedanken entstehen Bilder, Bilder von ihm und dem glitzernden See, und wie berauschend es sein muss, morgens aufzuwachen und auf etwas so Gewaltiges zu blicken.

Ich wünschte, ich könnte es ebenfalls sehen. Ich wünschte, ich könnte mit ihm dort sein und mir von ihm die Schiffe am Hafen zeigen lassen. Da entsteht vor meinem inneren Auge ein neues Bild. Von Thomas und mir. Und dem Jungen. In unserem Zuhause am Bodensee.

Eine mögliche Zukunft? Oder bloß Wunschdenken?

Ich fühle mich naiv, weil ein Fremder bereits solche Gedanken in mir auslösen kann. Jemand, mit dem ich noch nicht einmal genug Worte gewechselt habe, um einen ganzen Abend zu füllen. Aber etwas an unserem Kennenlernen fühlt sich dennoch anders, irgendwie besonders an.

Und ich bin noch nicht bereit, dieses Gefühl gehen zu lassen.

2

»Nicht mehr?«, fragt Thomas, nachdem er meinen Koffer und zwei große Ikea-Tüten voller Kleidung im Kofferraum seines BMWs verfrachtet hat.

»Das ist alles«, bestätige ich. Ich habe nie viel besessen, mein größter Luxus waren immer meine Malutensilien, und die hat der Umzugswagen bereits letzte Woche gemeinsam mit dem Großteil meiner Habseligkeiten mitgenommen. Ein Quadratmeter reicht aus, um den letzten Rest meines alten Lebens zu verstauen. Ein komisches Gefühl, das aber von der Euphorie des Augenblicks verdrängt wird.

Ich kann noch immer nicht glauben, dass das hier wirklich passiert. Dass ich tatsächlich dabei bin, alle Zelte abzureißen und mit Thomas ein neues Leben am Bodensee zu beginnen.

Seit unserer ersten gemeinsamen Nacht im Juli sind nur zwei Monate vergangen, was erschreckend kurz klingt und sich gleichzeitig wie eine halbe Ewigkeit anfühlt, wenn ich daran denke, was seitdem alles passiert ist. Meine Angst, ich könnte für Thomas nur eine Bettgeschichte sein, blieb unbegründet. Nachdem er wieder vom Bodensee zurückgekehrt war, sahen wir uns fast jeden Tag, unternahmen stundenlange Spaziergänge durch den Englischen Garten und speisten in den höchsten Gebäuden der Stadt. Thomas wird es nie müde, mir zuzuhören und mehr über mich zu erfahren. Kein Detail ist ihm zu unwichtig. Keine Anekdote zu banal. Bloß was ihn selbst betrifft, so ist er immer noch nicht sonderlich redselig, dabei bin ich ebenso neugierig, alles über ihn zu erfahren, über die heiteren genauso wie über die dunklen Phasen seines Lebens. Seine Vergangenheit scheint jedoch eher zu den dunklen Phasen zu gehören, über die er nicht gerne spricht, und ich merkte schnell, dass ich sehr behutsam vorgehen muss, wenn ich will, dass er sich mir öffnet. Mehr als zwei Jahre ist es nun her, dass seine Frau fortgegangen ist, doch der Verlust hat offensichtliche Spuren hinterlassen und scheint noch immer an ihm zu nagen. Vor allem in seinen stillen Momenten wird das deutlich. Wenn Thomas nachdenklich den Blick nach innen kehrt und plötzlich etwas Düsteres sein Gesicht verschleiert, das seine ganze Miene verändert und ihn von einem Moment auf den anderen zu einem Fremden macht.

In unserem neuen gemeinsamen Leben soll das anders werden. Ich habe mir fest vorgenommen, die Wunden zu heilen, die seine Exfrau verursacht hat, und ich werde alles dafür tun, dass Thomas Fontana wieder freien Herzens und glücklich ist. Mit mir.

Etwas in mir spürte bereits an unserem ersten Abend, dass er der Mann ist, mit dem ich mein Leben verbringen möchte. Kein anderer hat mich empfinden lassen, was ich bei ihm empfinde. Kein anderer hat solche Gefühle in mir geweckt. Und als er mich letzte Woche gefragt hat, ob ich am Wochenende nicht endlich mit ihm kommen würde, um bei ihm zu wohnen, dass er es leid sei, mich immer nur zwischen Tür und Angel zu sehen, da zögerte ich nicht länger, da war die Antwort so klar, dass kein rationaler Gedanke mehr eine Chance hatte.

Und heute ist es endlich so weit. Heute werde ich zu ihm ziehen.

Ich küsse Thomas im Vorbeigehen auf den Mund und genieße das Gefühl, dass mich in Zukunft noch viele weitere solcher Küsse in meinem Alltag begleiten werden. »Ich gehe noch mal rauf, um nachzusehen, ob ich nichts vergessen habe, und verabschiede mich von Andrea.«

»In Ordnung«, antwortet Thomas und greift nach seinem Handy, das gerade zu klingeln begonnen hat. »Ich warte solange im Wagen.«

Es gibt vieles, was mir an München fehlen wird, aber meine alte Wohnung gehört zum Glück nicht dazu. Sie liegt im sechsten Stock eines nachlässig sanierten Altbau-Komplexes, ohne Aufzug und ohne anständige Belüftung, weshalb es immer ein wenig muffig riecht, vor allem im Sommer, wenn sich die Hitze in den oberen Stockwerken staut. Deshalb haben Thomas und ich auch fast immer in seinem Hotelzimmer übernachtet, wenn er unter der Woche in München war. Er hat es hier gehasst, was ich ihm nicht wirklich verübeln kann.

Dennoch überkommt mich ein wenig Wehmut, als ich die abgewetzten Holzstufen zu meinem alten Zuhause erklimme. Waren es wirklich sechs ganze Jahre, die ich hier gewohnt habe? Eigentlich sollte es nur eine vorübergehende Lösung sein, bis ich mir etwas Eigenes leisten könnte, nicht bloß ein winziges WG-Zimmer mit einem Gemeinschaftsbad, in dem beim Duschen ständig das heiße Wasser ausgeht. Aber irgendwie ist der Moment nie gekommen, und jetzt bin ich ohnehin dabei, alles hinter mir zu lassen.

»Hey.« Ich folge dem Geruch von Zigarettenrauch bis in die Küche, wo meine ehemalige Mitbewohnerin am Fenster steht und abschätzig zu Thomas' Wagen hinunterblickt. »Ich hoffe, ich habe an alles gedacht. Und falls ich doch etwas vergessen habe, du hast ja meine Nummer ...« Ich versuche, meiner Stimme einen fröhlichen, leichten Klang zu geben. Obwohl sie es nie so offen ausgesprochen hat, weiß ich, dass Andrea es mir übel nimmt, dass ich so plötzlich ausziehe. »Ach ja, und bevor ich es vergesse ...« Ich hole meinen Schlüssel aus meiner hinteren Jeanstasche hervor, den mit dem rosafarbenen, abgegriffenen Bändchen im Schlüsselloch, und lege ihn gut sichtbar auf der Küchentheke ab.

Andrea zuckt bloß mit den Schultern und drückt ihre Zigarette am Fensterbrett aus. »Lass Mister Traumprinz nicht zu lange warten. Er sieht ungeduldig aus.«

»Er weiß, dass ich mich noch von dir verabschieden möchte«, antworte ich. »Jetzt komm schon her.«

Ich breite die Arme aus. Andrea mault erst widerwillig, drückt mich dann aber genauso fest zurück, als ich sie in eine Umarmung ziehe. Wir waren nie wirklich Freundinnen, dafür waren die Unterschiede einfach zu groß, aber auf ihre Art wird sie mir dennoch fehlen. Vor allem ihr schwarzer Humor und ihre wilden Männergeschichten, aus denen nie etwas anderes wurde als Feierabend-Anekdoten. Keiner macht um drei Uhr nachts so gute Rühreier und keine kann so derbe fluchen wie sie, sodass sich sogar die Bauarbeiter auf der Straße mit roten Köpfen nach ihr umdrehen.

»Es wird sicher einen Monat oder so dauern, bis ich eine neue Mitbewohnerin finde, deren Anwesenheit ich auch ertragen kann«, sagt Andrea, nachdem sie die Umarmung gelöst hat und theatralisch nach Luft schnappt. »Also nur für den Fall, dass du es dir anders überlegst oder der Scheißkerl dich sitzenlässt. Du kannst mich jederzeit anrufen und dein altes Zimmer zurückhaben.«

»Das wird wahrscheinlich nicht nötig sein, aber danke. Ich weiß es zu schätzen.«

Andrea verdreht die Augen. »Du bist echt hoffnungslos. Na, dann geh schon. Ich mag deine verliebte Visage gar nicht mehr sehen. Reitet gemeinsam in den Sonnenuntergang oder was auch immer.«

Wie auf ihr Stichwort erklingt von unten abgehacktes Gehupe, was Andrea dazu veranlasst, leise Beschimpfungen zu murmeln und erneut die Augen zu rollen.

Ich tippe ihr noch ein letztes Mal auf die Schulter. »Mach's gut. Danke noch mal, dass du mich aufgenommen hast.«

»Ja, ja. Du auch.« Andrea scheucht mich davon und wendet sich dann wieder dem Fenster zu. Zwischen ihren Fingern baumelt schon die nächste Zigarette.

Ich gehe noch ein letztes Mal durch alle Zimmer. Vorbei an dem kanariengelben Sofa, das Andrea noch von ihrer Tante hat und auf dem wir so viele Abende mit schlechten Sitcoms und Nachos mit Käse verbracht haben. Vorbei an meinem alten Bett und den dunkel umschatteten weißen Flächen, wo meine liebsten Kunstdrucke hingen.

Sechs Jahre, und doch werde ich nichts davon vermissen. Ich bin bereit.

Thomas hat mich bereits an ein paar Wochenenden mit zu seinem Haus am Bodensee genommen, dennoch ist es diesmal ein ganz anderes Gefühl, neben ihm im Wagen zu sitzen und den Beschilderungen in Richtung Süden zu folgen. Diesmal begleite ich ihn nicht bloß als Gast, der gleich wieder verschwinden wird, sondern als ein fester Bestandteil seines Lebens. Diesmal komme ich, um zu bleiben.

Die lange Fahrt über die Autobahn vergeht wie im Flug, und je näher wir unserem Ziel kommen, desto aufmerksamer richte ich meinen Blick nach draußen, um mir jedes Detail einzuprägen. Die Felder und Hügel, die an mir vorbeiziehen, sind nicht länger nur irgendwelche Landschaftsmerkmale, sondern ein Teil meiner neuen Umgebung, meines Zuhauses.

Thomas ist erst ungewöhnlich still, doch als der Bodensee langsam ins Blickfeld rückt, erzählt er schwärmerisch von den vielen Ausflügen, die wir unternehmen werden, von den wundervollen Sommerabenden, an denen der Bodensee wie ein Juwel in der Sonne glitzere und zum nächtlichen Schwimmen einlade. Von der herrlichen Natur. Den historischen Städten.

Ich kann seinen Worten kaum folgen. Ich bin selbst viel zu aufgeregt.

Kurz vor unserem Ziel neigt Thomas den Kopf zur Seite und deutet auf ein Objekt am Himmel, das am linken oberen Rand der Windschutzscheibe vorüberzieht. »Da! Sieh nur!«

Es ist ein Zeppelin. Kein seltener Anblick hier in der Gegend, nicht umsonst wird Friedrichshafen auch Zeppelinstadt genannt. Die Stadt ist bekannt für seine Zeppelinwerften, die zu Beginn des 19. Jahrhunderts hier aus dem Boden gesprossen sind. Dennoch bin ich beeindruckt davon, wie das riesige Luftschiff scheinbar schwerelos durch die Luft gleitet.

»Man kann damit auch Rundflüge buchen und von dort oben die gesamte Region um den Bodensee erkunden«, fährt Thomas begeistert fort. »Das sollten wir einmal machen, wenn das Wetter gut ist.«

Ich lächle, um den Moment nicht zu zerstören und das nervöse Kitzeln in meinem Magen zu vertreiben. Ich werde ihm ein andermal sagen, dass ich Angst vorm Fliegen habe.

Wir biegen von der Hauptstraße ab. Thomas drosselt den Wagen auf Schrittgeschwindigkeit, und dann sagt er endlich die magischen Worte: »Wir sind da.«

Das elektronische Tor öffnet sich geräuschlos, während er den BMW in die hell asphaltierte Einfahrt lenkt.

Wow, denke ich wieder. Egal, wie oft ich es sehe, die ersten paar Sekunden nach dem Aussteigen bin ich noch immer überwältigt und zugegeben ein wenig eingeschüchtert.

Es fühlt sich einfach so unwirklich an, dass das hier mein Zuhause sein soll. Ein Ort, der so anders ist als alle anderen Orte, an denen ich zuvor gewohnt habe. Dieser imposante, geometrisch geformte Glaskasten, der so unnahbar, fast schon abweisend auf mich wirkt.

»Wie fühlst du dich?«, fragt Thomas und legt seinen Arm um mich, während wir gemeinsam unser Zuhause betrachten.

»Aufgeregt«, gestehe ich und hoffe, dem Wort einen positiven Klang zu geben. Thomas soll nicht glauben, dass ich mich unwohl fühle. Ich brauche einfach etwas Zeit, um mich an all das zu gewöhnen. An die mit Beeten gesäumte Einfahrt, die Weitläufigkeit des Geländes und den langen Steg, der unterhalb der Böschung, direkt auf den Bodensee hinausführt. An den zur Schau gestellten Reichtum, der praktisch an den Wänden klebt.

»Das legt sich bald.« Thomas küsst mich noch einmal und geht dann zum Kofferraum, um den Rest meines mickrigen Gepäcks auszuladen. Schwungvoll trägt er Koffer und Taschen in Richtung Haustür.

»Hallo?«, ruft er wenige Meter vom Eingang entfernt. Er grinst über beide Ohren und scheint es kaum erwarten zu können, mich über die Schwelle zu führen. Mit der Schulter lehnt er sich gegen die Haustür und hält sie für mich auf.

Im lichtdurchfluteten Wohnzimmer sitzt ein kleiner Junge auf dem L-förmigen Sofa und sieht fern. Ben. Thomas' Sohn. Er lächelt, als er seinen Vater sieht, und erstarrt, als ich kurz nach ihm den Raum betrete. Sein Gesicht wendet sich wieder dem Fernseher zu. Thomas geht auf dem Weg zur Küche knapp an ihm vorbei und rauft ihm die Haare.

»Na, kleiner Mann?«

Ben antwortet nicht. Das tut er nie, wie ich bei unserem ersten Kennenlernen erfahren musste. Trotz seiner fünf Jahre spricht er kein Wort. Ein psychisches Trauma, sagen die Ärzte. Rein körperlich ist alles in Ordnung mit ihm. Früher soll er noch ganz normal gesprochen haben, doch vor zwei Jahren ist er dann schlagartig verstummt. Kurz nachdem seine Mutter ihn und seinen Vater ohne ein Wort des Abschieds verlassen hat.

Ich verstehe nicht, wie man sein Kind einfach so zurücklassen kann, und beim Anblick des verstörten kleinen Jungen zerreißt es mir jedes Mal fast das Herz. Am liebsten würde ich ihn fest in den Arm nehmen, aber ich weiß, dass er Berührungen von Fremden nicht mag, also begnüge ich mich mit einem sanften Lächeln und beruhige mich mit dem Wissen, dass ich nicht mehr lange eine Fremde für ihn sein werde.

»Hallo, Ben«, sage ich, während ich mich zu ihm hinunterbeuge. »Kennst du mich noch? Ich bin Hannah. Wir waren gemeinsam Eis essen am Hafen. Erinnerst du dich?«

Ben zieht die Schultern ein und starrt stoisch geradeaus. Die letzten Male, als Thomas seinen Sohn zu unseren Treffen mitgenommen hat, war es nicht anders. Im besten Fall hat er mich ignoriert. Im schlimmsten Fall hat er mich so feindselig angesehen, als wäre ich persönlich für die Abwesenheit seiner Mutter verantwortlich.

»Er beruhigt sich bald«, pflegt Thomas immer zu sagen, wenn Ben mir die kalte Schulter zeigt. »Er braucht einfach etwas Zeit, um sich an dich zu gewöhnen.«

Ich hoffe, er hat recht. Ich möchte, dass Ben mich mag. Dass wir eine richtige kleine Familie werden.

Wortlos lege ich den Stoffpinguin, den ich ihm als Geschenk mitgebracht habe, neben ihm auf die Couch. Pinguine sind seine Lieblingstiere, hat Thomas mit verraten. Doch Ben beachtet den Pinguin gar nicht.

Zu gerne wüsste ich, was sich hinter seinem nachdenklichen Blick verbirgt. In diesen hellen, fast glasklaren Augen, die er von seiner Mutter geerbt haben muss. Im Gegensatz zu seinem Vater, der italienische Wurzeln hat, ist Ben ganz hell, von seinen blonden Haaren bis zu seiner rosigen, porzellangleichen Haut.

So muss seine Mutter ausgesehen haben. Ich weiß noch immer nicht viel von ihr. Bloß ihren Namen. Katharina. Und dass sie gegangen ist. Sie muss schön gewesen sein. Auf eine ätherische Art und Weise, wie man sie nur aus alten Hollywood-Filmen und Hochglanzmagazinen kennt. Wenn ich Ben ansehe, kann ich sie fast vor mir sehen. Die schneeweiße Haut. Das durchscheinende Haar, das sich wie ein silberner Regen über ihre Schultern ergießt. Hellblaue Augen, so klar wie ein Spiegel.

»Hannah? Wo steckst du?«

Ich merke, dass ich Ben noch immer anstarre. Und dass er zurückstarrt.

»Hannah?«

Mit einem entschuldigenden Lächeln weiche ich von ihm zurück. »Ich komme!«

Ich folge Thomas' Rufen bis in die Küche, für mich einer der eindrucksvollsten Räume im Haus, mit den schwebenden Schränken und den anthrazitfarbenen Steinfliesen. Die Rückwand ist fast komplett aus Glas und bietet einen beeindruckenden Blick auf den Bodensee und die sich auftürmenden Berge dahinter. Thomas steht in der offenen Terrassentür, ein heftiger Wind weht ihm die dunklen Haare ums Gesicht und verleiht seinem breiten Grinsen etwas Verwegenes. Ich gehe auf seine ausgestreckte Hand zu und lasse mich von ihm in eine feste Umarmung ziehen, die mich fast vollständig verschlingt.

Ich liebe es, wie ich so einfach in seinen Armen verschwinden kann, versteckt vor der Welt und vor allen Sorgen. Wir wirken wie füreinander geschaffen, mein schmaler Körper, der mir sonst immer so knabenhaft vorkommt, schmiegt sich perfekt an seine breite Brust.

»Ich kann dir gar nicht sagen, wie glücklich ich bin, dich hier bei mir zu haben.« Seine Lippen finden meinen Nacken. Er küsst mich so voller Zärtlichkeit und Begierde, dass es mir kurz den Atem verschlägt.

Mein Blick geht hinaus aufs Wasser. Der Himmel ist bedeckt, der Bodensee fast schwarz im dämmrigen Abendlicht. Dennoch liegt in dem Anblick eine anmutige Schönheit, der ich mich kaum entziehen kann. Der Wind bauscht die Wellen auf, vereinzelte Segelboote kreuzen ihren Kurs, fast sieht es so aus, als würden sie auf ihnen tanzen.

Bevor ich das erste Mal hierherkam, konnte ich mir überhaupt nicht vorstellen, dass ein See so groß sein kann, eine Gewalt, die schon fast einem Ozean gleicht, mit seinen weit verteilten Ufern, die drei ganze Ländergrenzen umfassen. Um diese Tageszeit kann ich nicht einmal mehr die andere

Seite erkennen, nur noch den Schatten der Berge, die dort thronen.

»Es ist so wunderschön hier«, hauche ich ehrfurchtsvoll und schmiege mich noch enger an Thomas' Brust, der daraufhin erneut seine Lippen auf meinen Nacken legt.

»Du bist wunderschön.«

Thomas' Hand gleitet unter meinen Rocksaum und meinen Oberschenkel entlang. Und dann noch ein Stückchen höher, bis er fast am Rand meines Slips angelangt ist.

»Thomas!«

Hitze gleitet wie ein Pfeil durch meinen Körper. Ich presse die Beine zusammen, um seine Hand aufzuhalten.

Ein Fährschiff fährt knapp unter uns am Seeufer entlang. Die Touristen am Oberdeck halten ihre Kameras und Smartphones gezückt. Einige davon zeigen in unsere Richtung, auch wenn sie uns wahrscheinlich nicht halb so gut sehen können wie ich sie. Dennoch fühle ich mich unwohl dabei, halb entblößt auf Thomas' Terrasse zu stehen, weshalb ich hastig den Rock wieder über meine Schenkel streife.

Thomas gluckst vergnügt an meinem Ohr. »Habe ich dir eigentlich schon das Schlafzimmer gezeigt?«

Hat er natürlich, dennoch muss ich grinsen und bin kurz davor, um eine erneute Hausführung zu bitten, als sein Smartphone einen schrillen Laut von sich gibt.

Mit einem entschuldigenden Lächeln löst Thomas seine Arme von mir und zieht das Handy aus seiner Jackettasche. »Arbeit«, haucht er und geht die Stufen in den Garten hinunter, um ungestört telefonieren zu können.

Eine Zeitlang beobachtete ich ihn dabei, wie er mit dem Handy am Ohr auf und ab geht. Noch immer kann ich mich kaum an ihm sattsehen. Doch der eigentliche Grund ist, dass ich ohne ihn nicht so richtig weiß, was ich mit mir in dem großen Haus anfangen soll. Alles ist noch so fremd und neu.

Ich versuche, mich zu entspannen, aber ich weiß noch nicht einmal, wo er seine Vorräte aufbewahrt, wie ich feststellen muss, als ich die Küchenregale erfolglos nach Teebeuteln absuche. Ich öffne Schranktür für Schranktür, finde jedoch nur Kaffeepulver und eine fast leere Dose mit Ovomaltine, die wahrscheinlich für Ben gedacht ist. Vielleicht trinkt Thomas auch gar keinen Tee. Wer tätigt überhaupt seine Einkäufe? Er selber? Eine Haushälterin? Das Kindermädchen?

Er bekommt bestimmt Hilfe, doch in Zukunft will ich einiges davon selbst in die Hand nehmen. Ich will dem Haus meinen Stempel aufdrücken. Mich hier behaupten. Vielleicht verschwindet dann endlich dieses erdrückende Gefühl, Gast in einem fremden Zuhause zu sein.

Nachdem ich meine Teesuche aufgegeben habe, beschließe ich, mich etwas umzusehen. Wahllos streife ich von Zimmer zu Zimmer. Immer wieder bleibe ich stehen, berühre eine Lampe, rücke einen Kerzenständer zurecht.

Die Einrichtung ist sehr modern und geschmackvoll, aber auch irgendwie kalt. Ich entdecke kaum etwas Persönliches. Da ein kleiner Junge im Haus wohnt, hätte ich zumindest erwartet, dass ein paar Spielsachen herumliegen oder selbstgemalte Kreidebilder die weißen Wände zieren.

Doch nichts davon. Aus dem Wohnzimmer tönt immer noch der Fernseher.

Ob es wohl genauso aussah, als Katharina noch hier gewohnt hat? Hat sie womöglich die Einrichtung ausgesucht?

Ich gehe die Treppe mit den freistehenden Stufen hinauf und betrete das Obergeschoss, dessen Boden gänzlich von einem cremefarbenen Teppich belegt ist. Das Material ist samtig weich und schmiegt sich sanft an meine Fußsohlen.

Wer hätte gedacht, dass ich einmal so wohnen würde? Im Vergleich kommt mir mein winziges WG-Zimmer fast schäbig vor. Kein Wunder, dass Thomas nie in unserer Wohnung übernachten wollte, wenn er einen solchen Lebensstil gewohnt ist.

Von unten zieht ein kühler Luftzug durch den Flur, und auf meinen nackten Armen bildet sich eine Gänsehaut. Vielleicht liegt es an den vielen Glasfronten, aber es ist insgesamt eher kalt im Haus. Ich werde Thomas nachher darum bitten, die Heizung um ein paar Grad aufzudrehen.

Gerade will ich sein Schlafzimmer betreten – *unser* Schlafzimmer –, als die Tür aufgeht. Ein Paar dunkle, weit aufgerissene Augen starren mir entgegen.

Ich stoße erschrocken die Luft aus. Dann fasse ich mich. »Oh, Sie müssen das Kindermädchen sein. Tut mir leid. Rahel, richtig? Ich bin Hannah.«

Thomas hat mir gesagt, dass das Kindermädchen in einer vom Haus abgetrennten Souterrain-Wohnung wohnt, dennoch hatte ich sie kurz vergessen. Weil Thomas so viel beruflich unterwegs ist, braucht er natürlich jemanden, der sich unter der Woche um seinen Sohn kümmert.

Merkwürdigerweise wirkt Rahel genauso überrascht mich zu sehen wie umgekehrt. Hat Thomas ihr nicht gesagt, dass ich komme?

Ich strecke ihr meine Hand entgegen und lächle freundlich, um die merkwürdige Spannung zwischen uns zu lösen. Rahel zögert, ehe sie annimmt. Der Druck ihrer zierlichen Hände ist kaum spürbar.

»Hallo«, entgegnet sie dünn. Ihr Blick geht knapp an mir vorbei. In einer Hand hält sie einen Sack mit Wäsche fest umklammert. Sie trägt ein dunkelgraues Kostüm, das fast etwas zu schick für die Arbeit als Kindermädchen wirkt. Die Haare hat sie streng zurückgebunden, wodurch ihr kleines Gesicht spitz hervorsticht. Sie ist jung. Gertenschlank. Doch obwohl ihre Züge ebenmäßig sind, würde ich sie nicht unbedingt hübsch nennen.

»Ich wohne ab jetzt hier mit Thomas und dem kleinen Ben. Ich wollte eben anfangen, ein paar meiner Sachen auszupacken.«

»Herr Fontana hat Ihre Sachen im Gästezimmer unterbringen lassen«, sagt Rahel, die noch immer im Durchgang zum Schlafzimmer steht, und deutet mit ihrem Kopf auf eine Tür am anderen Ende des Flurs.

»Oh.« Ich bin kurz irritiert, aber natürlich ergibt es Sinn. Wahrscheinlich will Thomas nicht, dass mein ganzes Gepäck im Schlafzimmer steht. »Danke.« Ich bin dabei, mich wegzudrehen, doch dann halte ich noch einmal kurz inne.

»Vielleicht trinken wir nachher einen Kaffee zusammen, lernen uns besser kennen?«

Es wäre schön, jemanden zum Plaudern zu haben, der etwa in meinem Alter ist. In der Gegend kenne ich noch niemanden, und in Thomas' Bekanntenkreis sind alle so viel älter als ich. Doch Rahels Gesichtsausdruck lässt mich die Einladung sogleich bereuen. Sie nickt, doch es wirkt automatisch, und keine Regung bewegt ihre Lippen.

Ihr blasses, ausdrucksloses Gesicht schwebt mir noch immer durch den Kopf, als ich die Tür zum Gästezimmer hinter mir zugezogen habe. Ich werde das Gefühl nicht los, dass ich sie irgendwie verprellt habe. Habe ich etwas Falsches gesagt? Hätte ich nicht so rumschleichen sollen? Aber das ist Unsinn. Dies ist jetzt genauso mein Zuhause. Und Rahel wird sich einfach an meine Anwesenheit gewöhnen müssen. Wie ich mich an ihre.

An einer Wand stehen meine Umzugskartons aufgereiht. Gerade mal zehn Stück beherbergen mein bisheriges Leben. Jetzt kommt es mir lächerlich vor, dass ich sie überhaupt mitgenommen habe. In Wahrheit ist das meiste bloß Müll. Eine Mischung aus abgetragener Kleidung und billigen Deko-Artikeln, die in Thomas' Designer-Haus wie Flohmartkware wirken würden. Dennoch öffne ich ein paar der oberen Kartons und wühle mich durch alte Decken und ungelesene Uni-Bücher aus meiner kurzen, erfolglosen Studienzeit.

Ich bin mit den Gedanken nicht richtig bei der Sache, doch als ich den Karton mit meinen Malsachen aufreiße, halte ich inne. Mit Wehmut berühre ich dicke Pinsel mit eingetrockneter Farbe und durchgequetschte Tuben. Die Mischpalette, die schon meine Mutter benutzt hat und die so voller Farbkleckse ist, dass das Holz gar nicht mehr durchscheint. Es ist Jahre her, dass ich zuletzt einen Pinsel in die Hand genommen habe, dennoch habe ich es nicht über mich gebracht, die Sachen wegzuwerfen. Ein Teil von mir sehnt sich noch immer nach diesem berauschenden Gefühl einer Pinselspitze auf einer weißen Leinwand, wenn noch alles möglich scheint. Nach dieser Explosion von Farben und Gedankenblitzen, wenn man sein Innerstes nach außen kehrt und die eigenen Gefühle mit der Leinwand verschmelzen.

Ich hatte so viele Gedanken, Bilder und Träume in mir, die ich auf einen Rahmen bannen wollte, doch leider waren sie am Ende auf der Leinwand nie so prächtig wie in meinem Kopf, die Verbindung war zu schwach, die Pinselstriche waren zu dünn.

Ich übte stundenlang im heißen Zimmer unserer Dachgeschosswohnung, malte, bis meine Finger sich vor Anstrengung krümmten und mein Kopf vor Durst und Erschöpfung hämmerte. Das Ergebnis war gut, aber nie gut genug. Nicht genug, um die akademische Anerkennung zu bekommen, die man braucht, um als Künstlerin langfristig überleben zu wollen. Meinen Bildern fehlte das gewisse Etwas, das Menschen in ihren Bann zog. Dieses Etwas, das sich selbst durch jahrelange harte Arbeit nicht erzwingen ließ. Meine Mutter hat es, sie hatte es selbst damals schon, als sie noch Portraits am Straßenrand für Touristen malte, um uns beide zu ernähren. Lange bevor sie in Galerien ausstellte und ihr erstes Gemälde für dreitausend Euro an einen reichen Amerikaner verkaufte.

Als ich nach Ende meines zweiten Studiensemesters an der Kunstakademie wieder eine Absage für ein Stipendiumsansuchen erhielt, packte ich meine Bücher und Malsachen zusammen und kehrte dem Universitätsgelände den Rücken. Ich griff danach kaum noch zum Pinsel und arbeitete seitdem als Empfangsdame in Florians Galerie.

Das ist jetzt mehr als drei Jahre her, doch beim Anblick meiner alten Skizzenbücher klafft die alte Wunde wieder auf, als wäre es erst gestern gewesen. Schon als kleines Mädchen wollte ich nichts anderes als Künstlerin werden. Ich habe Bilder von Van Gogh nachgemalt, noch bevor ich rechnen konnte, und liebte nichts mehr, als mit den Farbtuben zu spielen, die bei uns in der Wohnung überall verstreut lagen. Ich weiß, ich habe die Künstlerseele meiner Mutter geerbt, jedoch nicht die Hälfte ihres Talents. Ich werde niemals etwas Bedeutsames hervorbringen.

Ich verschließe den Karton wieder und stelle ihn ganz nach hinten, wo ich ihn hoffentlich bald wieder vergessen werde. Dann streiche ich mein Kleid glatt und gehe zurück nach unten. Zu meinem Mann. Meinem neuen Leben.

Die Seidenlaken fühlen sich wie ein Fremdkörper auf meiner Haut an. Immer wieder schrecke ich hoch, kurz bevor der Schlaf mich übermannt. Inzwischen ist es schon halb drei Uhr nachts, und ich habe noch keine zehn Minuten geschlafen. In den ersten Nächten in einer neuen Umgebung ergeht es mir immer so. Ich brauche etwas Zeit, um mich einzugewöhnen, bevor ich entspannt genug bin, um schlafen zu können. Noch ist alles so fremd. Das breite Bett, das sich selbst für zwei viel zu groß anfühlt. Die hochwertige Bettwäsche und die Wärme einer anderen Person neben mir.

Thomas liegt ganz still, sein Atem geht flach und ruhig. Sein Schlaf ist tief, was mir normalerweise ein seltsames Gefühl des Friedens verschafft. Doch heute scheine ich keinen zu finden. Durch das Fenster fällt etwas Licht herein, und ich genieße es, Thomas ungestört betrachten zu können, während seine Gesichtszüge entspannt sind. Fasziniert lasse ich einen Blick über die markante Linie seines Kiefers gleiten, die Kuhle unterhalb seiner Wangenknochen, seinen vollen Mund ... Ich könnte mich verlieren in seinem Anblick. Es gibt einfach so vieles zu entdecken, so vieles, das ich noch nicht weiß. Wie die Gravierung auf seiner Armbanduhr, die so zerkratzt ist, dass ich sie nicht entziffern kann. Oder die Narbe auf seinem Unterarm, die aussieht wie ein zerrissener Stern.

Was sieht er in mir?

Bei dem Gedanken zieht sich mein Brustkorb zusammen. Seit unserer ersten Nacht hat mich Thomas geradezu mit Aufmerksamkeit und Zuwendung überschüttet. Ich habe keinen Grund, an seinen Gefühlen zu zweifeln, aber da ist dieser Funken Unruhe, den ich einfach nicht abschütteln kann, genährt von den Blicken meiner Freunde, dem abschätzigen Ton, mit dem Andrea seinen Namen in den Mund nimmt.

Ich weiß selbst, dass es sehr schnell zwischen uns ging. Vielleicht zu schnell, um schon zusammenzuziehen, aber jeder Moment, den ich mit Thomas verbringe, fühlt sich einfach so unendlich kostbar an. Zu kostbar, um sein Angebot auszuschlagen. In dem Moment, als er mich gefragt hat, mit ihm zu kommen, gab es für mich keine andere Möglichkeit. Ich wusste, dass das meine Zukunft ist.

Und selbst wenn wir noch nicht alles voneinander wissen, macht es die Gefühle, die wir füreinander hegen, doch nicht weniger wertvoll oder weniger echt. Wir haben noch genug Zeit, einander zu erkunden, jetzt mehr als zuvor, und ich freue mich auf diese Zeit und jedes neue Detail, das ich über Thomas in Erfahrung bringen werde.

Das hier ist jetzt mein Zuhause. Unser Zuhause, und ich will alles in meiner Macht Stehende tun, um die kalten Räume mit ihren Glasfronten mit Wärme zu erfüllen.

3

Der nächste Tag ist ein Montag, doch Thomas hat sich frei genommen, damit wir uns gemeinsam in unserem neuen Leben einrichten können, bevor er am folgenden Tag wieder in sein Immobilien-Büro nach München fahren muss. Wir bleiben bis zum späten Vormittag im Bett, und ich genieße die gemächlichen Küsse, die er auf meinem nackten Körper verteilt.

Als wir um zehn die Treppe hinunterkommen, fühle ich mich beschwingt und habe ein entspanntes Lächeln auf den Lippen. Ich hatte eigentlich erwartet, dass wir allein sein würden, und als ich Rahel und Ben in der Küche antreffe, ziehe ich den Gürtel meines hauchdünnen Morgenmantels enger um mich. Im Gegensatz zu mir zeigt sich Thomas jedoch nicht im Geringsten überrascht.

»Guten Morgen!«, sagt er fröhlich und küsst seinen Sohn auf die Stirn, ehe er die Espresso-Maschine einschaltet und zwei Tassen für uns darunter stellt.

»Guten Morgen«, antwortet Rahel, ohne aufzublicken, und fährt damit fort, Gemüse klein zu schneiden, das sie in einen Topf auf dem Herd wirft. Sie trägt dasselbe graue Kostüm wie gestern und einen Hauch von Rouge auf ihren Wangen, das zu kräftig für ihren blassen Teint wirkt.

Ben spielt auf einem Tablet ein Computerspiel mit schießenden Raumschiffen, ohne Thomas und mir einen Blick zuzuwerfen.

»Hallo, Ben«, sage ich und setzte mich auf den Stuhl gegenüber. »Musst du denn gar nicht in den Kindergarten?«

Ich denke mir nichts bei meiner Frage. Erst als Ben erstarrt und Thomas sich hörbar räuspert, wird mir bewusst, dass ich einen Fehler gemacht haben muss.

Thomas fasst den Jungen an der Schulter. »Hey, ihr zwei, das Wetter ist so schön, wieso macht ihr keinen Spaziergang zum Hafen und seht euch die Boote an?«

Mit einem wütenden Blick lässt Ben den Bildschirm des Tablets dunkel werden.

»Ich gebe Rahel Geld mit, damit ihr auf dem Rückweg was Leckeres vom Bäcker mitnehmen könnt, wie klingt das?«

»Ich wollte mit Ben gerade seine Leseübungen machen«, sagt Rahel und trocknet sich die Hände an einem Geschirrtuch ab.

»Oh, aber das könnt ihr doch auch später machen. So schöne Tage wird es dieses Jahr nicht mehr oft geben.«

»Natürlich«, lenkt Rahel ein, doch glücklich wirkt sie nicht. Ihr Blick streift mich wie ein kühler Windhauch, der mich frösteln lässt. »Dann komm mit, Ben. Draußen ist es windig. Wir müssen dich warm anziehen.«

Thomas gesellt sich mit unseren Kaffeetassen zu mir an den Tisch. Schwarz für ihn. Milch und Zucker für mich.

»Ben geht nicht in den Kindergarten, ich dachte, das hätte ich dir gesagt«, flüstert er mir zu, als Rahel den Jungen gerade zur Küchentür hinausschiebt.

»Nein, das wusste ich nicht. Wieso denn nicht?«

»Du siehst doch, wie er ist. Ich kann ihn unmöglich in eine Einrichtung stecken, wo er gar nicht die Art Zuwendung bekommt, die er braucht.«

»Aber würde ihm der Kontakt mit anderen nicht gut tun?«

»Wir haben es ja versucht, aber die anderen Kinder meiden ihn bloß, und die Kindergärtnerinnen überfordert er mit seinem Verhalten.«

»Gibt es denn keine speziellen Einrichtungen für Kinder wie ihn?«

»Für schwer Behinderte und geistig Gestörte? Das wird ihm sicher helfen, sich besser zu fühlen.«

Bei der Härte seiner Worte steigt mir die Röte ins Gesicht. »So meinte ich das doch nicht.«

»Ich weiß, ich weiß. Du willst nur helfen, und das finde ich ganz wunderbar.« Thomas nimmt meine Hand in seine und haucht einen Kuss auf meinen Handrücken. »Aber vertrau mir, bei Rahel ist er weit besser aufgehoben. Sie liebt den Jungen abgöttisch. Von ihr lernt er besser als in irgendeinem Kindergarten.«

Ich finde dennoch, dass ein kleiner Junge mit Gleichaltrigen spielen sollte, doch ich sage nichts mehr dazu und rühre in meiner Kaffeetasse, obwohl der Zucker sich längst aufgelöst hat.

»Hast du nicht auch das Gefühl, dass Rahel mich nicht wirklich mag?«

Thomas lacht auf. »Darüber machst du dir Gedanken? Ach, Liebes. Rahel kann schon etwas abweisend wirken, wenn man sie nicht besser kennt, aber sie meint es nicht so. Sie hatte es bloß selbst nicht leicht und tut sich schwer mit Fremden. Ihr werdet euch bald aneinander gewöhnen. Und sie ist gut darin, sich unsichtbar zu machen. Ich bemerke selber kaum noch, dass sie da ist.«

»Was meinst du damit, dass sie es nicht leicht hatte?« Rahel hat eine so unnahbare Ausstrahlung, dass es mir schwerfällt, sie mir als einen Menschen mit eigenen Sorgen und Problemen vorzustellen.

»Oh, das ...« Sichtlich unwohl blickt Thomas über seine Schulter zur Küchentür. »Du solltest sie besser nicht darauf ansprechen, aber sie wurde wohl von ihrer Familie schwer misshandelt. Sie hat nie eine Schule besucht und war stark unterernährt. Als sie sechzehn war, hat man sie endlich von dort weggeholt. Sie war völlig verstört und für eine normale Arbeitsstelle ungeeignet. Katharina hat sich schließlich ihrer angenommen. Ich war skeptisch zuerst, aber inzwischen hat Rahel es uns mehr als gedankt und ist unverzichtbar für uns geworden.«

Ich weiß erst nicht, was ich darauf antworten soll. Ein ganz neues Bild von Rahel fügt sich in meinen Gedanken zusammen und ich fühle mich schuldig, dass ich ihr gegenüber nicht offener war.

»Wie lange ist sie denn schon im Haus?«, frage ich dann.

»Ewig. Ben war noch ein Baby, als sie zu uns kam. Gott, ich wüsste nicht, was ich ohne sie tun sollte.«

»Ich bin doch jetzt hier«, sage ich und lächle breit, um meine Unsicherheit zu überspielen. Ich möchte auch so gerne helfen, vor allem den kleinen Ben, und es schmerzt mich, dass ich nicht weiß wie.

»Natürlich. Es ist nur, Ben ist nicht einfach. Du weißt ja, er redet nicht, und ich habe keine Ahnung, wann und ob wir ihn jemals in eine richtige Schule werden schicken können.«

»Es tut mir leid. Ihr beide hattet es sehr schwer. Aber ich bin mir sicher, dass Ben sich erholen wird, wenn nur genug Zeit vergeht.«

Thomas' Schultern ziehen sich kaum merklich zusammen. »Ich weiß es ehrlich nicht. Es ist jetzt über zwei Jahre her. Am Anfang habe ich das auch immer gesagt. Dass es nur genug Zeit braucht. Aber was, wenn Zeit allein nicht genug ist? Wenn etwas in ihm für immer kaputtgegangen ist?«

»Du liebst ihn«, sage ich. »Das ist das Wichtigste.«

Thomas' Blick geht an mir vorbei, durchs Fenster und auf den stillen See hinaus, und ein Schatten legt sich über seine Züge. »Katharina hat ihn auch geliebt.«

Ein Stich fährt durch meine Brust.

Wenn sie ihn so sehr geliebt hat, frage ich mich, wieso hat sie ihn dann verlassen?

Eigentlich hatten wir vorgehabt, nach dem Frühstück einen Spaziergang durch die Nachbarschaft zu machen. Das Haus liegt am Ortsrand von Friedrichshafen, und weil die Stadt nicht sehr groß ist, kann man von hier aus zu Fuß bis in die historische, am Wasser gelegene Innenstadt gehen. Wir haben jedoch noch nicht einmal unseren Kaffee ganz ausgetrunken, als Thomas' Smartphone läutet. Für mehrere Minuten verschwindet er auf die Terrasse, und als er zurückkommt, verzieht er die Miene.

»Tut mir sehr leid, Liebling, aber wie es aussieht, kann ich mir heute doch nicht frei nehmen. Bei einem unserer Projekte gibt es Ärger mit der Baubehörde, und der Kunde dreht deshalb völlig durch. Macht es dir was aus, wenn wir unseren Ausflug verschieben?«

»Oh … Kein Problem, fahr nur. Ich komme schon zurecht.« Ich kaschiere meine Enttäuschung mit einem Lächeln. Ich habe keine Ahnung, wie ich den Tag allein im Haus mit der abweisenden Rahel und dem stummen Ben überstehen soll, aber ich will nicht diese Art von Frau sein. Dass Thomas ein vielbeschäftigter Mann mit einem sehr fordernden Job ist, habe ich von Anfang an gewusst.

»Bist du sicher? Ich hasse es, dich an unserem ersten gemeinsamen Tag allein zu lassen.« Thomas zieht mich an den Schlaufen meines Morgenmantels dicht an sich heran, bis unsere Nasenspitzen sich fast berühren und ich das sanfte Heben und Senken seines Brustkorbs an meinen Brüsten fühlen kann.

»Du kommst ja hoffentlich bald wieder.«

»Natürlich.« Seine Lippen streifen meine Wange, dann drückt er mich kurz an sich, ehe er seine Augen wieder auf sein Smartphone heftet. »Ich bin zum Abendessen zurück, dann mache ich es wieder gut, versprochen.«

Innerhalb weniger Minuten ist Thomas geduscht und

angezogen und steht mit seiner Laptoptasche und einem gehetzten Ausdruck vor der Tür.

»Bis bald, Liebling.« Flüchtig küsst er mich zum Abschied.

Ich bleibe in der Haustür stehen und winke ihm nach, während er die Einfahrt mit durchdrehenden Rädern hinaufrast und mich mit einem wehmütigen Gefühl von Sehnsucht zurücklässt.

Ich gehe wieder hinein. Rahel und Ben sind noch nicht von ihrem Spaziergang zum Hafen zurück, und das Haus wirkt unnatürlich still. Der Klang meiner Schritte hallt laut in den hohen Räumen wider.

Eine Weile vertreibe ich mir die Zeit damit, die Spülmaschine einzuräumen und über den ohnehin sauberen Küchentisch zu wischen. Ein Blick auf meine Armbanduhr verrät, dass es noch nicht einmal Mittag ist. Der Tag erstreckt sich unendlich lang vor mir, und ich habe keine Ahnung, was ich mit den vielen leeren Stunden anfangen soll. In München hat mich der Job in der Galerie vierzig Stunden die Woche auf Trab gehalten. Hier am Bodensee habe ich mir noch keine neue Arbeit gesucht, und eigentlich dachte ich auch, dass ich ohnehin genug zu tun hätte, mit dem großen Haus und einem kleinen Jungen ohne Mutter. Aber das Haus ist blitzsauber, das Mittagessen steht bereits auf dem Herd, und Ben scheint mich gar nicht wahrzunehmen, geschweige denn zu brauchen.

Rahel macht ihre Arbeit besser, als ich es wahrscheinlich jemals könnte. Kurz bin ich neidisch auf diese unscheinbare, blasse Frau, die so unersetzbar für Thomas' Familie ist. Wie soll ich mir denn meinen Platz suchen, wenn der bereits von einer anderen besetzt wird?

Ich gehe zurück nach oben, der einzige Ort im Haus, der sich mehr nach meiner Domäne anfühlt als nach ihrer. Die meisten meiner Sachen stehen immer noch in Kartons und Koffern verpackt im Gästezimmer, weshalb ich die Zeit nutzen will, um zumindest meine Kleidung auszupacken, wenn ich schon den Rest nicht anrühren will. Angrenzend zum Schlafzimmer liegt ein eigener Ankleideraum mit eingebauten Schränken und einem Schminktisch aus geöltem Nussholz mit beleuchtetem Spiegel.

Ich habe keine Ahnung, welcher Schrank wem gehört, aber Thomas meinte, er hätte Platz für mich schaffen lassen, also öffne ich einfach die Tür, die mir am nächsten ist. Vor mir hängen Anzüge und Krawatten. Der Schrank daneben enthüllt Herrenlederschuhe und glänzende Ledergürtel. Dann Thomas' Hosen, die meisten davon aus grauer Schurwolle, Pullover und Hemden in allen Farben.

Ich lächele darüber, wie ordentlich sortiert seine Kleidung ist, sogar nach Jahreszeiten.

Ich öffne die nächste Schranktür und finde Abendkleider. Verblüfft halte ich inne. Abendkleider? Silberne Pailletten und dunkle Seide blitzen mir entgegen. Bügel an Bügel hängen die Kleider fein säuberlich an einer Stange nebeneinander aufgereiht.

Vorsichtig befühle ich den Stoff, als könnte es ein Irrtum sein. Das sind nicht meine Sachen, sondern die einer anderen Frau. Einer ganz bestimmten Frau.

Katharina.

Die Materialien sind edel, der Geschmack erlesen und natürlich nur Designerware. Jedes Stück muss ein kleines Vermögen gekostet haben. Bewahrt Thomas die Kleider deshalb noch auf? Weil sie so kostbar sind?

Ich schließe den Schrank wieder, will den Inhalt am liebsten vergessen. Doch da ist noch mehr. Thomas hat nicht nur ihre Abendgarderobe aufgehoben. Im Schrank links davon finde ich Damenblazer und helle Seidenblusen. Daneben eine ganze Sammlung an Kaschmirschals. Zwei Schränke voller Schuhe.

Weil ich es immer noch nicht glauben kann, öffne ich auch noch den nächsten Schrank. Ihre gesamte Garderobe ist hier. Alles von der Nachtwäsche bis zum pelzbesetzten Wintermantel. Mehr als die Hälfte der Schränke ist mit Katharinas Sachen belegt. Im hintersten Abteil finde ich dann tatsächlich zwei einzelne leere Schubladen, die gerade mal genug Platz für meine Unterwäsche und Strümpfe bieten.

Mein Brustkorb schnürt sich eng zusammen. Wieder reiße ich verschiedene Schranktüren auf. Meine Finger gleiten über weichen Pelzbesatz und luftigen Chiffon. Ich kann, ich will es einfach nicht glauben. Was macht das alles noch hier?

Katharina ist vor zwei Jahren ausgezogen. Sie hat ihre Koffer gepackt und ist einfach gegangen, so hat Thomas es mir erzählt. Aber wieso hat sie ihre Kleidung nicht mitgenommen? All diese Kostbarkeiten, die nun wie Geister den Raum besetzen, der meiner werden soll. Und wenn sie die Sachen nicht wollte, wieso hat Thomas sie nicht längst weggeworfen? Nicht einmal Staub besetzt die Krägen ihrer Blusen, die wie frisch gebügelt nebeneinander hängen. Man könnte glauben, sie wäre nie fort gewesen. Man könnte glauben, sie könnte jeden Augenblick zurückkehren.

Katharinas Kleider verschwimmen vor meinen Augen. Meine Beine zittern, und ich spüre Schweiß auf meiner Stirn. Haltlos lasse ich mich auf den Stuhl vor dem Schminktisch sinken und schließe die Augen. Ich atme ein, atme aus. Bestimmt gibt es irgendeine plausible Erklärung, kein Grund, deswegen gleich durchzudrehen. Ruhe bewahren. Nach einigen Atemzügen gelingt mir das tatsächlich, und ich öffne wieder die Augen.

Eine Frau steht vor mir.

Ich fahre so heftig zusammen, dass ich beinahe vom Stuhl rutsche, und schlucke einen Schrei hinunter. Katharinas Name dröhnt noch immer durch meinen Kopf, der sich anfühlt, als würde er gleich zerplatzen.

Rahel steht in ihrem grauen Kostüm in der Tür zum Ankleideraum, die Hände geduldig vor ihrem Schoß gefaltet, als würde sie schon eine ganze Weile dort stehen und mich beobachten.

»Oh, Rahel«, japse ich. »Ihr seid schon zurück?«

»Tut mir leid. Habe ich Sie erschreckt?«

»Nein, nein. Ich bin nur überrascht.« Mit der Hand gestikuliere ich in den Raum hinein. »All diese Sachen. Das sind Katharinas Sachen, oder? Von Thomas' Exfrau? Ich hatte nicht erwartet, dass sie noch hier sind. Ich wollte eben meine eigene Kleidung aufhängen.«

Rahel lässt ihren Blick über die offenen Schranktüren gleiten. »Frau Fontana hatte viele schöne Sachen. Sie waren ihr ganzer Stolz. Gefallen sie Ihnen nicht?«

»Gefallen …? Natürlich, sie sind schön, aber …«

Bevor ich weitersprechen kann, zieht Rahel bereits eines der Kleider aus dem Schrank. Es ist bodenlang und aus einem schillernden Nachtschwarz. Der Stoff fließt über Rahels Handgelenk wie Wasser, als sie es vor mir in der Luft ausbreitet.

»Das hat sie aus Madrid mitgenommen. Es war ihr Lieblingskleid. Sie trug es bei jeder Gelegenheit.« Rahel berührt es am Dekolleté. »Hier. Da musste ich es zweimal nähen, weil der Träger beim Tanzen gerissen ist.« Ihre leuchtenden Augen finden meine. »Wollen Sie es anprobieren?«

»Anprobieren? Nein, nein, auf keinen Fall.« Abwehrend hebe ich die Hände.

Rahel wirkt enttäuscht und hält das Kleid vor ihren Körper, der viel zu schmal dafür ist. Sie dreht sich vor dem Wandspiegel, mit geöffneten Lippen, das Gesicht leicht errötet. Ihre Finger streichen immer wieder über den Stoff, der reine Seide sein muss.

»Haben Sie auch ihren Schmuck gesehen?«, fragt Rahel.

Ich antworte nicht mehr. Der Raum, die Kleider, Rahels Hände – alles scheint sich um mich zu drehen. Ich kann nicht länger hinsehen.

»Geht es Ihnen nicht gut? Sie sehen blass aus. Wollen Sie sich setzen?« Was sie sagt, klingt besorgt, doch ihr Ton ist höhnisch. Rahels Fingerspitzen fassen mich an der Schulter, ihre Haut ist so kühl wie die Seide auf ihrem Arm.

Ich muss hier raus. Übelkeit steigt in mir hoch. Ich entwinde mich ihr, schaudernd wie vor der Berührung einer Schlange. Fluchtartig verlasse ich den Ankleideraum durch das Schlafzimmer. Noch immer spüre ich Rahels Hand auf mir, höre, wie sie lacht, über mich, den Eindringling, die schlechte Kopie.

Im Flur begegnet mir Ben, der still wie eine Statue vor der Tür zu seinem Kinderzimmer steht. Er sagt nichts, doch sein Blick erscheint mir anklagend.

Ich sollte nicht hier sein.

Ich weiß nicht, ob es meine eigenen Gedanken sind oder Katharinas Geist, der aus Bens hellen Augen zu mir zu sprechen scheint, doch das Gefühl verfolgt mich. Es nagt an mir wie ein tollwütiger Hund, den ich einfach nicht abschütteln kann.

Ich sollte nicht hier sein.

Am Ende verstecke ich mich im Gästezimmer. Ich fühle mich kindisch dabei, doch ich bin erschöpft und will weder Rahel noch Ben an diesem Tag noch einmal begegnen.

Nicht bevor Thomas zurück ist und mir eine Erklärung liefern kann.

Doch Thomas kommt nicht wie vereinbart zum Abendessen zurück. Mit einer kurzen Textnachricht entschuldigt er sich, dass es doch länger dauern werde und dass es ihm leid tue.

Es ist bereits Mitternacht, als die Scheinwerfer seines Wagens endlich die Fenster erhellen und ich das Dröhnen des abklingenden Motors höre.

Im Haus ist es schon lange still, Ben schläft, und auch von Rahel ist zum Glück nichts mehr zu sehen. Barfuß schleiche ich die Stufen hinunter und treffe Thomas in der Küche an, wo er sich eben puren Wodka in ein Glas mit Eiswürfeln gießt.

»Liebling. Du bist ja noch wach«, sagt Thomas überrascht. »Entschuldige noch mal wegen heute. Es war wirklich ein verrückter Tag.«

»Das kannst du laut sagen.«

Thomas will mich umarmen, doch ich verschränke die Arme vor der Brust.

»Was ist los?«

»Ich wollte mich heute im Ankleideraum einrichten. Und ich frage mich, wieso noch immer Katharinas Sachen in den Schränken hängen.«

»Hat Rahel sie nicht weggeräumt? Das tut mir leid. Ich dachte, ich hätte es ihr gesagt. Aber das lässt sich doch leicht ändern.«

»Thomas, ich rede nicht von ein paar vereinzelten Kleidern. Alle Schränke sind voll. Wieso sind ihre Sachen überhaupt noch hier? Wieso hat sie sie nicht längst mitgenommen?«

Thomas leert sein Glas in zwei Zügen und schenkt sich erneut ein. Seine sonst so entspannten Züge wirken plötzlich gereizt. »Was weiß ich schon. Ich habe es dir doch erzählt. Sie ist sehr plötzlich fortgegangen. Wir hatten ihren Auszug nicht wirklich geplant. Sie ist einfach auf und davon, hat nur das Nötigste mitgenommen. Und vielleicht hatte ich danach einfach nicht den Nerv, mich durch ihre

Sachen zu wühlen. Ich hatte genug zu tun mit Ben, der völlig verstört war. Ich dachte, das hätte ich dir klar gemacht.«

»Ich weiß, aber das ist jetzt über zwei Jahre her. Ich dachte, wir wollten einen Neuanfang wagen. Aber hier ist ja nicht einmal Platz für mich.«

»Ich sagte doch schon, dass sich das leicht ändern lässt. Ich verstehe nicht, wieso du nun so empfindlich reagierst. Du wusstest, dass ich verheiratet war. Natürlich finden sich noch Sachen von ihr im Haus. Wir haben einen Sohn, verflucht.«

Thomas grummelt etwas vor sich hin, während er sich erneut einschenkt. Die Art, wie er sich von mir abwendet, versetzt mir einen Stich. Reagiere ich vielleicht wirklich überempfindlich?

Ja, ich wusste von Katharina, aber zugegebenermaßen habe ich ihre Existenz bislang immer ein wenig verdrängt. Vielleicht, weil Thomas so wenig von ihr spricht und ich auch gar nicht so viel von dieser früheren Frau wissen wollte. Sie ist fort, aber sie war auch einmal ein wichtiger Teil von Thomas' und Bens Leben, und das darf ich nicht vergessen.

»Entschuldige, du hast ja recht«, gebe ich schließlich nach und lege die Arme von hinten um Thomas' Brust, der noch immer von mir abgewandt an der Küchenzeile steht. »Es ist nur ... Rahel war auch im Ankleideraum, und sie hat sich so merkwürdig verhalten. Das alles hat mich ganz schön aufgewühlt.«

»Was hast du nur mit Rahel? Sie ist ein harmloses, sehr

fleißiges Mädchen. Sei doch froh, dass du so viel Unterstützung hast.«

»Vielleicht will ich gar nicht so viel Unterstützung«, nuschele ich gegen seine Anzugjacke. »Ich würde gerne mehr im Haus selber machen. Ich brauche niemanden, der für mich kocht und putzt.«

»Wie du meinst. Aber dann klär selber mit Rahel ab, welche Aufgaben du in Zukunft übernehmen möchtest. Ich möchte mit dem Haushalt eigentlich in Ruhe gelassen werden.« Etwas sanfter fügt er hinzu: »In der Garage haben wir noch einige Umzugskartons rumstehen. Wenn du möchtest, kannst du morgen alles, was du von Katharinas Sachen findest, darin einpacken und entsorgen. Spende es oder wirf es einfach weg. Es interessiert mich wirklich nicht. Sie ist Vergangenheit. Du bist meine Zukunft.«

Mit einem versöhnlichen Schnurrlaut ziehe ich mich an seinen Schultern auf die Zehenspitzen und küsse seinen Nacken. »Das werde ich machen. Ich kann ihr die Sachen aber auch schicken, wenn du mir ihre Adresse gibst.«

Thomas' Rücken versteift sich wieder. »Ich habe keine Adresse von ihr.«

Ich weiß, ich sollte jetzt besser nicht weiter nachbohren, aber ich bin einfach zu neugierig. »Ihr habt überhaupt keinen Kontakt?«

»Nein.«

»Aber Ben ist doch …«

»Bitte.«

Meine Arme rutschen von seinen Schultern, als er sich plötzlich herumdreht. Seine Stimme ist sanft, aber unnachgiebig. Genau wie sein Blick, der mich mit seiner Eindringlichkeit fesselt. »Lass uns nicht mehr von Katharina reden«, haucht er gegen meine Wange.

Seine Lippen finden meine, und nach einigen atemlosen Sekunden habe ich tatsächlich vergessen, wieso ich mich plötzlich so brennend für diese andere Frau interessiere. Und wieso sollte ich auch? Thomas hat recht. Er und sie, das ist Vergangenheit. Und ich habe mich nicht für Thomas entschieden, weil ich an der Vergangenheit festhalten will, sondern um nach vorne zu blicken.

Thomas zieht mich die Treppe nach oben. Seine Küsse sind stürmisch, seine Hände fordernd. Ich zerfließe in seinen Berührungen, die keinen Platz mehr in meinen Gedanken für irgendetwas anderes lassen außer für ihn. Zentimeter um Zentimeter nimmt er mich in Besitz, und in dem Moment, als er mich mit seinem Körper auf die Matratze drückt, ist es wieder *mein* Bett. Es ist *mein* Schlafzimmer, dessen Wände meine schneller gehende Atmung ersticken.

Und als Thomas in mich eindringt und dabei leise meinen Namen stöhnt, ist er wieder *mein* Mann.

Und Katharina verblasst zu einem bloßen Schatten.

4

Thomas muss am nächsten Tag schon wieder arbeiten, doch obwohl er mir fehlt, bin ich wieder besserer Stimmung. Zumindest habe ich heute einen Plan.

Gleich nachdem ich Thomas an der Haustür verabschiedet habe, habe ich die Umzugskartons von der Garage ins Obergeschoss geschafft. Rahel ist mit Ben einkaufen gefahren, und während ich das Haus für mich alleine habe, verschanze ich mich den Nachmittag über im Ankleideraum und entferne Stück für Stück Katharinas Geister aus meinem Haus.

Ich gehe ganz sachlich vor. Ich habe zwei große Stapel. Einen mit Sachen, die in die Altkleidersammlung gehören, und einen, in dem ich die wertvolleren Stücke wie Pelzmäntel und Abendkleider zusammentrage, die ich am Ende spenden möchte. Ich halte mich nicht länger als ein paar Sekunden mit jedem Teil auf, manchmal sehe ich nicht einmal genau hin, ehe ich es auch schon wieder weglege. Ich befühle nicht länger den hochwertigen Stoff oder blicke mit Sehnsucht auf die ausgewählten Schnitte. Der magische Sog, den Katharinas Kleidung gestern noch auf mich hatte, ist verflogen. Heute sind es nur noch Gegenstände. Gegenstände, die hier keinen Platz mehr haben.

Es tut gut, Raum für mich selbst zu schaffen, und mit jedem Kleidungsstück, das in eine Kiste wandert, fühlt es sich mehr so an, als würde das Haus nun mein Zuhause werden. Es hat etwas Meditatives. Die Stunden verfliegen, und ehe ich mich versehe, färbt der Himmel das Licht vor dem Fenster in ein goldenes Abendrot.

Es ist schon fast sechs, und ich habe am Morgen angekündigt, dass ich das Abendessen zubereite. Ich will Lasagne machen, Bens Lieblingsessen. Ein kleiner Trick, um mich bei ihm etwas beliebter zu machen.

Endlich stehe ich vor den leeren Schränken. Alles an Kleidung in diesem Raum, was einmal Katharina gehört hat, ist in Kisten verpackt.

Bevor ich nach unten gehe, um mich um das Essen zu kümmern, gibt es noch eine Sache, die ich tun möchte. Ich gehe hinüber ins Gästezimmer, wo noch immer meine Sachen abgestellt sind, und ziehe eine beliebige Jacke aus einem der oberen Stapel. Zurück im Ankleideraum will ich sie an einen der frei gewordenen Bügel hängen. Ein kleiner symbolischer Akt, bevor ich anfange, mich tatsächlich einzurichten.

Doch der Schrank ist nicht länger leer.

Ich lasse die Jacke fallen. Mit rasendem Herzschlag starre ich auf das Kleid, das nun wieder in einem der mittleren Schränke hängt. Nachtschwarze Seide, die sanft im hereinfallenden Abendlicht glänzt. Es ist das Kleid, das Rahel gestern so voller Ehrfurcht von der Stange gezogen hat. Katharinas Lieblingskleid. Das mit dem genähten Träger.

Die Kisten stehen noch immer am anderen Ende des Raums, wo ich sie hingeschoben habe, und wirken unberührt, doch irgendwer muss sie geöffnet haben, während ich im Gästezimmer war, um meine Jacke zu holen. Dem ersten Schock folgt nun Wut, und ich balle die Fäuste.

Rahel muss das gewesen sein. Wer sonst?

Ich lasse die Jacke am Boden liegen und laufe die Treppe nach unten.

»Rahel!«, rufe ich. Meine Stimme hallt von der hohen Decke wider, doch ansonsten bleibt alles still. »Rahel, wo bist du? Ich möchte mit dir reden.«

Keine Antwort. Ich schreite durch Küche und Wohnzimmer und suche nach ihr. Ich will eben eine weitere Runde durch die Räume drehen, als die Haustür plötzlich aufgeht. Ein heftiger Windstoß fegt mit Rahel und Ben zur Tür herein. Rahel ist mit zwei vollen Einkaufstüten beladen, die ihre schmalen Schultern Richtung Boden ziehen. Sie beachtet mich kaum, als sie an mir vorbei zur Küche geht. Der kleine Ben folgt ihr knapp auf den Fersen. Er kaut auf einer Gummischlange und sieht mich ebenfalls nicht an.

In Anwesenheit der beiden fühle ich mich wie ein Geist und muss mich zusammenreißen, um meine Wut lebendig zu halten, die mir zumindest etwas Stärke verleiht.

»Rahel«, sage ich laut und folge ihr in die Küche, wo sie sogleich anfängt, einige der Lebensmittel am Küchentresen auszupacken.

»Hier«, sagt sie und deutet auf eine Packung Lasagneblätter und zwei Tomatendosen. »Ich habe die Zutaten für Sie besorgt, die Sie wollten.«

Irritiert gleiten meine Augen über die Sachen. »Danke, aber wo waren Sie bis eben? Waren Sie oben im Ankleideraum?«

Rahel zieht die Augenbrauen nach oben und sieht mich an, als wäre ich nicht ganz bei Verstand. »Ich war einkaufen.«

»Ja, aber ...« Was ich sagen möchte, klingt plötzlich einfach zu dumm, weshalb ich verstumme.

Konzentriert lasse ich die letzten Minuten Revue passieren. Kann es sein, dass ich das Kleid einfach vergessen habe wegzupacken? Aber nein, ich bin mir ganz sicher, dass die Schränke leer waren, bevor ich ins Gästezimmer hinübergegangen bin. Es *muss* Rahel gewesen sein. Wieso lügt sie mich an? Wieso tut sie überhaupt so etwas?

Ich muss wieder an das denken, was mir Thomas über sie erzählt hat. Die schweren Schicksalsschläge, die sie durchgemacht hat. Kann es nicht sein, dass das Spuren hinterlassen hat?

Ich warte, bis Rahel nach draußen geht, um die übrigen Einkaufstüten aus dem Wagen zu holen, dann trete ich zu Ben, der vor der Glasfront zur Terrasse steht und die vorbeiziehenden Fährschiffe beobachtet.

»Ben«, sage ich möglichst sanft und berühre ihn an der Schulter, bis er mich ansieht. »Ich muss dich etwas fragen. Du brauchst auch nicht zu antworten, sondern einfach nur den Kopf bewegen, wenn ich richtig liege, in Ordnung?« Ich atme einmal tief durch. »War Rahel eben schon einmal kurz im Haus, bevor ihr durch die Tür gekommen seid?«

Ben verzieht keine Miene. Bloß in seinen Augen lese ich ein merkwürdiges, eindringliches Funkeln, das Wut bedeuten könnte. Oder Angst.

Dann entzieht er mir seine Schulter und rennt aus der Küche.

Ich gehe noch mal nach oben, um das Kleid wegzupacken. Diesmal stopfe ich es ganz nach unten in eine der hinteren Kisten, aus der es hoffentlich kein weiteres Mal auftaucht. Vielleicht habe ich es ja vorhin doch übersehen, rede ich mir mit zitternden Händen ein, aber eigentlich weiß ich es ganz genau. Nur verstehen will ich es nicht.

Als ich danach endlich mit dem Kochen beginne, bin ich bereits viel zu spät dran. Ich wollte fertig sein, ehe Thomas nach Hause kommt, aber natürlich schaffe ich das nicht mehr. Meine Nervosität macht mich tollpatschig, und ich habe keine Ahnung, wie Thomas' Küche geordnet ist. Ich brauche Minuten, ehe ich eine passende Auflaufform finde, und noch länger, ehe ich verstehe, wie sein moderner Hightech-Ofen funktioniert.

Hinter meinen Schläfen fängt es dumpf zu pochen an. Immer wieder geht mein Blick nach draußen und folgt eingebildeten Schatten. Die langgezogene Glasfront, die mir bei Tageslicht so eindrucksvoll erschien, verwandelt sich nun bei zunehmender Dunkelheit immer mehr in etwas Bedrohliches. Als würde etwas Dunkles durch die dünnen Glasscheiben nach innen drücken und mich langsam ersticken.

Ich greife nach der Flasche Rotwein, die ich zum Kochen verwendet habe, und will mir einschenken. Doch meine Hand zittert vor Nervosität, ich verfehle das Glas, Rotwein schwappt über meinen Handrücken und auf meine weiße

Bluse, tropft von der Küchentheke. Ich finde keinen verdammten Lappen, um die Sauerei aufzuwischen. Der Ofen piepst laut und störend. Dann höre ich die Haustür aufgehen. Thomas' Stimme, die durch das Erdgeschoss hallt. Bens glückliches Quietschen. Ihre Schritte, die näher kommen. Der Ofen piepst noch immer. Ein verkohlter Geruch dringt mir in die Nase.

Am liebsten wäre ich unsichtbar, doch als Thomas mit Ben auf dem Arm in der Küche erscheint, stehe ich noch immer in der Mitte des Raums, untätig, verwirrt.

Thomas' breites Lächeln erlischt, als er mich so sieht. »Alles in Ordnung, Liebling?« Er setzt Ben ab und kommt auf mich zu. Sein Blick geht zum Ofen. »Hast du da etwas drinnen? Ich glaube, es ist fertig.«

Fertig ist untertrieben. Als Thomas die Ofentür öffnet, ist die Lasagne völlig verbrannt, ein schwarzer, stinkender Klotz. Jetzt erst sehe ich, dass die Temperatur viel zu hoch eingestellt ist, auf fast dreihundert Grad. Wieso ist mir das nicht aufgefallen?

Ich lache, als wäre das alles ein gelungener Scherz, aber selbst in meinen Ohren klinge ich hysterisch.

»Nicht weiter schlimm«, sagt Thomas. »Wenn man die oberste Schicht abkratzt, kann man sie vielleicht sogar essen.« Er sieht Ben aufmunternd an, doch der schnaubt hörbar und tritt mit der Fußspitze gegen die Küchentheke. Laut trampelnd verlässt er den Raum.

»Tut mir leid«, raune ich und halte eine Hand vor meinen Mund, wie um mich dahinter zu verstecken.

»Dir braucht doch nichts leid zu tun«, sagt Thomas,

und bei seinem liebevollen Lächeln fühle ich mich noch schlechter.

»Aber ich wollte Ben eine Freude machen.«

»Ich weiß. Er wird es überleben. Mach dir keine weiteren Gedanken wegen so etwas. Setz dich erst einmal hin und atme tief durch. Du siehst ganz blass aus. Geht es dir nicht gut?«

Thomas holt den Wein von der Theke und füllt damit zwei Kristallgläser. Ich trinke nichts, aber umklammere das Glas, als würde es mir Halt geben.

»Es geht mir gut«, beharre ich. Was soll ich ihm auch sagen? Ich fühle mich ja selbst kindisch, weil mich das alles so mitnimmt.

»Ich habe dich zu viel allein gelassen.« Thomas zieht seinen Stuhl zu mir heran und umfasst meine Hände. »Du bist erst zwei Tage hier, und wir haben uns kaum gesehen. Ich kann leider nicht versprechen, dass das unter der Woche viel besser wird, aber am Wochenende werde ich ganz für dich und Ben da sein. Wir machen einen schönen Ausflug. Vielleicht fahren wir mit der Fähre nach Konstanz, was hältst du davon?«

Ich nicke, woraufhin er weiterredet und vom künstlerischen Flair von Konstanz schwärmt. Ich sehe ihn an und versuche, mich auf seine Worte zu konzentrieren, aber meine Gedanken entgleiten mir, sie sind haltlos wie Wasser, unruhig wie das Meer. Sie kreisen und kreisen in einem immerwährenden Strudel und kehren immer wieder nach oben ins Ankleidezimmer zurück. Zu den leeren Schränken und Kleiderbügeln.

Ich habe unglaubliche Angst davor, nach oben zu gehen und ihr Kleid wieder in meinem Schrank hängen zu sehen.

5

Ich erwache von dem Gefühl fremder Hände um meinen Hals. Von einer Sekunde auf die andere bin ich hellwach und sitze aufrecht im Bett. Mein Herz rast, während ich vorsichtig meine Kehle betaste. Sie fühlt sich empfindlich an, so als hätte tatsächlich jemand Druck darauf ausgeübt, was natürlich nicht stimmt. Ich hatte bloß einen Alptraum.

Fahles Dämmerungslicht dringt durch die Ritzen der Jalousien herein. Thomas liegt mit dem Rücken zu mir und schläft tief und fest. Wir sind allein. Die Schlafzimmertür ist geschlossen.

Bloß ein Alptraum.

Ich sinke zurück auf die Matratze und schließe die Augen, doch an Schlaf ist nicht mehr zu denken. Immer wieder fasse ich mir an die Kehle, bis das Gefühl von Ersticken einem anderen, stärkeren Drang weicht. In meinem Magen rumort es, ich schlucke.

Thomas wird erst munter, als ich die Decke mit einem plötzlichen Ruck beiseite schlage und an unserem Bett vorbei ins Bad renne.

»Hannah?«, fragt er verschlafen, doch ich antworte nicht. Ich bin zu sehr damit beschäftigt, meinen Mageninhalt unten zu behalten, bis ich es endlich zur Toilette geschafft habe, wo ich mich lauthals übergebe. Thomas' Wecker schallt durch die Badezimmertür herein. Ich habe mich eben zum zweiten Mal übergeben, als es von außen gegen die Tür klopft.

»Alles in Ordnung? Hannah?« Thomas drückt wiederholt die Klinke nach unten, aber ich habe zugesperrt. Er soll mich so nicht sehen. Saurer Speichel benetzt meine Lippen, und mir steht der Schweiß auf der Stirn. Mit vor Erschöpfung zitternden Händen streiche ich mir die Haare aus dem Gesicht.

»Alles in Ordnung«, rufe ich durch die Tür. »Mir ist bloß etwas übel. Nimm heute besser das andere Bad. Vielleicht habe ich mir etwas eingefangen.« Oder ist die Lasagne schuld? Ich habe gestern doch noch ein kleines Stück davon gegessen, um zu testen, ob sie genießbar ist, aber sie hat so furchtbar geschmeckt, wie ich mich jetzt fühle.

»Soll ich dir irgendetwas bringen? Tabletten für den Magen? Einen Tee?«

»Es geht schon wieder.« Ich drücke mir einen kalten Lappen aufs Gesicht und setze mich damit auf den Badezimmerfußboden. »Ich werde mich einfach gleich wieder ins Bett legen.«

»Tu das. Ich muss leider gleich los, aber ruf mich an, wenn es dir besser geht oder du irgendetwas brauchst. Egal was.«

»Danke.«

»Bis heute Abend dann. Ruh dich aus.«

Thomas scheint noch einige Sekunden an der Tür zu stehen, ehe sich seine Schritte langsam entfernen. Danach bleibe ich sicherheitshalber immer noch einige Zeit sitzen und traue mich erst wieder aus dem Bad, als ich die Haustür unten zuschlagen höre.

Ich meide einen weiteren Blick in den Spiegel. Mit letzter Kraft schleppe ich mich zum Bett und ziehe die Decke über meinen Kopf, um das Tageslicht auszublenden. Diesmal schlafe ich innerhalb von Sekunden ein.

»Hallo? Ist jemand zu Hause?«

Ich kneife die Augen zusammen und drücke mein Gesicht ins Kopfkissen. Mein ganzer Körper ist wie gerädert. Ich will noch eine Weile weiter in der süßen Zwischenwelt von Traum und Schlaf verweilen, in der ich mich sicher fühle, doch etwas lässt mich nicht.

»Hallo?«

Wieder diese Stimme. Jemand ruft nach mir. Jemand ist hier. Eine Frau? Es klingt zumindest danach, aber die Stimme ist mir unbekannt.

Als ich begreife, was das bedeutet, werde ich so schnell wach, dass mir das Blut in den Kopf schießt.

»Hallo?«, schallt es erneut.

Da ist eine fremde Frau in meinem Haus. Mein Herz klopft mir bis zum Hals.

»Wer ist da?«, rufe ich zurück und greife nach meinem Morgenmantel, den ich neben dem Bett zu Boden fallen gelassen habe. »Ich komme!«

Mein Magen rumort mit der Bewegung. Sofort halte ich inne und atme erst einmal tief durch. Ich lege eine Hand auf meinen Bauch und fühle in mich hinein, ob ein neuerlicher Lauf zum Klo notwendig ist, aber die Übelkeit scheint nicht mehr so schlimm zu sein. Langsam wage ich mich vorwärts.

Aus dem Untergeschoss ertönt ein bellendes, hohes Lachen. Unten an der Treppe steht eine Frau über vierzig, sie hat rötliche Haare, die in wilden Wellen ihr rundliches Gesicht einrahmen. Sie trägt Jeans und modische Turnschuhe und steht so selbstbewusst in meinem Wohnzimmer, als würde sie dort hingehören.

Als sie mein perplexes Gesicht sieht, lacht sie erneut. »Tut mir leid, ich bin einfach so hereingeplatzt. Die Terrassentür stand offen, und weil niemand auf mein Klingeln reagiert hat, habe ich mich selbst reingelassen. Ich war schon öfter hier. Ich bin Madlen. Ihre Nachbarin.«

»Madlen. Hallo. Ich bin Hannah.« Ein wenig seltsam finde ich es trotzdem, dass sie sich so einfach hereingelassen hat, Nachbarin hin oder her. Und hätte sie sich für ihren Besuch keinen besseren Tag aussuchen können? Ich sehe bestimmt furchtbar aus, und unter meinem Morgenmantel trage ich noch mein Nachthemd von gestern, dabei ist es schon Mittag. Kein besonders schmeichelnder erster Eindruck.

Ich lächle höflich und will Madlen die Hand reichen, doch sie übersieht die Geste einfach und zieht mich sogleich in eine feste Umarmung.

»Oh, es ist so schön, Sie endlich kennenzulernen! Thomas hat so von Ihnen geschwärmt. Und er hat nicht übertrieben. Sie sind bezaubernd! Kommen Sie doch mit mir in die Küche, dann können wir ein wenig plaudern. Ich habe uns Kuchen mitgebracht. Selbst gebacken!«

Ich kann mich kaum wehren gegen diese Frau, die mich mit so viel Energie und Elan in meine Küche führt, als wäre ich der Gast und nicht umgekehrt. Und tatsächlich verstärkt sich das Gefühl nur noch. Während ich immer noch jeden Schrank zweimal öffnen muss, ehe ich etwas finde, bewegt sich Madlen so selbstsicher durch die Küche, als wäre sie schon tausende Male hier gewesen. Sie bedient Thomas' italienische Espressomaschine mit Leichtigkeit und serviert uns zwei Stück Apfelkuchen auf handbemalten Desserttellern, von denen ich gar nicht wusste, dass wir sie besitzen.

»Langen Sie nur zu! Sie sehen aus, als könnten sie es gebrauchen«, sagt Madlen, nachdem ich mich an den Küchentisch gesetzt habe, und schiebt den Teller näher an mich ran.

»Danke«, erwidere ich etwas verlegen. Der Kuchen sieht wirklich gut aus, mit einer krossen Blätterteigkruste, aber mir ist immer noch etwas flau im Magen. Ich steche ein kleines Stück ab, das ich jedoch unberührt am Teller liegen lasse.

Madlen sieht sich mit unverhohlener Neugier um. »Ich muss zugeben, ich war schon lange nicht mehr hier, aber es hat sich überhaupt nichts verändert.«

»Ich bin erst vor ein paar Tagen eingezogen.« Ich klinge, als würde ich mich verteidigen, und das ärgert mich.

»Es ging recht schnell bei euch, oder? Ich habe gehört, ihr kennt euch erst seit ein paar Monaten. Aber nehmen Sie das bitte nicht negativ auf. Ich finde das großartig. So eine stürmische junge Liebe. Und nach Katharinas Verschwinden wurde es nun wirklich langsam Zeit, dass Thomas ins Leben zurückkehrt. Er ist schon ganz trübsinnig geworden.« Madlen unterbricht sich kurz, um einen großen Schluck von ihrem Kaffee zu nehmen, in den sie reichlich Zucker gerührt hat. Ihre Augen blitzen mir schalkhaft über den Tassenrand zu. »Aber erzählen Sie doch einfach mal. Ich weiß so schrecklich wenig über Sie. Woher kommen Sie? Wie haben Sie sich kennengelernt?«

»Ich komme aus München.«

»Oh, haben Sie zusammen gearbeitet?«

»Nein, das nicht.« Madlens forschender Blick macht mich nervös, und ich fange an, mit meinen Haarspitzen zu spielen. »Ich habe in einer Kunstgalerie gearbeitet. Nichts wirklich Aufregendes. Ich stand am Empfang am Tresen, und Thomas kam eine Zeit lang fast jeden Abend in die Galerie, um sich ein Bild anzusehen. Ein ziemlich geschmackloses Bild, wenn man mich jetzt fragt, aber so kamen wir ins Gespräch. Er war sehr nett, und ich mochte ihn.« Ich lächle und überlasse es Madlen, sich den Rest der Geschichte selbst auszumalen.

Madlen fasst sich ergriffen an die Brust. »Ist das romantisch! Gott, ich wünschte, ich könnte solche Geschichten erzählen, aber mein Mann und ich haben uns durch ein Trinkspiel in einer Bar kennengelernt. Noch am selben Abend hat er sich in meiner Dusche übergeben, und während ich ihn gesund gepflegt habe, haben wir uns irgendwie ineinander verliebt.«

Ihre heitere Erzählweise lässt mich schmunzeln. Langsam fange ich an, Madlen zu mögen.

»Sie haben gesagt, wir sind Nachbarinnen. In welchem Haus genau wohnen Sie?«

»Oh bitte, sag doch endlich du zu mir. Wenn ich ständig gesiezt werde, fühle ich mich gleich doppelt so alt. Ich wohne ein paar Häuser weiter die Straße rauf in dem alten renovierten Bauernhaus mit den Apfelbäumen im Garten. Leider nicht direkt am Seeufer wie ihr, das konnten wir uns damals nicht leisten, aber vom Balkon aus habe ich trotzdem eine herrliche Aussicht. Du solltest mich unbedingt einmal besuchen kommen, wenn du Zeit hast.«

»Gern.«

»Nein, wirklich. Ich bin mir sicher, du hast es hier nicht leicht. Ein neues Leben weit weg von zu Hause mit einem Jungen, der nichts spricht, und dann noch diese fürchterliche Sache mit Katharina, die uns damals alle sehr mitgenommen hat. Thomas natürlich am allermeisten. Deshalb komm ruhig jederzeit vorbei, wenn du Kummer hast oder einfach nur reden möchtest. Manchmal ist es wichtig, Freunde um sich zu haben.«

»Danke, das ist wirklich sehr nett. Darf ich fragen ...« Mein Atem gerät ins Stocken. »Waren Sie ... Waren du und Katharina befreundet?«

»Oje, das ist gar nicht so einfach zu beantworten.« Nachdenklich klopft Madlen mit ihrer Kuchengabel gegen den Tellerrand. »Ich meine, natürlich mochte ich Katharina und war gerne mit ihr zusammen. Wir haben wahnsinnig lustige Abende hier verbracht. Sie war eine tolle Gastgeberin und Erzählerin. Und sie hat Paul und mir damals sehr bei der Renovierung unseres Hauses geholfen. Sie kannte so viele

Leute, und gerade über Immobilien wusste sie sehr gut Bescheid. Aber sie war auch launenhaft und sehr in sich gekehrt, hat wenig von sich preisgegeben. Es ist schwierig, mit so jemandem wirklich befreundet zu sein, wenn du verstehst, was ich meine. Sie war zu stolz, als dass sie offen über ihre Probleme geredet hätte. Ich wünschte, sie hätte es getan. Dann hätte ich ihr vielleicht helfen können.«

»Ich muss gestehen, ich weiß fast gar nichts über Katharina. Thomas spricht nicht gerne über diese Zeit.«

»Das denke ich mir, und wahrscheinlich ist es dann auch besser, wenn ich dir gar nicht zu viel über sie erzähle. Die Vergangenheit soll man schließlich ruhen lassen, nicht wahr?«

»Vielleicht«, sage ich, aber in Wahrheit giere ich darauf, mehr über diese andere Frau zu wissen, die einmal das Leben hatte, das ich jetzt lebe. Die im selben Bett geschlafen hat. Die dieselben Lippen geküsst hat.

Wieso geht jemand so einfach? Jemand, der so einen wundervollen Mann hat? Eine Familie? Ich verstehe es einfach nicht, deshalb wirken Madlens Worte auch so elektrisierend auf mich. Es ist das erste Mal, dass jemand in meiner Gegenwart so offen über Katharina spricht, und je mehr ich über sie erfahre, desto größer wird meine Neugier.

Aber Madlen scheint nicht gewillt, mir mehr zu erzählen. An der Art, wie sie ihren Teller von sich wegschiebt, erkenne ich, dass sie dabei ist zu gehen.

»Ich bin auf jeden Fall froh, dass du so anders bist als Katharina. Du tust Thomas bestimmt gut.«

Anders. Madlen spricht es so positiv aus, aber inwiefern bin ich anders? Weniger schön? Weniger begabt? Weniger anspruchsvoll?

Madlen steht auf, und ich erhebe mich mit ihr, um sie zu verabschieden. »Ich muss wieder nach Hause, das Mittagessen vorbereiten, bevor die Meute aus der Schule nach Hause kommt. Aber die Einladung steht. Du bist bei uns jederzeit willkommen. Meine Handynummer habe ich bereits auf einen Zettel geschrieben und an den Kühlschrank geheftet. Ich hoffe, ich höre bald von dir.«

»Danke, ich werde mich bald melden. Und danke auch für den Kuchen.«

Madlen sieht auf meinen noch immer vollen Teller und schüttelt den Kopf. »Armes Ding. Aber keine Sorge, das mit der Übelkeit legt sich nach etwa drei Wochen wieder. So war das zumindest bei mir, und ich hatte schließlich drei Schwangerschaften. Versuch trotzdem, ein wenig zu essen.« Madlen zwinkert mir zu. »Du isst jetzt schließlich für zwei.«

Es dauert eine Weile, bis ich verstehe, was sie mir sagen will, dann lache ich laut auf. »Nein, nein!« Ich lege die Hände auf meinen Bauch, den Madlen bedeutungsschwer anstarrt. »Das ist ein Irrtum. Ich bin gar nicht schwanger.«

»Wirklich nicht? Ich habe eigentlich ein sehr gutes Radar für so was, und weil du nichts gegessen hast …«

»Ausgeschlossen. Wir … Ich meine, ich nehme die Pille.« Meine Wangen fühlen sich heiß an. »Ich habe bloß etwas Falsches gegessen und fühle mich deshalb nicht ganz wohl.«

»Entschuldige. Ich wollte dich nicht aufwühlen, und es geht mich ja auch gar nichts an. Paul schimpft mich immer, weil ich meine Nase überall reinstecke. Aber falls ihr doch mal an Nachwuchs arbeiten solltet, melde dich ruhig. Ich habe haufenweise alte Babykleidung im Keller und alles noch sehr gut erhalten.«

»Danke. Das werde ich.«

»Und du solltest dennoch mehr essen«, redet mir Madlen sanft im Vorbeigehen zu. Ihre warme Hand tätschelt meinen Rücken. »Du bist ja nur Haut und Knochen.«

»Ich bemühe mich.«

»Gut, dann will ich dich nicht länger stören. Richte Thomas liebe Grüße von mir aus, ja?«

Madlen geht zur Haustür. Ich höre mein Handy irgendwo klingeln, doch anstatt ranzugehen, folge ich ihr.

»Warte bitte, eine Sache noch … Du kanntest Katharina schließlich und hast selber Kinder, vielleicht hast du irgendwelche Ratschläge für mich, wie ich am besten mit Ben umgehen soll?«

»Ach, der kleine Ben …« Ein schwerer Seufzer entweicht ihrem Mund. »Er ist so ein lieber Junge. Ich nehme an, er hat noch immer kein Wort gesprochen?«

»Nicht seit … Er scheint noch sehr darunter zu leiden, und ich würde ihm gern helfen, aber er lässt mich nicht an sich ran. Ich glaube, er mag mich nicht sonderlich, und ich kann auch verstehen, dass es schwierig für ihn ist, eine neue Frau im Haus zu haben, nachdem seine Mutter so einfach gegangen ist.«

»Er wird einfach Zeit brauchen.«

»Ich begreife das einfach nicht, egal, was für ein Mensch Katharina nun war, aber könnte sie nicht zumindest hin und wieder mal anrufen? Oder Ben eine Karte schicken? Er sehnt sich so sehr nach ihr.«

»Nun ...« Ein seltsamer Ausdruck tritt auf Madlens Gesicht. Sie scheint mir nicht mehr in die Augen blicken zu können und kramt nach irgendwas in ihrer Handtasche. »Du hast ja selbst gesagt, dass du sehr wenig über Katharina weißt, aber die allgemeine Meinung ist, dass sie nicht einfach *gegangen* ist und keine Karten verschickt und uns nicht alle an Weihnachten anruft, weil sie es nicht *kann*.«

Etwas in mir wird ganz still und zieht sich zusammen. »Wie meinst du das?«

»Vielleicht ist das ja die Geschichte, die man dem kleinen Jungen erzählt, aber Katharina ist nicht einfach eben mal ausgezogen und auf der Suche nach Abenteuern in eine weit entfernte Stadt gereist. Sie ist verschwunden. Ohne jede Spur. Keiner hat etwas gesehen.« Madlen greift nach der Türklinke, ihre Stimme hat eine ungewohnte Schärfe angenommen und schneidet durch mich wie ein Messer. »Auch nicht dein Mann.«

Minuten später stehe ich immer noch vor der Haustür, durch die Madlen eben verschwunden ist, die mich mit so vielen Fragen zurückgelassen hat.

Mein Handy klingelt schon wieder. Noch wie in Trance folge ich dem Läuten ins obere Stockwerk, wo ich es auf dem Nachttisch habe liegen lassen. Thomas' Name leuchtet auf dem Bildschirm auf. Zum ersten Mal erfüllt mich der Anblick nicht mit Euphorie, und ich hebe ab, ohne etwas zu sagen.

»Liebling?«, höre ich seine Stimme.

»Ja.« Mit dem Handy am Ohr gehe ich zum Fenster und lehne meine Stirn gegen das kühle Glas. Von hier aus kann ich Rahel und Ben sehen, die unten im Garten auf einer Decke am Bootssteg sitzen. Ben hat einen kleinen Berg Kastanien zwischen seinen Beinen angehäuft und steckt sie zu Formen zusammen, während Rahel wie ein Adler über ihn wacht.

»Hallo? Bist du noch dran?«

Thomas muss etwas gesagt haben, aber ich habe nicht zugehört. Meine Gedanken driften von hier nach dort, ich schaffe es kaum, mich auf das Telefongespräch zu fokussieren.

»Tut mir leid. Ich war abgelenkt.«

»Alles in Ordnung? Du klingst komisch. Geht es dir immer noch schlecht?«

Ich wüsste gar nicht, wo ich anfangen soll. Vielleicht mit: *Wieso belügst du mich wegen deiner Exfrau?*

»Alles in Ordnung. Ich fühle mich schon viel besser, du fehlst mir bloß.«

Thomas' Stimme sinkt um einige Oktaven. »Du fehlst mir auch. Leider werde ich es heute aber nicht nach Hause schaffen. Vor mir liegt noch ein Berg Arbeit, und am Abend habe ich ein Geschäftsessen mit Kollegen. Ich werde heute im Hotel schlafen, aber dafür bleibe ich Freitag bei euch und arbeite höchstens ein paar Stunden vom Telefon aus. Ich kann es kaum erwarten, endlich etwas Zeit mit dir in unserem Zuhause zu verbringen. Überstehst du so lange noch ohne mich?«

Ich bin hin und her gerissen. Einerseits will ich nicht so lange mit Rahel und Ben allein sein, andererseits bin ich erleichtert, Thomas nach meinem Gespräch mit Madlen noch nicht direkt gegenübertreten zu müssen.

Ich brauche etwas Zeit für mich, um mich in Ruhe zu sammeln, und wie es aussieht, werde ich in Zukunft nur allzu viel davon bekommen. Natürlich wird Thomas nicht jeden Tag nach der Arbeit heimkommen, dafür ist die Entfernung zwischen Bodensee und München zu groß, das war mir von Anfang an klar. Im Alltag werde ich Thomas hauptsächlich an den Wochenenden zu Gesicht bekommen.

Und die Tage dazwischen? Was werde ich tun? Was hat Katharina getan? Sie scheint nicht die Art Frau gewesen zu sein, die sich mit stillem Warten begnügt. Dennoch kommt mir in dem Moment zum ersten Mal der Gedanke, ob Katharina wohl einsam war. Ob sie trotz allem, was sie hatte, all ihrem Reichtum, all ihrer Schönheit, unglücklich war.

»Ich komme schon zurecht«, sage ich zu Thomas. »Mach dir keine Sorgen.«

»Ich weiß. Ich hasse es trotzdem, nicht öfter bei dir zu sein.«

Ich schaffe es nicht zu antworten. Das Nichtgesagte wiegt plötzlich so viel schwerer als alle Worte, die ich aussprechen könnte.

Thomas hat mich belogen, die Erkenntnis trifft mich in dem Moment wie ein dumpfer Schlag in die Magengrube und entfacht die Übelkeit erneut in mir. Katharina ist nicht gegangen, wie er mich immer hat glauben lassen. Sie ist verschwunden.

Aber was genau bedeutet *verschwunden*? Untergetaucht? Im See ertrunken? Oder verbirgt sich dahinter etwas noch viel Schlimmeres?

»Ich liebe dich«, höre ich ihn am Telefon sagen.

Ich tue so, als hätte ich den Satz nicht mehr gehört und lege auf.

An diesem Nachmittag tue ich etwas, von dem ich mir eigentlich vorgenommen habe, es nie zu tun. Ich verkrieche mich mit meinem Laptop im Bett und gebe den Namen Katharina Fontana in die Suchmaschinenleiste meines Browsers ein.

Ich hatte erwartet, mit Einträgen aus ihrem Leben überschwemmt zu werden, aber es ist, wie Madlen gesagt hat: Katharina gab wohl nicht gern allzu viel über sich preis. Sie ist nicht auf Facebook und auch in keinem anderen Sozialen Netzwerk vertreten. Ich finde ein paar Presseartikel über sie, einige Spendengalas, die sie mitorganisiert, und Eröffnungen, die sie besucht hat.

Und Dutzende Artikel über ihr Verschwinden.

Bodensee: Taucher suchen nach der Vermissten Katharina F. (32), lautet eine der ersten Schlagzeilen.

Automatisch geht mein Blick zum Fenster hinaus, zum herbstgrauen See und der vom Wind aufgepeitschten Wasseroberfläche, und ich bekomme eine Gänsehaut. Der Gedanke, dass sie irgendwo dort draußen auf dem Grund liegen könnte, verstört mich. Dass sie dort vielleicht die ganze Zeit schon liegt, während ich gemütlich in der Küche meinen morgendlichen Tee getrunken und verträumt aufs Wasser gestarrt habe, während Boote und Fährschiffe über ihren toten Körper hinweggleiten.

Ein weiterer Artikel verrät, dass die Suche abgebrochen wurde. Ich klicke auf den Link, und das Erste, was ich sehe, ist ihr Foto. Obwohl ich immer wusste, dass sie schön ist, bin ich nicht darauf vorbereitet, wie sehr mich ihr Anblick überwältigt. Die Perfektion ihrer Gesichtszüge, so ebenmäßig, dass sie schon fast künstlich wirken. Volle Lippen und geheimnisvoll anmutende graublaue Augen, die Augen ihres Sohnes, glasklar, wie ein Fenster zu einer anderen, zu einer grenzenlosen Welt. Ich kann nicht aufhören, sie anzusehen. Ihre schlanken Arme, der grazile Hals. Dieser Hauch von etwas Überirdischem, der sie umgibt.

Dann verändert sich ihr Foto plötzlich vor meinen Augen. Ihr ohnehin blasser Teint wird milchig weiß, ihr Blick starr, und ich sehe ihr hübsches Gesicht eingerahmt von Algen und Schlick, während trübes Wasser über sie hinwegspült.

Ich schließe das Browserfenster und atme einmal tief durch.

Niemand hat gesagt, dass Katharina tot ist, ich mache mir unnötig selber Angst. Was ich lese, sind bloße Erklärungsversuche. Aber was ist damals wirklich passiert? Wo ist Katharina jetzt? Lebt sie? Ist sie tot?

Als ich die Artikel über ihr Verschwinden überfliege, tut sich wenig Handfestes auf. An einem Tag war sie noch da, am nächsten nicht mehr. Sie war am Abend mit dem Auto weggefahren. Um eine Freundin zu besuchen, wie Thomas laut einem Artikel gegenüber der Polizei berichtet hat. Am nächsten Tag fand man den Wagen verlassen am Waldrand. Der Schlüssel steckte noch. Und Katharina war verschwunden. Es gab keine Anzeichen auf einen Kampf oder eine gewaltsame Entführung. Thomas bekam danach auch keine Lösegeldforderungen, kein einziges Lebenszeichen. Katharina wurde einfach nicht mehr gesehen.

Aber all ihre Besitztümer blieben zurück. Ihr *Sohn* blieb zurück. Nie im Leben ist Katharina aus freien Stücken gegangen, dessen bin ich mir inzwischen sicher.

Thomas wurde beschuldigt und vernommen, als Ehemann war er natürlich der Hauptverdächtige, aber wie es aussieht, wurde dieser Verdacht schnell wieder fallengelassen. Natürlich wurde er das! Allein der Gedanke ist lächerlich. Thomas ist ein Engel. Niemals könnte er ...

Ein Geräusch an der Tür lässt mich aufschrecken. Instinktiv klappe ich den Laptop zu und lege meine Hände darüber, wie um zu verstecken, was ich bis eben getan habe.

»Ben«, hauche ich atemlos, als ich den Jungen halb versteckt hinter dem Türrahmen erspähe.

Bens Lippen bleiben verschlossen, aber seine Augen blicken neugierig zu mir herüber. Es ist das erste Mal, dass er mir von sich aus so viel Aufmerksamkeit schenkt, und ein kleiner Funken Hoffnung beginnt in mir zu keimen.

»Ich habe vorhin mit deinem Vater telefoniert«, sage ich. »Er schafft es heute leider nicht mehr nach Hause. Also nur wir drei heute. Möchtest du irgendwas unternehmen? Vielleicht zum Hafen spazieren?« Ich weiß, wie gern er die ein- und ausfahrenden Boote dort beobachtet, und mir würde etwas Frischluft gut tun. Ich schenke ihm ein aufmunterndes Lächeln, doch Ben reagiert mit dem gleichen reglosen Gesichtsausdruck, den ich immer von ihm bekomme.

»Ben?«

Seine Finger bewegen sich. Etwas Dunkles blitzt dazwischen hervor.

»Was hast du da?«

Konzentriert kneift er die Augen zusammen. Dann rennt er plötzlich los.

Ich schrecke zusammen, stoße fast einen Schrei aus. Doch Ben kommt gar nicht auf mich zu, sieht mich nicht einmal an. Er rennt um das Bett herum, auf die andere Seite, dort wo sein Vater schläft, und legt etwas auf seinem Nachttisch ab, das ein klackerndes Geräusch hinterlässt.

Noch schneller, als er hereingekommen ist, läuft er wieder zur Tür hinaus. Nicht einmal auf der Treppe werden seine polternden Schritte langsamer. Er rennt nicht nur, er scheint geradezu zu flüchten.

Vor mir.

Ich blicke zu Thomas' Nachttisch. Runde, polierte Kastanien, mit Zahnstochern miteinander zu einer Art Skulptur verbunden. Ich nehme die Figur vorsichtig in die Hand, es scheint die Nachbildung eines Menschen zu sein. Einer der Kastanien hat Ben sogar Augen und einen Mund aufgemalt, was mich schmunzeln lässt. Doch dann drehe ich die Figur um, und das Lächeln gefriert auf meinen Lippen.

Mit einem spitzen Gegenstand hat jemand etwas in die Kopfrückseite geritzt, das wie Haarsträhnen aussieht, und es mit gelber Farbe gefüllt. Und ich kenne nur eine Person, die in diesem Haus lange blonde Haare hatte: Katharina.

Die Linien sind zu fein, um von Kinderhand zu stammen, Rahel muss ihm dabei geholfen haben, was mich dazu bringt, die Figur fester zu fassen.

Wieso tut sie das? Wieso zieht sie Ben da mit hinein?

Ich packe die Kastanien-Figur in Thomas' Nachttischschublade, um sie nicht ständig im Blick haben zu müssen. Dennoch geistert Katharinas Name wieder durch meinen Kopf, wie ein ständiges Ziehen an meinen Gedanken. Ich bin sogar versucht, den Laptop wieder aufzuklappen und weiter nach Informationen über Katharina und ihr Verschwinden zu suchen, doch bevor die Versuchung zu stark wird, zwinge ich mich dazu aufzustehen.

Inzwischen ist es fast drei Uhr, und ich laufe noch immer im Morgenmantel umher. Es wird Zeit, mir etwas Richtiges anzuziehen. Und etwas zu essen.

Im Ankleidezimmer hängen inzwischen ein paar meiner Sachen, doch der leere Platz, der einmal ihrer war, ist nach wie vor viel größer. Es fühlt sich nicht so an, als ob sie schon über zwei Jahre fort ist. Ihr Schatten hängt noch so dicht über diesem Haus, über allen Anwesenden, dass ich manchmal glaube, sie immer noch sehen zu können, hören zu können. Als wäre sie gleich hier neben mir und schüttelte den Kopf über meine Kleidung, die von keiner bekannten Marke ist.

Es ist, als könnte ich noch ihren Duft in diesem Raum riechen, schwer und von einer betörenden Süße wie von vollen Blumenknospen. Als trüge der Teppichboden noch den Abdruck ihrer Füße.

Wie oft muss sie gestanden haben, wo ich jetzt stehe. Ich sehe sie vor mir, wie ihre Finger über die Kleiderreihen gleiten, suchend nach ... Aber nein, ich stelle sie mir effizient vor, zielsicher. Sie hätte nicht gezögert, sondern sofort aus dem Schrank gezogen, was sie anziehen wollte. Allein ihre Garderobe ist ganz anders als meine, sie ist ausdrucksstark, kühn. Während ich mich gerne hinter weiten Schnitten und gedeckten Farben verstecke.

Mein Blick wandert wie von selbst zu ihren Sachen, zu den Kostbarkeiten, die ich erst gestern allesamt aussortiert und in Kartons verpackt hatte. Doch mein Blick geht ins Leere. Dort, wo ich die Kartons aufgeschichtet habe, sehe ich nichts als eine weiße Wand.

Sie sind weg.

Bevor ich überhaupt einen klaren Gedanken gefasst habe, renne ich bereits die Treppe hinunter.

»Rahel? Rahel!«, rufe ich laut durchs Haus.

Rahel antwortet nicht, aber ich finde sie in der Waschküche, wo sie in Seelenruhe am Tisch steht und Bens kleine Hemden und Hosen zu ordentlichen Stößen zusammenlegt.

»Rahel«, sage ich erneut und schnaufe hörbar. Vom schnellen Laufen bin ich außer Atem.

Rahel fährt mit ihrer Arbeit fort, ohne aufzublicken. »Brauchen Sie etwas?«

»Katharinas Sachen. Ich habe sie in Kartons verpackt, jetzt sind sie weg. Wo sind sie?«

»Ich habe sie entsorgt. Herr Fontana hat mir das aufgetragen. Er sagte mir, die Sachen werden nicht mehr benötigt. War das nicht richtig?«

Thomas soll ihr das gesagt haben? Etwas an ihrer trotzigen Art lässt mich an ihren Worten zweifeln. Genauso wenig glaube ich ihr, dass sie die Kleidung einfach so entsorgt hat. Nicht bei der Ehrfurcht, mit der sie Katharinas Sachen angefasst hat.

Ich bin kurz davor, sie eine Lügnerin zu nennen, stattdessen sage ich vorsichtig: »Da waren einige sehr teure Stücke dabei.«

Rahel lächelt spitz. »Wollten Sie doch etwas davon behalten?«

»Nein, nein, das nicht. Schon gut. Ich war bloß verwundert.«

Und vielleicht hat Thomas ihr ja wirklich aufgetragen, die Sachen an meiner Stelle zu entsorgen. Schließlich weiß er, wie wenig ich mich hier auskenne, wie fremd mir noch alles ist. Ich mache mich lächerlich, indem ich sie so einfach beschuldige.

»Wirklich?«, hakt Rahel nach, ihre Aufmerksamkeit ist plötzlich ganz bei mir, und ihr forschender Blick fährt durch mich wie eine spitze Nadel. »Ich könnte sonst auch beim Gemeindeamt anrufen, vielleicht können Sie die Sachen noch einmal durchsehen. Sich etwas davon aussuchen. Sie haben recht, es sind wirklich einige sehr teure und schöne Stücke dabei.«

»Danke, aber das ist wirklich nicht nötig.«

Ich weiche zurück vor ihr und dem wilden Glanz in ihren Augen. Soll sie doch mit Katharinas Sachen machen, was sie will. Hauptsache, sie sind fort. Hauptsache, sie hängen nicht länger in meinem Schrank wie ein stummer, anklagender Beweis all dessen, was Katharina war und ich nicht bin.

6

Am Ende schaffe ich es doch nicht, der Versuchung zu widerstehen. Es ist fast Mitternacht, als ich den Laptop endlich schließe. Inzwischen habe ich alle Artikel, die über Katharina im Netz zu finden sind, gelesen. Alles über ihr Leben, ihr Verschwinden und sämtliche Theorien, die es dazu gibt.

Ein Interview mit einer anonymen Bekannten hat mich besonders gefesselt, sodass ich Ausschnitte davon sogar mit dem Handy abfotografiert habe. Darin erzählt sie dem Reporter, dass Katharina sich immer mehr zurückgezogen und kurz vor ihrem Verschwinden kaum mehr das Haus verlassen habe. Sie spricht von einer Depression und deutet sogar an, dass Katharina sich womöglich selbst etwas angetan haben könnte. Ich glaube nicht wirklich daran, der reißerische Erzählton lässt eher darauf schließen, dass die Person Aufmerksamkeit heischen wollte und wahrscheinlich gar nicht eng mit Katharina befreundet war. Aber es macht mich neugierig. Zu gern würde ich diese Person anrufen und sie zu Katharina befragen, aber in dem Artikel steht nicht einmal der Heimatort der Zeugin, geschweige denn ein Name.

Am Ende klicke ich mich nur mehr durch Katharinas Fotos, bis sie nacheinander vor meinen Augen verschwimmen. Dort eines, wo sie in einem silbernen Vintage-Kleid neckisch an Thomas' Arm hängt. Da eines bei einer Bootstaufe, Katharina in einem eleganten weißen Hosenanzug gekleidet, hinter ihr Thomas, der die Hände auf ihre Schultern gelegt hat.

Ich finde kaum ein Foto, wo sie alleine abgelichtet ist. Fast immer sind sie zu zweit. Thomas ganz dicht neben ihr, meistens den Arm um ihre schmale Taille geschlungen, stets lächelnd, stets verliebt. Ein absolutes Traumpaar. An ihrer Seite wirkt er anders als an meiner, größer, selbstbewusster. Als würde allein ihre Anwesenheit ihn innerlich wachsen lassen. Ich starre Katharinas Gesichtszüge an, bis sie sich förmlich in meine Netzhaut brennen. Bis ich jede Mulde, jede noch so feine Linie auswendig kenne.

Als ich jetzt auf das schwarze Fensterglas starre, sehe ich ihre Züge immer noch vor mir, wie ein Phantom schwebt sie stets am Rande meines Blickfelds. Meine Augen tränen vom hellen Bildschirmlicht. Draußen ist es längst dunkel.

Und wieder ist Ben zu Bett gegangen, ohne dass ich ihm ordentlich Gute Nacht gesagt habe. Ich habe gehört, wie Rahel vor Stunden mit ihm die Treppe hochgekommen ist. Wie sie mit ihm seine Zähne geputzt und ihm in seinen Pyjama geholfen hat. Ich habe all das gehört und mich nicht gerührt. Meine eigene Feigheit hat mich ans Bett gefesselt. Sicher hat sie ihm auch etwas vorgelesen. Katharina hätte es bestimmt getan, und ich sollte es auch tun. Ich bin nun die Frau an Thomas' Seite und sollte endlich anfangen, eine Beziehung zu Ben aufzubauen. Damit wir eine Familie werden.

Der Junge muss furchtbar einsam sein. Ohne Mutter und mit einem Vater, der die meiste Zeit in einer anderen Stadt verbringt. Er hat nur Rahel. Und mich. Und bislang war ich ein karger Ersatz für die Mutter, die er verloren hat. Ab morgen will ich mich mehr um ihn bemühen, nehme ich mir in dem Moment vor. Ihm sein Frühstück vorbereiten und mit ihm lustige Sachen unternehmen. Mit ihm reden, auch wenn er nicht antwortet. Ihm beweisen, dass es mir ernst ist und ich wirklich ein Teil dieser Familie sein möchte – und damit auch seines Lebens.

Als ich aufstehe, um ins Bad hinüberzugehen, ändere ich aus einem plötzlichen Impuls heraus die Richtung, bis ich vor Bens leicht angelehnter Kinderzimmertür stehe. Im Flur ist es dunkel, doch aus dem Türspalt dringt ein schwacher Lichtschimmer, ein bläuliches Schlaflicht, um die Schatten fernzuhalten. Ich kann ihn leise atmen hören, er schläft ganz ruhig und fest.

Ich habe das Verlangen, mich zu ihm zu setzen und über seinen Schlaf zu wachen. Wie ich es mir selbst oft als Kind gewünscht hätte in den vielen leeren Stunden, in denen meine Mutter fort war und mich allein zurück ließ. Doch wieder einmal spüre ich diese Distanz zwischen uns, die ich einfach nicht überwinden kann. Als würde Katharina selbst zwischen uns stehen und ihren Sohn gegen mich abschirmen. Wie von fremden Fäden gezogen drehe ich mich wieder weg von der Tür, weg von Ben.

Und dann höre ich es, ein einzelner Laut, der die Stille zerreißt.

»Mama?«

Ganz leise hallt das Wort aus dem offenen Türspalt zu mir. Ich kann es erst nicht glauben und erstarre in der Bewegung.

Ben. Er spricht!

Der gequälte Laut zerreißt mir fast das Herz. Es liegen so viel Schmerz und so viel Sehnsucht darin, das ganze Leid einer zerstörten Kindheit.

Ich will zu ihm gehen, ihn in den Arm nehmen, ihn trösten. Doch ich kann mich nicht bewegen. Das Blut rauscht förmlich durch meinen Kopf.

Plötzlich spüre ich ihre Präsenz ganz stark. Hier bei mir vor Bens Zimmertür. Die Luft ist kalt und wie aufgeladen. Fast will ich in die erdrückende Dunkelheit um mich fragen: »Katharina?«

Doch bevor ich die Stimme erheben kann, höre ich ein lautes Scharren. Es kommt aus dem Erdgeschoss.

Jemand ist im Haus.

Schwindel erfasst mich, aber ich zwinge mich, ruhig zu bleiben. Ich bin paranoid, übernächtigt und habe heute zu viele Stunden damit zugebracht, auf das Foto einer verschwundenen Frau zu starren. Einer womöglich toten Frau. Kein Wunder, dass meine Gedanken mit mir durchgehen. Da unten ist nichts, ich bilde mir das bloß ein.

Doch dann höre ich es wieder. Lauter diesmal.

Ich gehe zum Treppengeländer. Spähe hinunter. Nichts. Bloß Dunkelheit und Stille. Die Sekunden vergehen, dann ertönt es wieder: ein heftiges Kratzen, gefolgt von einem leisen Poltern. Es scheint von der Haustür zu kommen.

Vielleicht ein Ast, den der Wind umgeknickt hat und der nun gegen die Fassade schlägt?

Mit einer Hand an der Wand schleiche ich langsam hinunter. Mein Herz schlägt mir bis zum Hals. In meinem Kopf wiederhole ich die immer gleichen Worte wie ein Mantra:

Da ist nichts. Da ist nichts.

Ich bewege mich auf die Haustür zu, meine Schritte werden langsamer, je näher ich ihr komme. Ich habe Angst davor, was ich dahinter vorfinden mag. Angst vor meinen eigenen ausufernden Gedanken. Das Kratzen wird nun lauter, drängender. Ich höre Bewegungen hinter der Tür. Nie und nimmer ist das ein Ast. Es ist etwas Lebendiges, und es scheint meine Nähe zu spüren.

Gott, lass es bitte Thomas sein, der doch nach Hause gekommen ist und seine Schlüssel nicht findet.

Einen halben Meter vor der Tür bleibe ich stehen. Ich strecke die Hand nach der Klinke aus, aber ich schaffe es einfach nicht, sie runterzudrücken. Stattdessen presse ich meine Stirn auf die kühle Oberfläche, um durch den Spion zu schauen, der im oberen Bereich der Tür eingelassen ist. Ein neuerliches Kratzen lässt mich zusammenzucken, doch ich zwinge mich, es durchzuziehen, dem ins Auge zu blicken. Was auch immer es ist.

Ich kann nur Schwärze erkennen. Noch während mein Gesicht den Rahmen des Türspions berührt, ertönt ein lautes Bellen. Ich fahre zusammen, meine Hand liegt erneut auf der Klinke. Kann es denn sein? Dann nehme ich all meinen Mut zusammen und öffne die Tür. Nur einen Spalt, um hindurchsehen zu können. Und tatsächlich. Ich erblicke leuchtende Augen und schwarz glänzendes Fell.

Auf der Eingangsmatte unserer Haustür sitzt ein großer schwarzer Hund. Als er mich sieht, bellt er erneut und schabt mit den Pfoten gegen die Tür, was mich dazu bringt, sie erneut fest zuzuziehen.

Fast muss ich lachen, als die Anspannung von mir fällt. Bloß ein Hund. Und ich dachte schon ... Ich dachte ... Ich schüttle über mich selbst den Kopf.

Aber was macht das Tier hier? Wem gehört es? Soll ich den Tierschutz rufen?

Ich ziehe die Tür erneut auf, nur wenige Zentimeter, um einzuschätzen, ob er gefährlich sein könnte, doch nichts mehr. Der Hund ist verschwunden.

Merkwürdig.

Ich verharre noch einige Augenblicke, bis ein Geräusch an der Treppe mich herumfahren lässt. Ben steht dort auf halber Höhe, den Stoff-Pinguin, den ich ihm geschenkt habe, fest an sich gedrückt. Seine Augen sind gerötet und glänzen, als hätte er geweint.

»Ben.«

Mir schwillt die Brust vor Kummer, ihn so zu sehen. Ich gehe auf ihn zu, doch bevor ich ihn erreiche, dreht er sich auch schon um und geht die restlichen Stufen nach oben. Die Zimmertür fliegt mit einem lauten Knall hinter ihm zu.

Die Botschaft ist deutlich: Er will mich dort nicht haben.

7

Die Sonne ist noch nicht einmal richtig aufgegangen, als ich Thomas' Nummer wähle. Ich habe die ganze Nacht kaum ein Auge zugetan und warte schon seit Stunden darauf, ihn endlich anrufen zu können.

»Thomas«, rufe ich atemlos in den Hörer, als ich nach mehrfachem Klingeln seine Stimme höre. »Du wirst nicht glauben, was passiert ist.«

»Hannah? Alles in Ordnung bei euch?« Thomas klang erst verschlafen, doch nun ist er hellwach.

»Ja, tut mir leid, ich wollte dich nicht wecken. Aber es geht um Ben.« Vor Spannung zittert das Handy in meiner Hand. »Gestern hat er gesprochen.«

»Wirklich? Bist du dir sicher? Was hat er gesagt?«

»Ich bin im Dunkeln an seiner Tür vorbeigegangen. Ich habe es ganz deutlich gehört. Er hat …« Ich zögere kurz. »Er hat Mama gesagt.«

»Ach, Liebling. Er hat wahrscheinlich bloß im Schlaf geredet.«

»Aber er hat geredet!«

»Ich weiß ja, dass er es kann, das war nie das Problem. Er will bloß einfach nicht.«

»Aber …« Mir gehen die Argumente aus. Wieso sieht er nicht, was für ein Riesenschritt das ist? »Ich weiß, dass es bei ihm etwas Psychisches ist. Was er gesagt hat, bestätigt ja auch nur, dass er immer noch wegen des Verlusts seiner Mutter traumatisiert ist. Habt ihr es schon mal mit speziellen Therapien in der Richtung versucht? Ich habe bereits ein wenig recherchiert, und da gibt es sehr vielversprechende Methoden. Ganz in der Nähe zum Beispiel ...«

»Du warst heute ja schon ganz schön aktiv«, unterbricht Thomas mich. »Fehle ich dir so sehr?«

Seine nüchterne Tonlage verunsichert mich. Irgendwie hatte ich mir mehr Euphorie wegen meiner Neuigkeiten erhofft. Ist er denn gar nicht aufgeregt? Sein Sohn hat zum ersten Mal seit zwei Jahren wieder gesprochen. Und wenn es nur im Schlaf war.

»Ich merke einfach, wie sehr er leidet«, sage ich. »Ich will ihm gerne helfen.«

»Du hilfst ihm, indem du ihm Zeit gibst. Du bist gerade erst eingezogen, er wird Zeit brauchen, um sich an dich zu gewöhnen. Ganz sicher hilfst du ihm nicht, wenn du ihn sofort zu irgendwelchen Therapeuten zerrst, die ihn nur noch mehr verunsichern.«

»Aber hast du überhaupt schon mal eine Therapie mit ihm versucht?«

»Er war kurz nach Katharinas Verschwinden einmal bei einer Psychologin, aber danach war er nur noch verstörter. Ich tue ihm das sicher kein zweites Mal an.«

»Aber so etwas wäre wichtig für ihn! Wie soll er denn die Vergangenheit aufarbeiten, wenn ihm niemand dabei hilft? Er ist doch noch ein Kind, und er hat eindeutig psychische Probleme. Er *braucht* Hilfe.«

»Hannah«, erwidert Thomas brüsk. »Es ist noch nicht einmal sieben Uhr morgens. Ich habe gleich einen sehr wichtigen Termin, auf den ich mich gedanklich vorbereiten muss. Kannst du mit mir bitte nicht über die Erziehung meines Sohnes diskutieren? Ich weiß selbst, was für ihn das Beste ist.«

Wie sollst du das wissen, wenn du doch nie da bist?, will ich ihm am liebsten sagen, doch noch bevor ich etwas erwidern kann, bricht das Gespräch plötzlich ab.

Thomas hat aufgelegt.

Voller Zorn knalle ich das Handy auf die Küchentheke. Wie kann er mich so abschmettern, wenn ich mich doch um seinen Sohn sorge? Und wen wundert es schon, dass der kleine Ben traumatisiert ist? Nach allem, was ich gelesen habe, wurde seine Mutter möglicherweise entführt oder ermordet, auch wenn Thomas mich gerne etwas anderes glauben lassen würde, aber damit ist jetzt Schluss.

Ich weiß, dass du mich wegen Katharina belogen hast, tippe ich in mein Handy und verschicke die Nachricht an Thomas, bevor ich es mir anders überlegen kann. Dazu ein Screenshot von einem der Artikel über ihr Verschwinden, den ich gelesen habe. Anschließend schalte ich mein Handy aus, um nicht erreichbar zu sein. Diesmal habe ich das letzte Wort.

Schwungvoll reiße ich die Kühlschranktür auf. Ich will mir einen Karton mit Milch für meinen morgendlichen Kaffee herausnehmen, aber so weit komme ich gar nicht. Ein Schwall verschiedener Gerüche strömt auf mich ein. Sauer eingelegte Salate und frischer Käse von einem der

Bauern der Umgebung. Mein Magen dreht sich. Nicht schon wieder. Die Übelkeit überrollt mich wie eine Flutwelle. Ich schaffe es gerade noch, mich seitwärts zu drehen und erbreche mich ins Spülbecken. Verzweifelt klammere ich mich an den Edelstahl-Armaturen fest.

Als es endlich vorbei ist, drehe ich den Wasserhahn voll auf und halte mein Gesicht unter den eiskalten Strahl. Ich spüle meinen Mund und lasse mich dann erschöpft auf einen Stuhl sinken.

Vielleicht habe ich mir tatsächlich einen Virus eingefangen, dann sollte ich besser einen Arzt aufsuchen. Oder aber ... Unwillkürlich muss ich wieder an Madlens Worte gestern denken und wie lächerlich sie mir in dem Moment erschienen sind. Schwanger? Aber ist die Vermutung wirklich so lächerlich?

Ich nehme zwar die Pille, aber zugegebenermaßen habe ich mich in dem ganzen Chaos, den der Umzug mit sich gebracht hat, nicht so akribisch wie sonst an die Einnahme gehalten. Teilweise habe ich die Pille erst Stunden später eingenommen, und ein- oder zweimal habe ich sie sogar komplett vergessen, gestehe ich mir ein. Ich habe mir nicht viel dabei gedacht, ich hatte schon früher mal eine Pille hier und dort vergessen, und nie war etwas passiert, aber da hatte ich auch noch keinen festen Partner und deutlich weniger Sex.

Ich lege eine Hand auf meinen Bauch und versuche, etwas zu fühlen, irgendetwas. Aber da ist nur das nervöse Flattern meines eigenen Herzschlags.

Ich kann nicht sagen, ob es Euphorie ist. Oder Angst.

Als ich am Nachmittag das Haus betrete, bin ich überrascht, Thomas im Flur stehen zu sehen. Es ist noch nicht einmal fünf Uhr. Ich habe ihn erst spät am Abend zurück erwartet. An seinem reumütigen Blick erkenne ich, dass er ein schlechtes Gewissen hat.

Ich bin noch nicht einmal zwei Schritte zur Haustür rein, als er mich bereits in den Arm nimmt und fest an sich drückt. Ich möchte wütend sein, aber nach allem, was passiert ist, tut es so gut, einfach nur festgehalten zu werden. Erst jetzt merke ich, wie einsam ich die letzten Tage ohne ihn war und wie sehr mir seine Nähe gefehlt hat.

»Tut mir leid, ich war heute Morgen wirklich unfair zu dir«, sagt er. »Ich wollte dich nicht so anfahren. Ich weiß doch, dass du es nur gut meinst. Ich bin, was Ben betrifft, einfach etwas empfindlich und habe überreagiert.«

»Schon gut«, murmle ich und drücke mein Gesicht gegen seine warme Brust. »Ich wollte dich auch nicht so mit dem Thema überfallen.«

»Wo warst du?« Sein Blick wandert von meinen geröteten Wangen zu meinen schlammbespritzten Schuhen.

»Ich war in der Innenstadt und bin etwas herumspaziert.« Die Wahrheit und nicht die Wahrheit. Ich war in der Stadt und habe eine Apotheke gesucht, um einen Schwangerschaftstest zu kaufen. Danach bin ich noch eine Weile ziellos herumgestreift, um den Moment aufzuschieben, in dem ich den Test tatsächlich machen muss, und um mir über meine Gefühle im Klaren zu werden.

Was, wenn ich schwanger bin?

Thomas soll nichts von meinen Gedanken erfahren,

deshalb lächle ich einfach breit und klemme meine Handtasche mit der ungeöffneten Testpackung fest mit dem Ellenbogen an mich.

»Du bist ganz verfroren.« Thomas reibt meine Hände zwischen seinen und haucht einen Kuss auf meine steifen Knöchel. Bilde ich mir das ein, oder ist das Nervosität in seinen Augen?

»Wegen Katharina ... Ich wollte dich nicht anlügen. Wirklich nicht. Ich wollte bloß nicht, dass das Thema unsere Beziehung überschattet, vor allem zu Beginn nicht, und dann habe ich wohl den richtigen Zeitpunkt übersehen, dir alles zu erzählen. Aber nicht, weil ich es vor dir verheimlichen wollte. Das tut mir leid. Ich schätze, manchmal ist es für mich selber leichter, mir vorzustellen, sie wäre einfach ausgezogen. Alles andere ist einfach zu grausam. Vor allem für Ben.«

»Schon klar. Ich verstehe das, aber bitte ... keine Geheimnisse mehr, versprochen?«

»Versprochen«, raunt Thomas und zieht mich erneut fest an sich. »Ich will nicht, dass irgendetwas zwischen uns steht.«

»Ich auch nicht«, entgegne ich mit einem Kloß im Hals.

Thomas lächelt mir aufmunternd zu. »Kommst du mit rauf? Ich habe eine Überraschung für dich.«

»Ach ja? Was ist es?«

»Das wirst du gleich erfahren.«

Mir ist nicht wirklich nach Überraschungen zumute. Nicht nach der Überraschung, die mir möglicherweise noch bevorsteht, aber weil Thomas so euphorisch ist, lasse ich mich von ihm nach oben führen. Gleich von der Schlafzimmertür aus erkenne ich sein Geschenk bereits. Es ist kaum zu übersehen, zwei Meter groß, eine echte Schönheit aus massivem, geöltem Buchenholz.

»Oh«, sage ich tonlos. »Eine Staffelei.«

Der Rahmen ist bereits mit einer Leinwand bestückt, die Fläche so leer wie meine Gedanken in diesem Moment. Ich weiß nicht einmal, ob ich Freude oder Panik empfinden soll.

»Ich habe dir auch Pinsel und Farbe gekauft«, fährt Thomas fort. »Du hast gesagt, dass du früher gern gemalt hast, und ich dachte, welch besseren Ort könnte es geben, um wieder damit anzufangen, als diesen? Da vom Fenster kannst du direkt zum Bodensee hinaussehen. Und auf die Berge, die Segelboote am Wasser. Wenn das keine tollen Motive sind, weiß ich es nicht.«

Sein Lächeln erreicht sein ganzes Gesicht. Ich weiß, ich sollte mich freuen, doch der Anblick der Staffelei macht mich ganz starr. »Danke, aber das wäre nicht nötig gewesen«, presse ich schließlich hervor.

»Ich weiß, dass dir hier furchtbar langweilig sein muss. Ich hatte gehofft, dich damit etwas aufmuntern zu können.«

Wirklich?, frage ich fast. *Oder willst du mich einfach nur beschäftigen, damit ich meine Nase nicht länger in Dinge stecke, die mich nichts angehen?*

Sofort schäme ich mich für meine Gedanken, das hat Thomas nun wirklich nicht verdient. Es ist ein wundervolles Geschenk. Er kann nicht wissen, wie aufwühlend allein die Vorstellung, wieder einen Pinsel zur Hand zu nehmen, für mich ist.

Ich gehe behutsam auf die Staffelei zu, als näherte ich mich einem scheuen Tier. Meine eigene Staffelei habe ich längst verkauft, gleich nachdem ich mein Studium aufgegeben hatte. Ich war mir so sicher, all das hinter mir gelassen zu haben. Doch als meine Finger nun die fein strukturierte Oberfläche der Leinwand berühren, kommt in mir sofort wieder die altbekannte Sehnsucht hoch. Und Thomas hat recht, der Bodensee ist ein wunderschönes Motiv, mit all seinen Farbspielen und Lichtspiegelungen, den Bewegungen der Wellen und den Schatten der Berge.

Unbewusst fange ich sofort an, den richtigen Ausschnitt zu suchen, den perfekten Blickwinkel, um den fast schwarzen See vor dem Hintergrund des roten Abendhimmels einzufangen. Doch während mein Blick über Hügel und Nebelfelder schweift, wird er von etwas anderem festgehalten. Einem düsteren Schemen, wo keiner sein sollte.

Sofort springt mir das Herz wieder in den Hals.

»Da ist er wieder!« Ich drücke mein Gesicht gegen das Fensterglas und spähe in den von Dämmerlicht überschatteten Garten. Auf dem Bootssteg sitzt still wie eine Statue der große schwarze Hund von gestern Nacht.

»Wer?« Thomas tritt neben mich. Beschützend legt er eine Hand auf meinen Rücken und blickt ebenfalls in den Garten hinunter.

»Der Hund! Er hat mich gestern Nacht fast zu Tode erschreckt. Er war plötzlich einfach da und hat wie verrückt an unserer Haustür gekratzt.«

»Ach, verflucht. Ich dachte, ich hätte endlich alle undichten Stellen im Zaun reparieren lassen, aber irgendwie findet er ständig neue Löcher, durch die er sich graben kann. Tut mir leid, Liebling. Das passiert leider öfters. Ich werde gleich den Besitzer anrufen, damit er ihn holt. Aber du brauchst keine Angst zu haben, wenn du ihn siehst, er ist harmlos.«

»Aber was will er hier?«

Thomas deutet mir, leise zu sein. Er hat sein Handy bereits ans Ohr gedrückt. Als der Hundebesitzer sich meldet, verlässt er den Raum und lässt mich mit der Staffelei und all meinen verschütteten Träumen und aufkeimenden Ängsten allein.

8

Das Wochenende über bleibt der Schwangerschaftstest unangetastet in meiner Handtasche. Ich traue mich nicht, ihn zu machen, solange Thomas in der Nähe ist. Nicht, wenn ich selbst nicht weiß, wie ich über eine mögliche Schwangerschaft denken soll.

Mein Herz könnte sich keine schönere Zukunft für uns vorstellen, aber mein Verstand hält dagegen. Denn ich habe Thomas noch immer nicht verziehen, dass er mich wegen seiner Exfrau belogen hat, eine Lüge, die seitdem wie ein Keil zwischen uns steht und mich nachts nicht schlafen lässt.

Als ich am Morgen wieder zur Toilette renne, um meinen Magen über der Kloschüssel zu entleeren, erzähle ich ihm wieder eine Lüge. Zum ersten Mal sehne ich den Tag von Thomas' Abfahrt herbei, nicht weil ich ihn nicht bei mir haben will, sondern weil ich in seiner Nähe einfach nicht klar denken kann und das Gefühl dafür verliere, was richtig und was falsch ist.

Aber Thomas hält an seinen Versprechungen fest. Er bleibt von Freitag an bei uns und will sogar einen Ausflug nach Konstanz mit uns machen. Etwas, auf das ich mich sehr gefreut habe, vor allem auf die Überfahrt mit der Fähre, doch nun graut mir davor, wie mein empfindlicher Magen auf die Wellenbewegung reagieren wird. Sicherheitshalber verstecke ich ein paar Plastiktüten für den Notfall in meiner Jackentasche.

Doch meine Angst verfliegt, als ich am offenen Deck stehe. Ein frischer Wind streicht mir über die Wangen und fährt bis hinunter in meine Kehle, wo er wie Balsam auf mich wirkt.

Vom Wellengang spüre ich fast nichts, nachdem das große Schiff sich erst einmal in Bewegung gesetzt hat. Mühelos bricht es durch die Wellen. Fasziniert stehe ich an der Reling, den Kopf zum wolkenfreien Himmel gehoben, und lasse mir von der Sonne das Gesicht wärmen.

Ben steht direkt neben mir und blickt gen Horizont, doch seine Miene ist wie versteinert, verrät weder Freude noch Trauer noch irgendetwas anderes, das ihn bewegt.

»Sieh nur«, sage ich zu ihm, als wir den Hafen von Konstanz ansteuern, in der Hoffnung, ihn etwas aus der Reserve zu locken. Auf Höhe der Einfahrt erhebt sich die Imperia, eine neun Meter hohe Hafenstatue, die sich in dem Moment mit Hilfe eines Mechanismus auf ihrem Sockel dreht. Ich muss grinsen beim Anblick der zwergenhaften, nackten Männlein, welche die Imperia auf ihren Händen trägt, aber Ben sieht nicht einmal hin, sondern hat seine Augen demonstrativ zu Boden geheftet.

Auch nachdem wir von Bord gegangen sind, wird seine Laune nicht besser. Er ist still und mürrisch und reagiert weder auf Thomas noch auf mich. Ich gebe mir dennoch Mühe, mit ihm zu reden, indem ich ihn frage, was er gerne essen oder unternehmen möchte, oder indem ich auf Dinge zeige, die ich spannend finde, wie eine besonders schöne Kirche oder eine seltsam gekleidete Touristengruppe. Doch meine Versuche bleiben vergebens. Ich ernte nur stoische Blicke ohne jede Regung.

Erst, als wir in das Sea Life Aquarium von Konstanz gehen, taut Ben etwas auf. Anscheinend war er mit seinem Vater schon öfters dort, zumindest geht er entschlossen voraus, vorbei an der Seepferdchen-Grotte und den riesigen Becken mit exotischen Fischen und Wasserschildkröten. Er geht direkt zum Ende des Parks, wo ein riesiges verglastes Gehege mit Eselspinguinen den Höhepunkt der Anlage bildet.

Er stellt sich so nah wie möglich vor das Glas und verfolgt mit einer fiebrigen Begeisterung, die ich bei ihm gar nicht erwartet hätte, wie die Pinguine auf ihren Eisschollen umherwatscheln und durch das Wasser tauchen. Manchmal kommen die Tiere seinem Gesicht dabei so nah, dass er sie mit der ausgestreckten Hand berühren könnte, wäre das Glas nicht zwischen ihnen. Dann erscheint das schönste kleine Lächeln auf seinem sonst so ernsten Kindergesicht, und ich weiß wieder, es besteht Hoffnung.

»Das war ein schöner Tag«, sagt Thomas. Hand in Hand stehen wir nebeneinander an die gegenüberliegende Wand gelehnt und beobachten Ben dabei, wie er sich am Tummeln der Pinguine erfreut. Und es stimmt. Es war tatsächlich ein schöner Tag. Für ein paar Stunden waren all meine Sorgen und Ängste wie weggeblasen. Ich habe wieder uns gesehen und den Grund dafür, wieso ich überhaupt hierhergekommen bin. Weil ich Thomas liebe, und ist das nicht das Wichtigste? Ganz gleich, ob ich nun ein Kind erwarte oder nicht, wenn wir uns nur lieben, können wir alles schaffen. Dann hätte ich Vertrauen, in die Zukunft und in uns beide.

Euphorisiert von dem Moment drehe ich mein Gesicht zu Thomas und lächle ihn schüchtern an. »Hattet ihr eigentlich je an ein Geschwisterchen für Ben gedacht?«

»Ein Geschwisterchen?« Thomas schnaubt belustigt. »Nicht wirklich. Wie du siehst, ist Ben lieber für sich. Vor allem jetzt. Veränderungen machen ihn ganz krank.«

»Und du?«, kann ich mir nicht verkneifen, während das Blut in meinen Ohren rauscht. »Hättest du gerne noch mal ein Kind?«

»Du fragst vielleicht Sachen ... Im Moment kann ich doch kaum meiner Verantwortung Ben gegenüber gerecht werden. Nein, bestimmt nicht. Zumindest nicht jetzt«, vertröstet er mich. »In ein paar Jahren vielleicht.« Er küsst mich auf die Wange, aber die Berührung fühlt sich kühl an, beinahe hart, mehr Strafe als Liebkosung.

»Klar.« Ich grinse so breit, dass mir der Kiefer wehtut. Um nicht zu zeigen, wie ich mich wirklich fühle, wie sich mein Magen, mein Innerstes verkrampft und schmerzhaft zusammenzieht.

Denn eigentlich weiß ich es doch längst, oder? Habe es vom ersten Moment an gewusst, als Madlen die Worte ausgesprochen hat. Ich habe die Veränderung in mir gespürt, auch wenn ich sie nicht gleich wahrhaben wollte.

Ich brauche keinen Test zu machen, ich weiß es instinktiv. Ich bin schwanger.

Aber Thomas will dieses Kind nicht.

9

Montagmorgen wache ich wieder in einem kalten Bett auf. Thomas ist fort, auch seine Laptoptasche steht nicht mehr am Fenster, wo sie das ganze Wochenende über gelehnt hat. Er muss bereits sehr früh aufgestanden und nach München gefahren sein, sodass ich davon nicht einmal wach geworden bin. Für einen kurzen Augenblick weiß ich nicht, ob ich für seine Rücksicht dankbar sein soll oder gekränkt darüber, dass er mich wieder für mehrere Tage alleine lässt und sich nicht einmal mit einem Kuss verabschiedet.

Die Übelkeit regt sich wieder in mir, kaum dass ich die Augen aufschlage, doch zumindest scheine ich diesmal meinen Mageninhalt bei mir behalten zu können.

Der Schwangerschaftstest ist zu diesem Zeitpunkt zu einer reinen Formsache geworden. Ich mache ihn ohne großes Theater zwischen meiner morgendlichen Dusche und dem Zähneputzen. Ich bin nicht überrascht, als ich das Plus auf dem Anzeigenfeld ausmache. Schwanger. Aber hiermit habe ich nun den Beweis, schwarz auf weiß.

Kurz wird mir wieder flau im Magen, doch ich schlucke die aufkeimende Übelkeit hinunter. Ich muss nachdenken, mir einen Plan überlegen. Aber was soll ich Thomas denn sagen, nachdem er mir gestern erst sehr deutlich mitgeteilt hat, dass er kein weiteres Kind möchte? Nicht jetzt, meinte er, als hätte ich mir den Zeitpunkt ausgesucht. Es war schließlich nicht geplant, ich war unvorsichtig, und nun ist es passiert. Ich kann es nicht mehr ungeschehen machen.

Ich habe mein Schlaftop hochgezogen und streiche über meinen Bauch. Er sieht aus wie immer, flach und weich. Ich versuche, mir vorzustellen, wie er sich wölben wird, wie er größer und größer wird, bis ... Mir wird ganz schwindlig bei dem Gedanken, und ich ziehe das Oberteil ruckartig wieder nach unten.

Mein Herzschlag dröhnt in meinen Ohren.

Ich kann das nicht ohne Thomas. Er muss mir beistehen. Wenn er mich liebt, dann wird er auch dieses Baby wollen.

Er hat gesagt, er wollte nach Ben keines mehr, aber was ist mit Katharina? Hätte sie sich noch ein Kind gewünscht? Wie würde sie in meiner Situation reagieren? Wahrscheinlich würde sie mich auslachen, weil ich so ein Theater veranstalte und Thomas nicht einfach sofort anrufe. Bestimmt hätte sie keine Angst, dass er das Kind nicht wollen würde, sie würde es einfach von ihm fordern.

Auf dem Weg ins Schlafzimmer bin ich so in meine Gedanken versunken, dass ich beinahe gegen die Staffelei laufe. Ich stoße mir den kleinen Zeh an einem der Holzbeine und atme zischend ein, als der scharfe Schmerz mich wie ein bissiges Tier überfällt.

Was macht die Staffelei überhaupt hier? Ich dachte, ich hätte sie zur Seite gestellt. Thomas muss sie wieder in der Mitte des Raums platziert haben, wo ich sie nicht mehr ignorieren kann, was mir am Wochenende ganz gut gelungen ist. Eine stumme Aufforderung seinerseits, sie endlich zu benutzen. Er weiß nicht, was allein der Anblick in mir auslöst, der Spott einer weißen Leinwand. Ihre Anwesenheit ist eine konstante Erinnerung an all das, was ich immer werden wollte und niemals sein werde.

So nah vor meinem Gesicht wirkt die Staffelei riesig, lebendig sogar, als wäre sie ein atmendes Wesen und nicht bloß ein geschliffenes Holzgestell aus Schrauben und Leisten.

Ich überlege, sie im Gästezimmer unterzubringen, solange Thomas nicht da ist, nur um sie nicht ständig im Blick haben zu müssen, aber das wäre albern. Ich selbst bin das Problem. Weil ich mich von allem einschüchtern lasse. Meine Kindheitsträume sind zerplatzt, na und? Vielleicht war dieser Weg einfach nicht für mich vorgesehen. Vielleicht gehöre ich genau hierher, wo ich jetzt stehe, und alles ist genauso gekommen, wie es sein sollte.

Auch das, denke ich und streiche erneut über meinen Bauch.

Dennoch lässt der Anblick der Staffelei mich einfach nicht los. Auf einem kleinen Beistelltisch hat Thomas sogar eine Holzkiste mit neu gekauftem Malerbedarf bereitgestellt. Acryltuben und Pinsel und Schwämme jeder Form und Größe. Vielleicht würde es mir leichter fallen, neues Werkzeug zu benutzen anstelle meiner alten Sachen, die mit so vielen Erinnerungen beladen sind. Ich könnte mit diesen Pinseln etwas völlig Neues erschaffen, mich neu erfinden.

In meinen Fingern beginnt es geradezu zu kribbeln. Und wenn ich es einfach tue? Pinsel und Farbe zur Hand nehme und mich selbst mit kräftigen Strichen auf diese Leinwand banne? Niemand muss das fertige Werk danach sehen. Nicht einmal ich selbst, wenn ich nicht möchte.

Zögerlich gehe ich auf die Staffelei zu. Befühle die Pinselborsten mit den Fingerkuppen, manche rau, manche samtig weich. Und dann ist es plötzlich so, als würde ein Schalter in meinem Kopf umgelegt werden. Draußen vor dem Fenster liegen der Bodensee und die Alpen von einer grauen Nebelwand verzerrt, und ich weiß, dass ich dieses Bild einfach malen *muss*. Jetzt sofort. Mein Blick gleitet zwischen Fenster und Leinwand hin und her, während ich verschiedene Grau- und Blautöne zusammenmische und den richtigen Blickwinkel bestimme.

Das ist verrückt, absolut selbstzerstörerisch, rede ich mir ein, und dennoch kann ich nicht aufhören. Als wäre das gar nicht ich, die so fachmännisch die Farben auf einer Palette anrührt.

Meine Hand zittert, als ich den Pinsel schließlich zur Leinwand führe, doch in dem Moment, als die Farbe das Tuch berührt, steht der Strom meiner Gedanken endlich still. Es geht viel leichter, als ich geglaubt hatte. Als hätte ich niemals damit aufgehört. Meine Hand führt den Pinsel ganz instinktiv, ich muss nicht einmal darüber nachdenken, was ich tue, während ich das Bild vor meinen Augen mit gezielten Pinselstrichen auf die Leinwand übertrage. Ich versinke vollständig in der Bewegung meiner Hand, dem Tupfen und Wischen und sanftem Auftragen. Formen und Farben gehen nahtlos ineinander über. Ich bin leer und erfüllt zugleich, eins mit der Leinwand und den satten Farben. Ich bin wie in Trance. Selbst, wenn mein

Leben davon abhinge, könnte ich in diesem Moment nicht aufhören.

Ein Bild entsteht vor meinen Augen. Es ist nicht exakt das Bild, das sich mir vor dem Fenster zeigt. Die Farben sind satter, die Berge hinter dem Nebel klarer. Blinzelnd lege ich den Pinsel beiseite und schüttle meine Glieder, die sich steif und taub anfühlen, als wären sie aus einem tiefen Schlaf erwacht.

Ich betrachte mein Werk wie jemand, der es zum ersten Mal sieht. Als hätte jemand anderes und nicht ich es gemalt.

Es ist besser, als ich erwartet hatte. Vielleicht sogar das Beste, das ich je geschaffen habe. Ein leerer Raum tut sich auf, wenn ich mich daran zu erinnern versuche, wie genau ich es gemalt habe. Ich weiß nicht einmal, wie lange ich dafür gebraucht habe, ob es Minuten oder Stunden waren, die ich wie gebannt vor der Staffelei gestanden habe. Ich verfolge jeden meiner Pinselstriche mit den Augen und suche mich selbst darin. In den scharfen Kanten der Berge und den dichten Nebelschwaden, die wie eine Sturmwolke über dem See thronen. Zu unserem Garten hin nimmt der Nebel etwas ab, beinahe scheint sich etwas daraus zu lösen. Eine Gestalt in einem hellen Kleid. Je länger ich sie betrachte, desto deutlicher wird sie, bis ich sie ganz klar vor Augen habe.

Am Bootssteg vor unserem Haus kommt eine Frau auf mich zu. Blonde Haare wehen im Wind, und sofort höre ich ihren Namen wieder wie eine fremde Stimme in meinem Kopf.

Katharina.

Die Leinwand ist noch feucht, und als ich das Gesicht der Frau berühre, bleibt graue Farbe an meinen Fingern haften. Die Gestalt wirkt nun verzerrt, ihre Konturen von meiner Hand verwischt, sodass sie gar nicht mehr wie ein echter Mensch aussieht.

Sie sieht aus wie ein Geist.

Zitternd wische ich meine Hand an meinem Nachthemd ab.

Habe ich das wirklich gemalt?

Habe ich das *gesehen?*

Fast traue ich mich nicht, aus dem Fenster zu blicken. Ich weiß nicht, was schlimmer wäre. Ihren Geist in meinem Kopf zu haben oder sie wirklich dort draußen zu sehen?

Aber der Bootssteg ist leer. Natürlich ist er das. Das Bild, das ich gemalt habe, ist wieder einmal nur der Ausdruck meiner wilden Phantasie.

Dennoch nehme ich eine Bewegung im Garten wahr. Etwas schleicht dort unten umher. Als ich den Hund schließlich erkenne, hält er abrupt inne, als könnte er meinen Blick auf sich spüren. Er bleibt stehen und hebt den Kopf. Vielleicht bilde ich es mir bloß ein, aber es fühlt sich so an, als würde er direkt zu mir hochsehen.

Er ist wieder da. Was will er nur ständig hier?

Mein Bild und die Frau darauf sind erst mal vergessen. Schnell ziehe ich mich um und eile die Stufen hinunter. Als ich im Erdgeschoss ankomme, sitzt der Hund ruhig vor der Terrassentür zur Küche, als wartete er auf Einlass. Seine dunklen Augen mustern mich ruhig.

Ich wähle Thomas' Nummer, aber er geht auch nach drei Versuchen nicht ran. Und noch immer bewegt sich der Hund kein Stück vom Fleck. Verflucht, was mache ich jetzt nur mit ihm? Thomas meinte zwar, er sei harmlos, aber ich will ihn trotzdem nicht durch den Garten wildern lassen, wenn Ben zum Spielen nach draußen geht. Dann höre ich das vertraute Trippeln kleiner Frauenfüße draußen vor der Tür.

»Rahel?«, rufe ich und finde sie im Wohnzimmer, wo sie Bens Bastelsachen aufräumt. »Dieser Hund ist wieder da. Weißt du, wo er hingehört? Ich will ihn zu seinem Besitzer zurückbringen.«

»Dante?« Rahel lässt einen Block zurück auf den Tisch fallen, ihr Blick huscht unruhig umher. »Ben sollte ihn nicht sehen. Sie bringen ihn besser gleich weg. Ich weiß, wo er wohnt, das ist nicht weit von hier. Ich schreibe Ihnen die Adresse auf.«

Ich bin überrascht, wie hilfsbereit Rahel plötzlich ist. Sie bringt mir sogar einen langen roten Schal, damit ich Dante daran festbinden kann. Wir werden vielleicht niemals Freundinnen werden, aber zumindest, wenn es um Bens Wohlergehen geht, ziehen wir beide am selben Strang.

Dann kommt der Moment, in dem ich die Küchentür öffnen muss, und plötzlich fühle ich mich sehr klein gegenüber diesem riesigen Hund. Ich habe zwar nicht unbedingt Angst vor Hunden, aber ich hatte auch nie viel Kontakt mit ihnen. Zum Glück verhält er sich im Gegensatz zu unserer letzten Begegnung sehr ruhig und versucht weder an mir hochzuspringen noch hinter mir ins Haus zu stürmen.

»Dante? Ist das dein Name?«, frage ich vorsichtig und greife ganz langsam nach seinem Lederhalsband. Dante wedelt träge mit dem Schwanz. An den silbernen Härchen in seinem Gesicht erkenne ich, dass er bereits etwas älter sein muss. Vielleicht ist er verwirrt und kommt deshalb ständig hierher?

Ergeben lässt er zu, dass ich den Schal um sein Halsband wickele. Ich hatte eigentlich Sorge gehabt, mehr Mühe mit ihm zu haben, doch auf mein Ziehen hin geht er brav mit und springt sogar ohne Aufforderung in den Kofferraum von Thomas' Zweitwagen, kaum dass ich die Klappe geöffnet habe.

Der Wagen ist ein großer SUV mit Automatikgetriebe, und bislang habe ich mich immer etwas gescheut, ihn zu benutzen. In München bin ich immer U-Bahn gefahren; es ist Jahre her, seitdem ich zuletzt selbst hinterm Steuer saß, und dann waren das auch immer viel kleinere Autos.

Nervös nestele ich an der Schaltung, aber dann finde ich endlich den richtigen Gang, und der Wagen setzt sich so lautlos in Bewegung, dass es sich anfühlt, als würde er schweben.

Die Adresse habe ich ins Navigationssystem eingegeben. Mit dem Auto ist es tatsächlich nicht weit, aber für den Hund sind es dennoch einige Kilometer, die er selber gelaufen sein muss, um zu uns zu gelangen. Der Grund dafür ist mir unerklärlich. Immer wieder sehe ich im Rückspiegel nach ihm. Er hat sich im Kofferraum auf den Bauch gelegt. Seine dunklen Augen scheinen mich ebenfalls für keine Sekunde loszulassen.

Ich fahre die Landstraße entlang Richtung Eriskirch, zu beiden Seiten erstrecken sich grüne Felder und modernisierte Bauernhöfe. Vor einem dieser Höfe komme ich schließlich zum Stehen.

Dante wedelt mit dem Schwanz und beginnt zu bellen, ich scheine also richtig zu sein. Auf das Bellen hin kommt sogleich ein älterer Mann in dicken Arbeitsstiefeln aus einer der Scheunen.

»Oh, hallo«, begrüßt er mich, als ich aus dem Wagen steige. »Ich habe bereits versucht, Herrn Fontana zu erreichen, und wollte wissen, ob Dante wieder bei ihm ist. Ich werde den Hund noch anketten müssen, aber er lässt sich einfach nicht einsperren. Auf seine alten Tage wird es nur noch schlimmer.« Er zieht seine Handschuhe aus und reicht mir die Hand. »Und Sie sind …?«

»Ich bin Hannah. Ich bin letzte Woche bei Thomas eingezogen.«

»Das freut mich zu hören. Daniel Hagen.« Sein Händedruck ist kräftig, die Handflächen rau von Schwielen und jahrelanger harter Arbeit.

Gemeinsam befreien wir Dante aus dem Kofferraum. Er springt sofort heraus und begrüßt Daniel wild schnuppernd. Sein freudiges Schwanzwedeln lässt mich lächeln. Mit der ausgestreckten Hand berühre ich das weiche Fell auf seinem Rücken. »Er war ganz brav, das muss man ihm lassen. Ich habe bloß keine Ahnung, was er ständig bei uns will.«

Daniel lacht laut auf. »Na ja, er sucht sein Frauchen.«

»Sein Frauchen?«

»Na, Katharina. Der arme Kerl kann ja nicht wissen, dass sie fort ist. Ich schwöre, manchmal treibt er mich in den Wahnsinn mit seinem nächtlichen Gejaule. Steht stundenlang an der Tür und kratzt mir die Leisten kaputt, weil er unbedingt zu ihr möchte.«

Mich überkommt eine Gänsehaut. Dante ist ... Katharinas Hund? Wieso weiß ich wieder nichts davon?

»Oh, ja, natürlich.« Meine Wangen werden warm, und ich sehe auf Dante hinunter, um Daniels Blick auszuweichen. Er soll nicht merken, dass ich davon nichts wusste, dass Thomas mir wieder mal nicht die Wahrheit erzählt hat.

Nun ergibt alles einen Sinn. Ich streichle noch ein paar Mal über Dantes Rücken, dann verabschiede ich mich mit einer Floskel von Daniel.

Dantes Blick erscheint mir traurig, als ich ohne ihn wieder in den Wagen steige. Ich zwinge mich, nach vorne zu sehen und mich beim Ausparken nicht nach ihm umzudrehen. Die Trauer, die ich in seinen Augen zu erkennen glaubte, ist fast so schlimm wie Bens stumme Qual.

Katharinas Hund. Irgendwie hätte ich es doch spüren müssen. Ein Feuer brodelt in mir, und ich fahre schneller, als es die Geschwindigkeitsbegrenzung erlaubt.

Noch in der Einfahrt wähle ich erneut Thomas' Nummer. Diesmal geht er endlich ran.

»Hallo, Liebling, tut mir leid, heute ist in der Arbeit die Hölle los. Ist es etwas Dringendes?«

Ich bin schwanger. Und: »Der Hund war wieder da.«

»Ach, Mist. Das Tier ist eine echte Plage, ich werde gleich dort anrufen und ...«

»Alles schon erledigt. Ich habe Dante bereits nach Hause gebracht.«

Thomas' Stimme klingt zögerlich. »Ach ja?«

»Wieso hast du mir nicht gesagt, dass Dante einmal euer Hund war? Kein Wunder, dass er ständig versucht zurückzukommen.«

»Ich wollte es nicht verheimlichen, es erschien mir einfach nicht wichtig. Ich habe Dante bereits vor zwei Jahren weggegeben. Bloß nicht weit genug weg, wie sich herausstellt.«

»Wieso? Hat er jemanden verletzt?«

»Nein, nein, aber du weißt doch, was passiert ist. Katharina war fort, und Rahel hat Angst vor Hunden. Ich selber bin zu oft weg, um mich um ihn zu kümmern, und so blieb mir nun mal keine andere Wahl, als ihn abzugeben.«

»Armer Ben.« Erst die Mutter zu verlieren und dann auch noch den geliebten Hund.

»Ich habe eigentlich schon genug Gewissensbisse, ohne dass du darauf herumreitest.«

»Tut mir leid, so meinte ich das nicht.«

»Danke auf jeden Fall, dass du ihn zurückgebracht hast. Jedes Mal, wenn Ben Dante entdeckt, gibt das ein Riesentheater.«

Wen wundert das schon? »Er vermisst ihn.«

»Ich muss gleich zum nächsten Termin. Ich melde mich am Abend wieder, in Ordnung? Mal doch etwas Schönes. Ich kann es kaum erwarten, deine Werke zu bewundern, wenn ich wieder zu Hause bin.«

Ich antworte nicht. Die Aufregung um den Hund hat mich das Bild beinahe vergessen lassen, doch jetzt sehe ich es wieder so klar vor mir, als würde ich direkt davor stehen. Ich habe tatsächlich etwas Schönes gemalt. Mein bestes und furchtbarstes Werk zugleich.

Ich habe Thomas' verschwundene Frau gemalt. Seine, wie ich mir inzwischen ziemlich sicher bin, tote Frau.

Nach dem Telefonat mit Thomas verstecke ich zuallererst das Bild hinter dem Schlafsofa im Gästezimmer, ohne es mir ein zweites Mal anzusehen. Ich werde es ohnehin niemals vergessen können, Katharinas geisterhafte Erscheinung auf meiner Leinwand hat sich für immer in mein Gedächtnis gebrannt.

Wieso bekomme ich diese Frau einfach nicht aus meinem Kopf? Sie ist fort und sollte mich eigentlich nicht weiter kümmern. Doch gleichzeitig ist sie überall. In jedem meiner Gedanken, in jedem Gegenstand, den ich berühre und bei dem ich mich frage, ob er einmal ihrer war. Am meisten sehe ich sie in Ben. In seinen Augen, die ihren so sehr ähneln, und in seiner offensichtlichen Sehnsucht nach ihr.

Als er am Nachmittag, nachdem er seine Lernaufgaben mit Rahel in der Küche beendet hat, nach oben geht, besuche ich ihn in seinem Zimmer. Als ich die Zimmertür aufschiebe, stelle ich ein wenig erschrocken über mich selbst fest, dass es das erste Mal ist, dass ich hier bin. Kann es sein, dass ich mich in Wahrheit tatsächlich so wenig für ihn interessiere, wie es den Anschein hat?

Es ist ein schönes Zimmer mit einem großen Fenster zum See hinaus. Die Wände sind blau gestrichen, und die hellen Holzmöbel erwecken den Eindruck von Gemütlichkeit, die dem restlichen Haus fehlt. An den Wänden hängen sogar einige Bilder, ein Poster mit dem Alphabet und einige mit Pinguinen, die aussehen, als wären sie irgendwelchen Magazinen entrissen worden. Ansonsten ist das Zimmer aber so sauber und ordentlich, wie ich es vom Rest es Hauses gewohnt bin. Bens Spielsachen sind in Kisten verstaut, und sogar sein Bett ist gemacht, was ich von meinem nicht behaupten kann.

»Hallo«, sage ich leise, bevor ich ganz eintrete, aber natürlich erhalte ich keine Antwort.

Ben sitzt an seinem Schreibtisch und malt ein Bild. Kreidestifte quietschen auf dem Papier. Er hebt nicht einmal den Kopf, um mich anzusehen, sondern malt einfach weiter.

»Was malst du denn da Schönes?« Unwillkürlich muss ich wieder an mein eigenes Bild denken, das ich eben erst versteckt habe, und mir kommt die schreckliche Vorstellung, Ben könnte das Gleiche malen. Erleichtert bemerke ich, dass sein Bild völlig harmlos ist, weder der See noch Katharina sind darauf zu sehen.

Ben malt – ich muss den Kopf drehen, um es genau zu erkennen – ein Riesenrad. Ungewöhnlich vielleicht, aber nicht beunruhigend.

»Das sieht hübsch aus«, sage ich. »Magst du Riesenräder?«

Ben verschließt den Stift mit einer Kappe und zuckt mit den Schultern. Sein Blick geht zu einem Foto rechts von ihm. Es zeigt eine Nahaufnahme von Katharinas Gesicht, die den Blick von der Kamera abgewandt hat und jemandem außerhalb des Fotos zulächelt. Eine außergewöhnlich schöne Aufnahme von ihr. Rund um seinen Schreibtisch sind lauter solcher gerahmter Fotografien aufgereiht. Familienportraits aus glücklicheren Zeiten, als Katharina noch hier war. Sie ist auf fast allen Fotos zu sehen. Sie und Ben vor dem Pinguin-Gehege in Konstanz. Sie und Ben auf einem Segelschiff, Ben in einer quietschgelben Badehose und mit einem so strahlenden Lächeln auf dem Gesicht, das ich ihn fast nicht wiedererkenne. Sie und Ben auf einem Kiesstrand, wie sie durchs Wasser waten, während ein großer schwarzer Hund um sie herum tollt. Dann ein Foto, auf dem Ben mit Dante allein abgelichtet ist. Er ist noch deutlich jünger und drückt den Hund so fest an sich, dass seine linke Gesichtshälfte im dichten Fell des Labradors verschwindet.

»Das war mal euer Hund, nicht wahr?«, frage ich und deute auf das Foto, obwohl ich die Antwort natürlich kenne.

Ben reagiert so selten auf mich, dass ich überrascht bin, als er nickt. Ich glaube sogar zu sehen, wie seine Lippen ein einzelnes Wort formen, das er jedoch nicht ausspricht. Dante.

Und mit einem Mal weiß ich genau, was zu tun ist.

10

Mir war klar, dass Thomas wütend werden würde, wenn ich den Hund ohne jede Absprache zu uns ins Haus hole, dennoch erschreckt mich sein Zorn, als er am Donnerstagabend von München heimkommt und ihn Dante an der Haustür begrüßt.

»Hannah?«, höre ich ihn bereits an der Eingangstür, kurz nachdem sie hinter ihm zugeknallt ist. »Wieso ist der Hund im Haus? Hast du Daniel nicht angerufen?«

Ich bin in der Küche und befreie die Theke gerade von Teigresten, nachdem ich den ganzen Nachmittag mit Backen verbracht habe. Ich habe ein Rezept für Erdnussbutter-Kekse ausprobiert, die für Menschen und Hunde gleichermaßen geeignet sein sollen. Ben hat mir geholfen, und ich kann mich nicht erinnern, dass wir jemals so viel Spaß zusammen hatten. Ben hat seinen Keksteig zu kleinen Knochen geformt und teilweise noch roh an Dante verfüttert, der vor Freude unaufhörlich mit dem Schwanz gewedelt hat.

»Doch, habe ich«, antworte ich, nachdem Thomas zu mir in die Küche kommt. »Ich habe ihn gefragt, ob er einverstanden wäre, wenn wir Dante wieder zu uns nehmen. Er war regelrecht erleichtert.«

Thomas klappt bei meiner Antwort der Mund auf. »Bitte was?«

Leicht nervös wische ich meine feuchten Hände an einem Geschirrtuch ab. »Tut mir leid. Ich weiß, ich hätte dich vorher fragen sollen. Es war eine sehr spontane Idee.«

»Ja, verflucht, das hättest du.« Thomas knallt seine Aktentasche auf den Küchentisch, vor lauter Wut sind seine Wangen gerötet, und mir wird kurz flau im Magen. »Ich kann das noch gar nicht glauben. Ich hoffe, Daniel lässt sich noch einmal umstimmen. Ist dir klar, was du Ben damit antust, wenn du ihm einen Hund zurückgibst, den wir nicht behalten können?«

»Ich habe es wegen Ben getan, und wieso sollten wir Dante nicht behalten können? Du hast mir gesagt, dass du ihn bloß weggegeben hast, weil sich niemand um ihn kümmern konnte. Aber jetzt bin ich ja hier. Und Ben hat sich so sehr gefreut, ihn zu sehen, er hat geweint vor Glück. Er weicht dem Hund gar nicht mehr von der Seite. Du musst sie zusammen erleben, dann wirst du es verstehen.«

»Aber du kannst so etwas doch nicht über meinen Kopf hinweg entscheiden! Das ist schließlich immer noch ein Hund und nicht irgendein Stofftier aus dem Supermarkt. Das ist eine Menge Verantwortung. Wieso bloß hast du mich nicht gefragt?«

»Es sollte eine Überraschung werden.« Das ist nicht der wahre Grund, weshalb ich Thomas übergangen habe. Ich wollte ihm einfach nicht die Gelegenheit geben, nein zu sagen, nicht schon wieder. Seitdem Dante im Haus ist, merke ich, wie sehr ich mich nach Gesellschaft und einer Aufgabe gesehnt habe. Die vielen Tage, an denen ich allein mit meinen Gedanken bin, machen mich ganz wahnsinnig. Ständig diese Ängste. Diese Zweifel. Dabei war ich doch früher auch nicht so. Doch nun fange ich sogar schon an, Gespenster zu sehen.

»Na, die ist dir gelungen«, knurrt Thomas. »Herzlichen Dank.«

In dem Moment kommt Ben zur Tür herein, Dante folgt ihm knapp auf den Fersen. Er spricht zwar noch immer nicht, aber er springt neben Dante begeistert auf und ab, und sein breites Grinsen zeigt, was er ausdrücken möchte.

Thomas ringt sich ein Lächeln ab. »Ich habe es schon gesehen, Dante ist wieder hier.«

Ben nickt aufgeregt und zeigt seinem Vater das Blech mit den Hundekeksen, die wir gebacken haben.

»Hast du die gemacht? Die sehen toll aus. Danke, aber ich will wirklich keinen probieren. Heb sie lieber für Dante auf, er sieht ganz schön hungrig aus, oder?«

Ben lässt seinen Vater erst in Ruhe, nachdem er ihn dazu gebracht hat, Dante ebenfalls mit einem seiner Kekse zu füttern. Er drückt ihm dafür einen besonders schön geformten in die Hand, doch als Thomas den Keks vor Dantes Schnauze hält, wendet dieser den Kopf ab. Thomas versucht es von der anderen Seite, doch auch diesmal dreht Dante sich wieder weg.

»Er hat wahrscheinlich schon zu viele davon gegessen«, sage ich.

Thomas schnaubt hörbar, und kurz glaube ich, Dante die Zähne in seine Richtung blecken zu sehen. Vielleicht mögen Dante und Thomas sich auch einfach nicht. Vielleicht ist das der wahre Grund, weshalb er ihn loswerden wollte.

Nachdem Thomas ohne ein weiteres Wort den Raum verlassen hat, schnappt Ben mit seiner linken Hand seinen rechten Arm und schüttelt daran. Gleichzeitig schlägt er klackernd die Zähne aufeinander und macht Knurrlaute. Sein Blick geht in Richtung Tür, durch die sein Vater verschwunden ist.

Ich lache erst, verstumme aber, als Bens Gesicht ganz ernst wird und er die Bewegung wiederholt. Sein Knurren klingt gespenstisch echt.

»Was soll das heißen?«, frage ich. »Hat Dante deinen Vater mal gebissen?«

Automatisch muss ich an die sternförmige Narbe auf Thomas' Unterarm denken, von der er mir gegenüber behauptet hat, er habe sie von einem Segeltörn.

»Ben?«

Ben lässt seinen Arm wieder los. Er greift sich zwei Hundekekse, springt vom Stuhl und läuft fröhlich grinsend Dante hinterher.

Eine Antwort auf meine Frage erhalte ich natürlich nicht.

»Großartig, das haben wir jetzt davon.«

Thomas' Stimme reißt mich aus dem Schlaf. Ich verstehe erst nicht, was er meint, bis ich nach einigen schläfrigen Sekunden das Jaulen aus dem Erdgeschoss registriere. Es ist Dante, und die Geräusche, die er von sich gibt, sind herzzerreißend.

»Ich hoffe, das geht nicht die ganze Nacht so«, murrt Thomas und dreht sich auf die andere Seite. »Ich muss an den Wochenenden wirklich etwas Schlaf nachholen.«

»Ich sehe gleich nach ihm«, sage ich beschwichtigend und gebe Thomas als Entschuldigung einen Kuss, den er halbherzig erwidert.

Spätestens, wenn ich ihm von dem Baby erzähle, wird sein Ärger wegen des Hundes vergessen sein. Aber wann werde ich das endlich über mich bringen? Bislang habe ich mir eingeredet, dass ich es nur nicht am Telefon sagen wollte, aber nun ist er hier, direkt neben mir. Also worauf warte ich noch? Dass Thomas von sich aus den Wunsch nach einem Kind äußert? Denn das wird nicht passieren, das weiß ich nun.

»Dante?« Ich folge seinem Winseln bis in die Küche, wo er unruhig entlang der Glasfront auf und ab rennt. Ich mache Licht und unterdrücke gerade noch einen Schrei, als ich eine Frau auf der anderen Seite der Scheibe sehe. Nach einmal Blinzeln erlischt die Illusion jedoch, und ich blicke bloß in mein eigenes Spiegelbild. Ich ignoriere die drückende Schwärze hinter der Glaswand und versuche, mich auf den Hund zu konzentrieren.

»Dante, Dante, komm her.« Ich wiege seinen großen Hundekopf in meinem Schoß und kraule ihn sanft, bis er sich beruhigt hat und sein Winseln verklingt. »Ich weiß ja, du hast wahrscheinlich gehofft, Katharina hier wiederzusehen, aber sie ist fort. Sie kommt nicht wieder. Du wirst dich wohl mit mir begnügen müssen. So wie alle hier.«

Dante sieht mich traurig, aber wissend an, als verstünde

er jedes Wort. »Und nun sei schön ruhig. Wenn du brav bist, lasse ich dich in Bens Zimmer schlafen.«

Ben quietscht freudig auf, als ich Dante zu seiner Zimmertür hineinlasse. Der Hund hechelt aufgeregt und wirft sich neben Ben aufs Bett. Hier sollte er zumindest nachts über ruhig sein, auch wenn Thomas das sicher nicht gefällt.

»Verratet mich aber nicht«, sage ich noch, ehe ich die Tür wieder schließe. »Gute Nacht.«

Thomas ist bereits wieder eingeschlafen und schnarcht leise. Auch mich überfällt die Müdigkeit, kaum dass ich mich neben ihn gelegt habe. Vielleicht ist es die Schwangerschaft, vielleicht Dantes Anwesenheit im Haus, aber zurzeit schlafe ich viel ruhiger.

Kurz bevor mir die Augen zufallen, höre ich jedoch wieder dieses Wimmern in meinem Kopf, und ich weiß, mein Schlaf wird wie so oft von Alpträumen geplagt sein. Ich höre Katharina in diesem Wimmern, ihren Kampf mit dem Tod, was auch immer ihr widerfahren sein mag.

Ich weiß, dass ich mir die Geräusche nur einbilde, dennoch ziehe ich mir ein Kissen über den Kopf und drücke den Stoff fest gegen meine Ohren. Erst dann finde ich allmählich Ruhe.

11

Ich hatte eigentlich nie viel für Tiere übrig, aber schon nach wenigen Tagen mit Dante kann ich mir ein Leben ohne ihn kaum noch vorstellen. Durch ihn fühle ich mich wieder gebraucht, und ich mag die Struktur, die er meinem Alltag gibt. Ich stehe jetzt immer pünktlich um sieben Uhr auf, um ihn zu füttern und ihn in den Garten zu lassen. Dreimal am Tag mache ich mit ihm einen langen Spaziergang, oft mit Ben gemeinsam, der dann immer die Leine halten will.

Den Morgenspaziergang machen Dante und ich aber zu zweit. Die Stimmung ist dann immer eine ganz besondere, wenn der Nebel tief über dem Bodensee hängt und alles noch von dieser schläfrigen Stille überlagert ist. Zum ersten Mal lerne ich mein neues Zuhause wirklich kennen. Die umliegenden Häuser, die Nachbarn, die Art, wie der Wind über das Wasser zieht und das Dröhnen der Schiffsmotoren in der Luft vibriert.

Ich wechsle gerne die Route, um jeden Tag ein Stück mehr von meiner Umgebung zu erkunden. Mal am Hafen, mal im angrenzenden Naturschutzgebiet. Am liebsten gehe ich aber einfach das Seeufer entlang. Die Nähe des Wassers hat eine beruhigende Wirkung auf mich, und es gibt auch immer etwas zu entdecken. Bei einer unserer Erkundungen folge ich mit Dante dem Lauf der Rotach, einem der kleinen Flüsse, der in den Bodensee mündet. Buntes Laub treibt auf der Wasserfläche dahin, dazwischen ein paar Enten, die sich von der gemächlichen Strömung tragen lassen. Ich will gerade ein Foto für Thomas schießen, als ich plötzlich jemanden meinen Namen rufen höre.

Ein Auto rollt näher und kommt neben uns zum Stehen. Ein typisches Familienauto in Mattschwarz mit einer geräumigen Rückbank und buntbedruckten Sonnenblenden auf den hinteren Fenstern.

»Hallo, das freut mich aber, dass ich dich hier treffe!«, ruft Madlen mir durch das offene Fenster der Fahrerseite zu. »Ist das etwa Dante?« Mit der Zunge schnalzend streckt sie den Arm nach Dante aus, der so viel Aufmerksamkeit natürlich nicht widerstehen kann und sogleich an ihrer Autotür hochspringt, um sich streicheln zu lassen. »Na, was machst du denn hier? Hatte Thomas ihn nicht weggegeben?«

»Hatte er, aber ich habe beschlossen, ihn wieder im Kreis der Familie aufzunehmen.«

»Oh. Da wird Thomas aber begeistert gewesen sein.«

Ihr ironischer Tonfall lässt mich innehalten. »Was meinst du?«

»Nichts, ich dachte nur, dass Thomas Dante nicht sonderlich gut leiden kann, aber vielleicht hat er seine Einstellung inzwischen geändert. Ich weiß noch, wie Katharina ihn damals auf der Straße gefunden hat. Der arme Kerl war an einen Baum angebunden worden und völlig abgemagert. Es war ein ewiges Theater, bis sie Thomas so weit hatte, dass sie ihn behalten durfte, aber danach waren sie ein Herz und eine Seele. Schön, den alten Knaben mal wieder zu sehen. Meine Kinder waren ganz vernarrt in ihn. Und Ben erst! Er muss sich ja wahnsinnig freuen.«

»Sehr.«

»Komm doch auf einen Kaffee mit rein. Ich wohne gleich da vorne, und ich habe eben frische Croissants vom Bäcker geholt. Die besten in der Umgebung, du wirst sie lieben.«

Madlen wartet meine Antwort nicht wirklich ab, ehe sie vorausfährt, aber eigentlich freue ich mich sogar über die Gesellschaft und darüber, mit jemandem außerhalb des Hauses reden zu können.

Madlen wohnt mit ihrer Familie in einem alten, modernisierten Bauernhaus. Das meiste Land und die Ställe hat ihre Familie längst verkauft, wie Madlen mir beim Hineingehen erzählt, aber sie haben noch einige Hühner und bauen fast ihr ganzes Gemüse selbst im Garten hinter dem Haus an.

Innen ist es zwar nicht so geschmackvoll eingerichtet wie die Glasvilla, die Katharina designt hat, aber sehr gemütlich mit einem bunten Mix aus alten Holzmöbeln, Ikea-Schnäppchen und liebevoll gehegten Topfpflanzen. Die Wände sind zugeklebt mit Kinderzeichnungen und Familienschnappschüssen, auf denen zwei kleine Mädchen und ein Junge um die Wette grinsen.

Ein richtiges Zuhause, denke ich etwas wehmütig. Im Vergleich dazu kommt mir unser Haus mit den vielen sterilen Flächen nur noch kälter vor.

»Und, wie lebst du dich so ein?«, fragt Madlen mich, nachdem wir es uns am Küchentisch mit Kaffee und Croissants gemütlich gemacht haben. Dante liegt auf einem dicken Teppich zu unseren Füßen. Ein Kachelofen spendet wohlige Wärme, und durch den verglasten Erker vor dem Küchentisch haben wir einen wundervollen Ausblick in den dicht bewachsenen, herbstlichen Garten.

»Ganz gut, schätze ich.«

»Mhm.« Madlen lässt nicht locker.

»Thomas ist unter der Woche viel unterwegs, das macht es etwas schwieriger, aber ich bemühe mich. Und er auch.«

»Hach ja, die vielen Reisen. Erwarte nicht, dass das besser wird. Katharina hat sich auch schon immer darüber beklagt, dass ihr Mann ständig weg war.«

»Ich weiß. Ich meine, ich wusste immer, dass er viel weg sein würde, als ich hierhergezogen bin. Aber er fehlt mir. Und außer dir kenne ich hier noch niemanden, das macht es manchmal ein wenig einsam.«

Eigentlich hatte ich auch die Hoffnung gehabt, dass Thomas mich mehr Leuten vorstellen würde, wenn wir einmal gemeinsam in seinem Haus wohnen. Dass wir Veranstaltungen besuchen und zu Abendessen gehen würden und ich dadurch bald eine ganze Menge neuer Freunde hätte.

Schließlich habe ich die Bilder von Katharina und Thomas im Internet gesehen. Die Galen, die sie besucht haben. Die Feste. All ihre schicken Freunde, von denen Thomas mir nie etwas erzählt. Zu denen er mich nie mitnimmt. Und insgeheim habe ich manchmal Angst, dass er sich vielleicht meiner schämt. Dass er nach einer Frau wie Katharina nicht mit jemandem wie mir vor seinen Freunden auftreten möchte.

»Ich verstehe. Katharina war auch einsam, deshalb hat sie sich auch nicht von dem Hund abbringen lassen. Sie hat immer …« Madlen scheint etwas an meinem Blick zu bemerken. »Tut mir leid, ich bin so unsensibel. Ich sollte dir gegenüber wirklich nicht so viel über Katharina reden.«

»Nein, bitte. Also um ehrlich zu sein, würde ich mit dir gerne über Katharina reden. Letztes Mal … da hast du ganz schön viele Fragen aufgeworfen.«

»Das hätte ich nicht tun sollen. Paul sagt auch immer, dass ich überdramatisch bin. Ich will bloß nicht, dass du deswegen falsche Schlüsse ziehst.«

»Waren sie denn glücklich? In ihrer Ehe?«

Madlen rührt nervös in ihrer Tasse. »Ich weiß wirklich nicht, ob ich das Recht habe, darüber etwas zu sagen.«

»Bitte«, fordere ich eindringlich. »Es macht mich ganz verrückt, nicht zu wissen, was damals passiert ist. Ständig stolpere ich über neue Dinge aus der Vergangenheit, von denen ich keine Ahnung hatte, und Thomas will mir einfach nichts über diese Zeit erzählen.«

»Darin tut er gut. Keine Beziehung sollte mit den Streitereien der Expartner belastet werden.«

»Also hatten sie Streit?«, hake ich nach.

»In jeder Beziehung gibt es Streit. In manchen mehr, in manchen weniger. Und ja, auch Katharina und Thomas hatten Streit. Wie gesagt, Katharina war oft einsam, und einsame Menschen tun manchmal dumme Dinge.«

Meine Haut kribbelt vor Spannung. Unbewusst halte ich den Atem an. »Was hat sie getan?«

Madlen stößt resigniert die Luft aus. »Was so viele Menschen in ihrer Situation tun. Sie ist ... nun, sie ist fremdgegangen. Keine schöne Sache, aber so etwas kommt nun einmal vor. Im Grunde geht es uns beide auch gar nichts an. Ich habe nie jemandem davon erzählt, und ich sage dir das jetzt auch nur, damit du Thomas verstehst und vielleicht etwas nachsichtiger mit ihm bist. Ich weiß, dass er damals schwierig geworden ist, nachdem er von der Affäre erfahren hat. Es hat ihn sehr verletzt.«

»Also wusste er davon? Wer war es?« Meine Gedanken überschlagen sich. Eine Affäre bedeutet, es war nichts Einmaliges. Katharina muss Thomas öfter betrogen haben.

»Ich weiß es nicht. Wie gesagt, Katharina war nicht sonderlich offen, wenn es um ihre Gefühlswelt ging. Ich habe auch bloß davon erfahren, weil sie mich einmal als Alibi benutzt hat, während sie in Wahrheit mit ihrem Liebhaber zusammen war, und dann hat Thomas mich angerufen und wollte von mir wissen, wo sie ist. Ich habe natürlich für sie gelogen, wie das Freundinnen nun mal füreinander tun. Aber als ich sie Tage später zur Rede stellen wollte, hat sie mir nur gesagt, dass Thomas davon erfahren habe und die Affäre beendet sei. Sie wollten an ihrer Ehe arbeiten. Und mehr weiß ich über die Sache nicht.«

Ein beunruhigender Gedanke kommt mir. Meine Stimme wird zu einem dünnen Flüstern. »Weiß die Polizei davon?«

»Vielleicht, aber ich glaube es nicht. Von mir zumindest haben sie nichts erfahren. Die ganze Geschichte hatte bereits so viel Aufmerksamkeit bekommen, da wollte ich verhindern, dass der arme Ben es noch schwerer hat, indem seine Mutter von der Presse durch den Dreck gezogen wird. Das hatte Katharina auch nicht verdient. Sie hatte ihre Fehler, aber sie war eine gute Ehefrau und Mutter. Und ich glaube auch nicht, dass die Affäre zu dem Zeitpunkt noch eine Rolle gespielt hat. Sie war längst vorbei, als Katharina verschwunden ist.«

»Aber ist dir nie der Gedanke gekommen, dass sie und ihr Liebhaber gemeinsam durchgebrannt sein könnten? Vielleicht ist er der Schlüssel zu dem Ganzen.«

»Nie im Leben.« Madlen schüttelt vehement den Kopf. »Eine Mutter verlässt ihr Kind nicht so einfach.«

»Und wenn er ihr was angetan oder sie sogar entführt hat?«

»Ich bin mir sicher, wenn Thomas den Verdacht gehabt hätte, hätte er selbst der Polizei davon erzählt. Und wer weiß, vielleicht hat er das ja auch. Wenn du mehr über die Sache erfahren möchtest, musst du ihn selbst fragen. An deiner Stelle würde ich die Vergangenheit aber einfach ruhen lassen. Du hast eine wundervolle Familie gewonnen, ein wundervolles Zuhause, einen liebenden Mann. Was wünscht man sich mehr? Und nicht zu vergessen ...« Madlen lächelt mich warm an und sieht auf meinen Bauch hinunter. »Du bist es doch, oder? Ich spüre so etwas. Als schwangere Frau bewegt man sich ganz anders, findest du nicht?«

»Du hattest recht«, erwidere ich mit zittriger Stimme und greife nach meiner leeren Tasse. »Aber bitte verrate es nicht. Ich habe es noch niemandem erzählt.«

»Ah.« Madlen runzelt die Stirn. »Dann warte ich natürlich noch, ehe ich mit alten Babysachen vorbeikomme. Weiß Thomas auch noch nichts davon?«

Ich schüttele den Kopf. Meine Wangen brennen vor Scham, und ich schaffe es nicht länger, ihrem Blick standzuhalten. Ich weiß, wie das aussieht. Das junge, mittellose Ding, das ihrem reichen Liebhaber schon nach wenigen Wochen ein Kind andreht. Aber so war es nicht. So ist es nicht.

»Ich weiß, es ist verrückt, aber manchmal habe ich einfach das Gefühl, dass alles viel zu schnell geht und ich gar nicht hinterherkomme. Ich meine, im Grunde kennen Thomas und ich uns kaum. Ich weiß noch gar nicht so richtig, was für ein Mensch er ist.« Jeden Tag erfahre ich etwas Neues über ihn, mit dem ich nicht gerechnet habe. Manche dieser Dinge beunruhigen mich, manche machen mir Angst. Wie soll ich denn jemandem mein Kind anvertrauen, der so viele Geheimnisse vor mir hat? Der dieses Kind scheinbar nicht einmal will?

»Oh, ich verstehe dich sehr gut. Du hast nun nicht mehr nur die Verantwortung für dich selbst, sondern für ein ganz neues Lebewesen. Uns Frauen kann das manchmal ganz schön wahnsinnig machen. Aber eines sollte dich beruhigen«, sagt Madlen und ergreift meine klamme Hand über den Tisch hinweg. »Ich weiß zwar selber nicht allzu viel über Thomas, aber eines weiß ich ganz bestimmt: dass er ein wundervoller Vater ist und dieses Kind mindestens so sehr lieben wird wie dich.«

Trotz des Gesprächs fühle ich mich auf dem Weg nach Hause merkwürdig gelassen. Katharina hatte eine Affäre, was ich in ihrer harmonisch anmutenden Beziehung niemals vermutet hätte, aber spielt es wirklich noch eine Rolle? Es ist Jahre her, nicht einmal Thomas scheint noch davon betroffen. Und irgendwie fühle ich mich Katharina durch diese Neuigkeit sogar näher. Es macht sie menschlicher, weniger überlebensgroß. Es ist befreiend, zu erfahren, dass sie nicht diese perfekte Frau war, zu der ich sie in meinem Kopf gemacht habe, sondern ein Mensch wie jeder andere. Sie hat Fehler gemacht und Reue empfunden. Genauso wie ich Fehler mache und bestimmt noch viele weitere Fehler machen werde.

Aber das hier ist keiner davon, denke ich, als ich vor der Haustür innehalte und über meinen Bauch streiche. Und obwohl er noch flach ist, kann ich es spüren. Die Wärme, die von ihm ausgeht. Das Wachstum. Und zum ersten Mal habe ich das Gefühl, dass es das Richtige ist, dieses Baby zu bekommen. Ich freue mich sogar ein wenig darauf. Ich sehe Thomas' strahlendes Gesicht vor mir, wenn er sein Neugeborenes zum ersten Mal auf den Arm nimmt. Den kleinen Ben, wie er schüchtern nach den winzigen Händen greift und dabei lächelt. Genau so soll es sein, und genau so wird es sein.

Katharina wird mich nicht davon abhalten, glücklich zu sein.

Ich betrete das Haus voller Elan und neuer Zuversicht. Dante rennt stürmisch an mir vorbei, sein Schwanz peitscht hin und her. Er ist immer noch außer sich vor Freude, wenn er durch die Haustür hereingelassen wird.

Im Haus duftet es verführerisch nach Essen. Schwer und leicht süßlich wie ein alter Rebstock. Wegen der Morgenübelkeit fällt es mir immer noch schwer, Appetit zu entwickeln, doch nun läuft mir regelrecht das Wasser im Mund zusammen. Ich folge den Gerüchen bis in die Küche, wo Rahel mit einer dunklen Schürze am Herd steht, während Dante zu ihren Füßen nach Resten bettelt.

»Das riecht sehr gut. Was kochen Sie da, Rahel?« Ich habe die Hoffnung noch nicht aufgegeben, dass wir Freundinnen werden können, und lächle ihr anerkennend zu, doch ihr kühler Gesichtsausdruck lässt mich meine Naivität sogleich bereuen.

»Das ist Boeuf bourguignon. Ein französisches Schmorgericht mit Burgunderwein«, antwortet sie und hebt den Deckel vom Topf, damit ich hineinspähen kann. »Es war das Leibgericht von Frau Fontana, sie hat den Eintopf immer selbst gekocht und hat sich nie dabei helfen lassen. Ich habe mir einmal das Rezept geben lassen und es inzwischen perfektioniert, dennoch schmeckt es nie so gut, wie wenn Frau Fontana gekocht hat.«

Meine Mundwinkel sinken nach unten. Bei der Erwähnung von Katharinas Namen kehrt all die Unsicherheit, die ich so mühsam abgeschüttelt habe, mit einem Schlag wieder zurück. Natürlich konnte sie französisch kochen, während ich nicht einmal eine einfache Lasagne hinbekomme. Mein Appetit vergeht mir. Der Rotweingeruch im Raum ist so intensiv, dass mir davon schwindlig wird.

»Hier, probieren Sie.« Rahel hält mir einen vollen Löffel unter die Nase, ein Klumpen Fleisch umringt von einer dunklen, öligen Soße. Ich will das nicht kosten, aber Rahel ist so schnell in ihrer Bewegung, dass ich ganz automatisch den Mund öffne. Ich kaue und kaue, doch ich schmecke Asche anstatt Fleisch. Blut anstatt Wein. Mir ist so übel, dass ich das Essen beinahe wieder ausspucke.

»Und?« Rahel zieht beide Augenbrauen hoch und sieht mich abwartend an.

Ich halte mir die Hand vor den Mund, während ich mich dazu zwinge hinunterzuschlucken. Meine Mundwinkel zittern. Ich lächle verkrampft. »Sehr gut.«

Rahel nickt zufrieden und fährt damit fort, mit einem Kochlöffel durch die dickflüssige Soße zu rühren.

»Wo ist Ben? Ich sehe mal nach ihm.«

Eigentlich will ich bloß raus aus der Küche und weg von Rahel und der kühlen, geringschätzigen Art, mit der sie mich mustert.

Jedes Mal, wenn ich dabei bin, mir meinen Platz zu schaffen, sehe ich in ihren Augen, dass ich nie an Katharina heranreichen werde. Dass ich immer nur eine billige Kopie sein werde, ein bloßer Schatten in ihrer Größe.

Als ich nach oben ins Schlafzimmer flüchte, bin ich schon wieder den Tränen nah, doch diesmal lasse ich nicht zu, dass meine Gefühle mich verschlingen. Dieses Theater muss endlich aufhören! Ich kann mir nicht länger von der Vergangenheit mein Leben ruinieren lassen. Dafür steht zu viel auf dem Spiel.

In diesem Moment fasse ich einen Entschluss. Ich bin bereit, Katharina loszulassen, aber vorher müssen sich einige Dinge in diesem Haus ändern.

Ich nehme mir noch etwas Zeit, um mich zu beruhigen und ein paarmal tief durchzuatmen, dann wähle ich Thomas' Nummer. Ich habe Glück und scheine ihn in einem guten Moment zu erwischen, denn er hebt sofort ab.

»Ich habe eben an dich gedacht«, sagt er, und ein wohliges Gefühl der Wärme durchfließt mich.

»Ich muss auch oft an dich denken. Das Haus fühlt sich leer an ohne dich.«

»Übermorgen bin ich wieder da. Was treibst du so? Hält Ben dich ordentlich auf Trab?«

»Ben ist ganz wundervoll, seitdem Dante hier ist. Er ist richtig fröhlich geworden und geht sogar mit uns gemeinsam spazieren.«

»Ist ja gut, ich gebe mich geschlagen. Der Hund darf bleiben.«

»Ich habe dich damit ganz schön überfallen. Das tut mir leid. Deshalb wollte ich auch mit dir reden, bevor ich schon wieder etwas umwälze. Ich wollte dich fragen … Ich meine, das Haus ist wunderschön, aber würde es dir etwas ausmachen, wenn ich ein paar Sachen verändere? Nichts Großes, aber ich würde mich einfach wohler fühlen, wenn ich auch ein paar der Möbel aussuchen könnte. Vielleicht etwas umdekoriere oder das Wohnzimmer neu streiche.«

»Also wegen solcher Dinge brauchst du mich überhaupt nicht zu fragen«, antwortet Thomas sofort. »Das ist jetzt genauso dein Zuhause, und ich möchte, dass du dich wohl fühlst. Also mach, worauf auch immer du Lust hast. Ich bin mir sicher, du machst das großartig.«

»Danke. Das bedeutet mir viel«, sage ich erleichtert. Nach dem ganzen Streit wegen Dante hatte ich mit deutlich mehr Widerstand gerechnet, aber Thomas scheint von meiner Idee regelrecht begeistert zu sein. Er nennt mir sogar eine Reihe von erlesenen Möbel-Läden im Umkreis, die ich mir unbedingt ansehen soll.

»Du kannst auch den Garten verändern, wenn du möchtest«, schlägt Thomas vor. »Ich habe schon immer mit dem Gedanken gespielt, vielleicht einen Pool zu bauen.«

»Wieso brauchen wir einen Pool, wenn wir direkt am Seeufer wohnen?«, frage ich lachend. »So groß sollte die Sache gar nicht werden. Wie gesagt, es sind mehr Kleinigkeiten, die ich verändern möchte.« Das Aussehen des Hauses ist für mich eigentlich zweitrangig. Ich will Katharina auch nicht übertrumpfen, ich möchte mich lediglich in meinem Zuhause umsehen können und mich selbst darin entdecken und nicht ständig die Spuren einer anderen.

»Ich bin froh, wenn du etwas hast, das dir Freude bereitet. Ich habe sonst immer ein schlechtes Gewissen, wenn ich dich so viel alleine lasse.« Thomas seufzt ins Telefon. »Ich hasse es, ständig weg zu sein.«

So etwas in der Richtung hat er schon oft zu mir gesagt, aber diesmal werde ich hellhörig. Vielleicht zum ersten Mal bemerke ich die Angst und die Sorge, die sich hinter den Worten verstecken. Und ist es ein Wunder? Als er noch mit Katharina zusammen war, war er auch oft verreist, und die Folgen waren verheerend. Womöglich sorgt er sich, ich könnte mich ebenfalls in eine Affäre flüchten. Ich bin kurz versucht, ihn darauf anzusprechen, aber entscheide mich dann dagegen. Es würde nur wieder einen Keil zwischen uns treiben. Ich will noch mal ganz von vorne anfangen. Nur mit uns beiden. Und Ben.

Und dem Baby.

12

Ich fange mit dem Schlafzimmer an. Es ist der Raum, der am meisten von Katharina geprägt ist. Ich sehe sie in den klaren Linien der Möbel und den opulent bestickten Stoffen, mit denen Vorhänge und Kissen bezogen sind. Ich will auch nicht länger im selben Bett schlafen wie sie. Das Bett, in dem sie Thomas geliebt hat. Das Bett, in dem sie ihn womöglich betrogen hat. Sie ist schon fast zu einer dritten Person geworden, die nachts zwischen uns liegt und mir den Schlaf raubt.

Das hört jetzt auf. Ich bestelle noch am selben Tag ein schlichtes Boxspringbett, das Ende der Woche geliefert werden soll. Anschließend fahre ich mit Dante im Kofferraum zum nächsten Baumarkt und kaufe dort eine Auswahl an Farbeimern und genug Malerbedarf, um sämtliche Innenwände im Haus neu zu streichen. Ich habe genug von Weiß und von Katharinas minimalistischer Eleganz. Ich will Farbe in meinem Leben. Wohnzimmer und Diele sollen cremefarben werden, und das Schlafzimmer bekommt ein zartes Taupe.

Ein paar der Möbel im Schlafzimmer, die ich ohnehin weggeben möchte, stelle ich gleich nach draußen in den Flur, den Rest decke ich mit einer Folie ab, ehe ich mit der Arbeit beginne.

Das Streichen von Wänden ist nicht viel anders, als auf

einer Leinwand zu malen. In hypnotischen Bewegungen lasse ich den Pinsel über die kahle Wandfläche gleiten. Es ist ein herrliches Gefühl, die satte Farbe über dem kühlen Weiß zu verteilen. Endlich fühle ich mich wieder als Herrin meiner selbst, als Herrin dieses Hauses.

Ben hat ebenfalls einen Pinsel bekommen und streicht ein paar Meter entfernt mit höchster Konzentration um den Fensterrahmen herum.

Immer wieder erscheint Rahel in der Tür. Sichtlich nervös kaut sie auf ihrer Unterlippe herum und ist sehr darum besorgt, dass der Teppich Farbspritzer abbekommen könnte. Ständig zieht sie das schützende Vlies am Boden zurecht und häuft Berge an Zeitungen dort an, wo Lücken entstehen. Es erheitert mich ein wenig, ihr dabei zuzusehen, wie sie die gewohnte Fassung verliert. Dabei weiß sie noch gar nicht, dass der Teppich ebenfalls verschwinden wird. Ich möchte Holzdielen im ganzen Haus. Eiche oder Akazie vielleicht. Fort mit Katharinas zarten Fußabdrücken in den weichen Fasern. Fort mit all den Geistern in meinem Kopf.

Das Streichen stellt sich nach einer Weile aber doch als anstrengend heraus. Nach zwei Stunden schmerzt mein rechter Arm, und meine Schultern sind steif, wie in Gips gegossen. Bens Interesse ist ebenfalls verflogen. Längst hat er sich wieder in sein Zimmer verzogen, um dort zu spielen.

Es fehlt jedoch nicht mehr viel, nur noch ein dünner Streifen als Abschluss zur Decke, den ich mir für den Schluss aufgehoben habe, weil ich dafür auf eine Leiter steigen muss. Die Leiter habe ich bereits von Rahel aus der Garage holen lassen, und ich stelle sie nun so dicht an die Wand, dass sie gerade nicht die feuchte Wandfarbe berührt.

Die Decke im Raum ist sehr hoch. Nach ein paar Stufen merke ich, wie die Leiter unter mir zu wackeln beginnt. Nach kurzer Überlegung steige ich wieder hinunter und warte, bis ich Rahel in der Tür entdecke.

»Rahel! Einen Moment bitte. Könnten Sie vielleicht kurz für mich die Leiter halten, während ich den Rand oben streiche?«

Rahel scheint erst zu zögern, nickt dann jedoch und tritt auf mich zu. Ihr Griff um die Leiter ist fest, und ich traue mich, erneut hochzusteigen.

»Danke, Rahel.« Ich habe ein Wasserglas mit Farbe gefüllt und tauche mit der Pinselspitze hinein. Vorsichtig ziehe ich eine Linie unterhalb des Deckenrands. Meine Hand ist ganz ruhig, doch dann wackelt die Leiter erneut unter mir, und der Pinsel wischt über den Rand hinaus.

»Rahel, was …« Ich blicke nach unten, aber Rahel ist fort. Niemand hält die Leiter. Der Schrecken ist so groß, dass ich kurz das Gleichgewicht verliere. Die Leiter gerät ins Wanken, und ich stoße einen spitzen Schrei aus. Die Leiter hält, aber mein Fuß rutscht von der Sprosse. Ein Blitz fährt durch meinen Kopf. Ich kann mich nicht erinnern, wie ich nach unten gekommen bin, aber ich glaube nicht, dass ich gestürzt bin.

Als Rahel in den Raum zurückgerannt kommt, sitze ich auf dem Boden, in Tränen aufgelöst, und meine Hand auf meinen Bauch gepresst.

»Alles in Ordnung? Entschuldigen Sie, ich habe nur kurz nach Ben gesehen.«

»Wieso …« Ich kann nicht reden, meine Stimme versagt mir. Mein Kopf ist voller Bilder. Bilder, die nicht passiert sind, die sich aber so real anfühlen. Ich sehe mich, wie ich von der Leiter falle, wie ich meinen Unterleib verletze. Mein Baby …

Rahel folgt meinem Blick, sie sieht, wie ich schützend meinen Bauch halte. Ihr Gesicht wird kalkweiß. Sie reißt die Augen auf.

»Oh. Ich wusste doch nicht … Ich wusste nicht …«

Ich wische die Tränen von meinem Gesicht und atme tief durch. *Es ist nichts passiert. Es ist nichts passiert.* »Alles in Ordnung«, sage ich. »Helfen Sie mir bitte hoch?«

Rahel eilt sofort herbei. Noch nie habe ich sie so aufgelöst gesehen. »Haben Sie Schmerzen? Brauchen Sie einen Arzt? Kann ich irgendetwas für Sie tun?«

»Es geht schon, Rahel. Ich glaube nicht, dass ich mir wehgetan habe. Es war bloß der Schock.«

»Sind Sie sicher?« Rahels Blick wandert wieder zu meinem Bauch hinunter.

Ach, verflucht. Nun weiß sie es also auch. Der letzte Mensch, mit dem ich ein Geheimnis teilen möchte. Doch mir bleibt wohl keine andere Wahl. Es dauert einen Moment, bis ich endlich die richtigen Worte finde. »Also, Rahel, das … Thomas weiß noch nicht, dass ich schwanger bin. Ich möchte es ihm selber sagen, also bitte verraten Sie ihm nichts.«

»Natürlich!« Rahel überschlägt sich fast. »Ich richte Ihnen gleich ein Bett im Gästezimmer her. Sie sollten sich zumindest hinlegen. Ich räume solange hier auf.«

»Oh, das wäre sehr nett. Danke.«

Rahel räumt nicht nur auf, sie streicht sogar den Deckenrand für mich fertig und reinigt anschließend sämtliche Pinsel im Waschbecken.

»Sie sollten überhaupt nicht so schwer arbeiten, wenn Sie schwanger sind«, sagt Rahel, als sie nach getaner Arbeit zu mir ins Gästezimmer kommt. Sie trägt ein silbernes Tablett wie aus einem alten Film in ihren zierlichen Händen. Darauf stehen eine Teekanne mit passendem Geschirr und ein Teller mit belegten Broten.

»Also eigentlich bin ich noch gar nicht so weit. Das bisschen Streichen macht mir nichts aus.« Außerdem wäre es auch nie gefährlich geworden, wenn Rahel bei der Leiter stehen geblieben wäre, wie ich sie gebeten hatte. War sie bloß achtlos gewesen, oder hatte sie sich sogar insgeheim gewünscht, ich würde mich verletzen? Das Baby scheint jedoch jede boshafte Absicht aus ihrem Kopf verbannt zu haben. Rahel lächelt mich an, wie sie mich noch nie angelächelt hat, mit echter Wärme und Zuneigung in ihrem sonst so kalten Gesicht.

»Dennoch sollten Sie zukünftig besser auf sich Acht geben«, antwortet sie und schenkt mir aus der Kanne ein. »Ich habe Ihnen einen Kamillentee gemacht, der beruhigt den Magen. Mir ist aufgefallen, dass Sie viel zu wenig essen. Das ist nicht gut für das Baby.«

Rahels Aufmerksamkeit macht mich verlegen. Ich weiß gar nicht, was ich plötzlich mit so viel Hilfsbereitschaft anfangen soll. Gerade Rahel, die mich immer so geringschätzig behandelt hat und die nichts dafür getan hat, damit ich mich in diesem Haus willkommen fühle.

»Danke, aber das ist wirklich nicht notwendig. Ich komme schon klar.«

»Rufen Sie mich, falls Sie noch etwas brauchen. Und essen Sie etwas.« Rahel geht zur Tür, hält dann jedoch noch mal inne. Mit ungewohnter Schüchternheit blickt sie zu mir zurück. »Darf ich fragen ... wissen Sie schon, was es sein wird?«

Ich habe keine Ahnung. Ich war ja noch nicht einmal bei einem Frauenarzt, und dennoch höre ich mich aus irgendeinem Grund sagen: »Ein Mädchen.« Ich lächle. »Es wird ein Mädchen.«

Als ich am nächsten Morgen die Treppe runterkomme, um Dante in den Garten zu lassen, erwartet mich Rahel bereits in der Küche. Sie hat Frühstück gemacht. Nicht nur für Ben, sondern auch für mich. Warmer Haferbrei gemischt mit frischem Obst und dazu wieder eine Kanne Kamillentee. Ich habe wie immer morgens keinen Hunger, aber Rahel sieht mich so abwartend an, dass ich mich dennoch dazu zwinge, ein paar Löffel zu essen. Danach ist mir ein wenig übel, aber der Kamillentee beruhigt meinen Magen tatsächlich, wie Rahel gesagt hat.

»Ich habe eine Überraschung für Sie«, flüstert sie mir zu, nachdem Ben die Küche verlassen hat, um sich in seinem Zimmer umzuziehen.

Ich traue mich fast nicht zu fragen. »Ach ja?«

»Kommen Sie mit.«

Rahel führt mich ins Wohnzimmer, wo mehrere Umzugskartons in der Mitte des Raums aufgeschichtet sind.

»Was ist das?«, frage ich argwöhnisch. Bereits jetzt verursacht der Anblick ein mulmiges Gefühl in mir. Kurz dachte ich, Rahel könnte Katharinas Kleidungsstücke doch aufgehoben und wieder herangeschafft haben, aber die Kartons sehen viel älter aus, Staub haftet an der Oberfläche. Im Moment habe ich bereits genug alte Sachen anderer Leute in meinem Leben.

»Machen Sie sie auf.« Rahels Augen funkeln vor Vorfreude, was mich noch mehr beunruhigt. Dennoch wage ich mich näher heran und ziehe die Lasche des ersten Kartons auf.

Es sind Babysachen.

Winzige Strampler mit hellblauen Wolkenmustern und silberne Beißringe, die aussehen wie echte Schmuckstücke. Spielsachen und alte Pappbücher. Sogar ein ganzes Mobile mit Flugzeugen und Sternen befindet sich in einer der Kisten.

»Das sind Bens alte Sachen«, sagt Rahel nun und öffnet sogleich den nächsten Karton, um weitere Stücke hervorzuziehen. Kuscheltiere und ein Paar kleiner Schuhe aus Schafswolle. »Ich weiß, Sie erwarten ein Mädchen, aber es sind auch jede Menge Spielzeug und andere Sachen dabei. Katharina hat damals so viel für Ben gekauft und fast noch mehr geschenkt bekommen. Das sind noch nicht einmal alle Kartons, die wir in der Garage lagern.«

Mir schwirrt der Kopf. Ich kann noch gar nicht fassen, was ich da sehe, aber es fühlt sich an wie ein Alptraum. Für jeden von Katharinas Geistern, den ich hinauswerfe, kommen hundert neue zurück. Und Rahel scheint nicht gewillt, sie loszulassen.

Als sie Anstalten macht, noch einen Karton zu öffnen, lege ich eine Hand auf ihren Arm, um sie aufzuhalten.

»Warten Sie«, sage ich schnell. »Das ist sehr nett von Ihnen, Rahel, und ich schätze es sehr, wirklich sehr, dass Sie mir helfen wollen, aber … Ich will die Sachen eigentlich nicht.«

Rahels Augen werden groß. »Aber wieso nicht? Es sind so wunderschöne Sachen …« Mit einem fiebrigen Ausdruck greift sie noch tiefer in den letzten Karton und wühlt darin herum, ehe sie eine dunkelblaue Decke hervorzieht. »Hier. Sehen Sie nur! Das ist reiner Kaschmir, ein Taufgeschenk von Katharinas Onkel … Ben hat in der Decke geschlafen, bis er ein Jahr alt war. Oder hier …« Sie greift erneut in den Karton, doch ich ertrage kein weiteres Stück aus Katharinas Leben.

»Ich will sie nicht!«, sage ich erneut, lauter diesmal, und Rahel zuckt zusammen, als hätte ich sie geohrfeigt. Zwei Haarsträhnen haben sich aus ihrem strengen Dutt gelöst und fallen ihr wild ins Gesicht.

Ich atme einmal tief durch. »Bitte, schaffen Sie die Kartons wieder in die Garage. Was soll Thomas denken, wenn er sie sieht?«

»Herr Fontana wird erst gegen Abend zurück erwartet. Ich verspreche es, ich werde nichts zu ihm sagen.«

»Dennoch, bitte schaffen Sie sie weg. Ich will Katharinas alte Kindersachen einfach nicht für mein Baby, bitte verstehen Sie das. Ich möchte mit Thomas ganz neu starten. Ohne Ballast und ohne all diese Erinnerungen.«

»Natürlich.« Rahel nickt, aber ihre Lippen sind ganz schmal geworden, und ihre Augen schimmern feucht. Sie scheint kurz davor, in Tränen auszubrechen, was mich noch mehr erschreckt. Sie trauert, wird mir in dem Moment bewusst. Sie trauert genauso wie Thomas und Ben um eine verschwundene Frau, die ich einfach nicht ersetzen kann.

»Tut mir leid, dass Sie die Kartons umsonst hergeschafft haben«, sage ich und bewege mich langsam in Richtung Tür. Ich will Rahel Raum geben, damit sie sich wieder sammeln kann, und um auch selbst genug Abstand zu bekommen. »Ich werde jetzt mit Dante rausgehen. Ich will auch nicht, dass Ben die Kartons zu sehen bekommt. Bitte räumen Sie sie vorher weg.«

Rahel scheint mich gar nicht mehr wahrzunehmen. Sie kniet neben den Kartons auf dem Boden. Zärtlich wie eine Liebkosung streicht sie über den Inhalt. Der Ausdruck auf ihrem Gesicht hat etwas so Intimes, dass ich den Blick von ihr abwenden muss und fluchtartig den Raum verlasse.

Ich bin froh, als ich mich wieder Dante zuwenden kann, der so einfach in seinen Bedürfnissen ist. So einfach zu verstehen und zu handhaben. Er freut sich, als er die Leine sieht, freut sich über meine Aufmerksamkeit.

Ich gehe an diesem Vormittag eine besonders große Runde mit ihm durch die Nachbarschaft. Ich will sicher sein, dass Rahel die Kartons entfernt hat, ehe ich wiederkomme, und ich sie nicht noch einmal sehen muss. Wahrscheinlich habe ich sie gekränkt, aber ich muss mich darauf einstellen, dass ich sie noch weiter kränken werde, mit all den Veränderungen, die ich für das Haus geplant habe. Vielleicht will sie in der Vergangenheit leben, aber ich will es nicht.

Ich muss wieder an ihre Hingabe denken, mit der sie mir Stück für Stück die Sachen aus Bens Kindheit präsentiert hat, als wären es heilige Relikte. Diese fast manische Besessenheit, mit der sie an Katharinas Sachen festhält. An ihrer Kleidung, ihren Besitztümern. Wie akribisch sie Gegenstände wieder zurechtrückt, die ich einmal verschoben habe. Als wäre das ganze Haus ein Schrein, der ihr zu Ehren erhalten bleiben muss.

Es ist nicht gesund, ist Thomas das noch nie aufgefallen? Oder ist er dafür zu viel fort? Mir wird plötzlich unwohl bei dem Gedanken, dass Rahel den ganzen Tag über auf Ben aufpasst. Aber eines wird mir in diesem Moment bewusst. So weh mir Rahels Trauer auch tut, aber ich habe eine Familie zu beschützen. Ich will sie nicht mehr im Haus haben, wenn mein Baby auf der Welt ist.

»Thomas!« Ich bin glücklich, ihn zu sehen, und falle ihm in die Arme, kaum dass er das Haus betreten hat.

»Hoppla!« Thomas lacht über meine Unbeherrschtheit und stolpert mit mir ein paar Schritte zurück. »Da hat mich wohl jemand vermisst.« Seine Arme schließen sich fest um mich. Ich kann seinen Herzschlag spüren, vielleicht ist es aber auch mein eigener, der vor Aufregung wild hämmert.

»Es kommt mir vor, als wärst du ewig fort gewesen. Ich muss dir so viel zeigen. Ich habe das Schlafzimmer neu gestrichen und im Wohnzimmer bereits angefangen.« Ich hätte das Wohnzimmer auch schon längst fertig, wenn nicht plötzlich die Farbeimer verschwunden wären. Rahel bestreitet, sie gesehen zu haben, aber ich vermute, dass sie mir nach der Sache mit den Kartons eins auswischen wollte. Ein kleiner Rückschlag, von dem ich mir jedoch nicht die Vorfreude nehmen lasse. »Außerdem bekommen wir ein neues Bett. Und neue Schlafzimmer-Bezüge. Ich hoffe, es ist nicht zu viel auf einmal?«

»Ich sagte es doch, tob dich ruhig aus und mach, worauf du Lust hast. Das Haus kann Veränderung gut vertragen.«

»Das dachte ich mir auch«, antworte ich mit einem Lächeln.

»Na, dann komm. Zeig mir, was du so getrieben hast.«

Arm in Arm gehen wir die Treppe nach oben. Thomas liebt die neue Schlafzimmerfarbe oder tut mir zuliebe zumindest so. Voller Geduld lauscht er meinen Plänen, und im Gespräch mit ihm spüre ich eine ganz neue Verbindung zwischen uns. Ich sehe nicht mehr nur das verliebte, stürmische Paar, das voreilig zusammengezogen ist, sondern all das, was wir noch werden können. Die Familie, die sich hier ein Zuhause schafft.

Und während wir uns so ansehen und dabei lächelnd vor uns hinträumen, mit all den Möglichkeiten vor uns, weiß ich es plötzlich ganz genau, so sicher, dass mir schleierhaft ist, wieso ich so lange gezögert habe.

Ich werde es ihm erzählen. Von dem Baby und allem, was dazugehört. Und ich weiß, dass er sich freuen wird, egal, was er vorher über Kinder gesagt hat. Ich sehe sein Strahlen vor mir, wenn er es erfährt, und ich spüre das Strahlen in mir.

Dieses Wochenende werde ich es ihm sagen.

13

Ich fühle mich leichter, nachdem ich diese Entscheidung getroffen habe. Es kommt mir fast so vor, als würde ich schweben, und ich bin so ausgelassen, dass Thomas mich schon darauf anspricht, woher meine gute Laune kommt. Ich lache und sage ihm, dass ich mich auf die Veränderungen im Haus freue.

Ich platze fast, so dringend möchte ich ihm endlich alles sagen. All die Tage der Geheimniskrämerei schnüren sich so eng um meinen Brustkorb wie ein Korsett, das überall beißt und zwickt. Weg damit. Er soll es endlich wissen, damit wir beide ganz neu anfangen können.

Doch ich will ihm die Neuigkeit nicht einfach so unterbreiten. Ich möchte, dass es ein besonderer Moment für uns wird, an den wir uns voller Wärme zurückerinnern.

Deshalb plane ich ein besonderes Abendessen für diesen Freitag. Ich habe Stunden im Internet zugebracht, um das richtige Rezept zu finden. Am Ende entscheide ich mich für Miesmuscheln in Weißweinsud. Die Muscheln will ich frisch auf dem Wochenmarkt in der Friedrichshafener Innenstadt kaufen. Der Adenauerplatz ist von unserem Haus in weniger als einer Viertelstunde zu Fuß zu erreichen, weshalb ich die Besorgung gleich mit einem Spaziergang mit Dante verbinde, der die Stadt wegen der vielen spannenden Gerüche ganz besonders liebt.

Ich wähle den Weg über die Uferpromenade, um in Ruhe entlang der unzähligen Cafés und Hafenrestaurants zu schlendern. Jetzt im Herbst geht es in der Stadt deutlich ruhiger zu und ist weniger touristisch. Es ist ein angenehm warmer Tag, und in den Gassen scheinen hauptsächlich Familien unterwegs zu sein. Gab es in Friedrichshafen schon immer so viele Kinder, oder fallen sie mir erst jetzt auf? Überall sehe ich Frauen, die Kinderwagen vor sich herschieben oder kleine Hände hinter sich herziehen. Ich ertappe mich dabei, wie ich ihnen hinterhersehe, mein Kopf voller Bilder. Ich sehe mich selbst in einem Jahr, wie ich ebenfalls einen Kinderwagen durch die Innenstadt karre. Einen Schopf dunkler Locken. Munteres Glucksen. Eine Hand, die sich aus dem Inneren des Wagens nach oben reckt.

Ich bin in Gedanken versunken und muss irgendwo falsch abgebogen sein. Die St. Nikolaus Kirche erhebt sich plötzlich rechts von mir. Ich bin zu weit gegangen.

Dante zieht noch immer in die andere Richtung. Ich will umdrehen, als ich das Gebäude sehe und innehalte. Es ist ein ganz unscheinbarer Laden mit nur einem Schaufenster, dennoch sticht er mir sofort ins Auge. Wahrscheinlich, weil ich den ganzen Tag über schon an nichts anderes denke, doch so sehe ich natürlich sofort den lebensgroßen Teddybären in der Auslage und den nostalgischen Kinderwagen aus Korb, gefüllt mit Babyölen.

Es ist ein Kleinkinder- und Spielwarengeschäft mit dem lieblichen Namen *Kunterbunt*. Der Wochenmarkt hat nur noch die nächste halbe Stunde geöffnet, ich werde mich also beeilen müssen, aber ich kann nicht anders. Ich muss einfach hineingehen.

»Warte kurz hier«, sage ich zu Dante und binde ihn an einem Fahrradständer fest, ehe ich das Geschäft betrete. Innen ist der Laden sogar noch kleiner, als es von außen den Anschein hat, aber liebevoll dekoriert mit allerhand Plüschtieren und antik anmutenden Holzfiguren. Ich schreite langsam durch die Regale und lasse meinen Blick über Rasseln und Lätzchen und Beißringe wandern. Bis gestern habe ich noch überhaupt nicht daran gedacht, was ein Baby alles brauchen könnte. Erst Rahel mit ihren Kartons voller Babysachen hat den Gedanken in mir geweckt, und nun stehe ich hier, umringt von all diesen Spielsachen und Pflegeprodukten und habe noch nicht einmal dem Vater von der Schwangerschaft erzählt.

Aber bald, bald. Heute Abend ist es so weit, und nächste Woche stehen wir beide vielleicht schon gemeinsam hier und kaufen ein Gitterbett. Wahrscheinlich ist es ohnehin noch zu früh, um mich voll auszustatten, aber als ich zu dem Regal mit der Babykleidung komme, muss ich dennoch stehen bleiben.

Ein Paar weiße Erstlingssocken mit zartem Plüschbesatz ziehen meinen Blick auf sich. Sie sind so winzig. Ich kann gar nicht glauben, dass es Lebewesen gibt, deren Füße so winzig sind.

Vorsichtig nehme ich sie in die Hand, befühle das weiche Material, die kleine Form. Dann verändert sich etwas in mir. Ich halte nicht mehr nur ein Paar Socken in Händen, sondern spüre die Füße meines Babys. Wie sie strampeln und treten. Eine zarte Wärme, die sofort auf mich übergeht.

Ich kaufe die Socken ohne weitere Überlegung.

Als ich mit ihnen das Geschäft verlasse, fühle ich mich verändert. Als wäre durch den Kauf die Schwangerschaft erst real, erst richtig fassbar für mich geworden. Ein zarter Keimling, der nun zu blühen beginnt. In der Tüte in meiner Hand befinden sich Socken für mein zukünftiges Kind.

Ein Mädchen, habe ich zu Rahel gesagt. Wieso, weiß ich noch immer nicht. Bislang habe ich mir alle Träume und Wünsche hinsichtlich des Babys verwehrt, weil die Zukunft noch so ungewiss war, doch nun wirkt sie Tag für Tag greifbarer. Und ich sehe ihr mit einem Lächeln entgegen.

Nachdem ich die Miesmuscheln am Wochenmarkt ergattert habe, bleibe ich noch in einem Geschenkartikel-Laden stehen und lasse die Babysocken hübsch verpacken, in einer Schachtel mit Krepppapier und einer Seidenschleife drum herum. Es soll mein Geschenk an Thomas werden. Nach dem Abendessen werde ich ihm die Schachtel geben. Er wird große Augen machen, wenn er sie öffnet, und sofort verstehen, was ich ihm sagen will. Und dann wird endlich alles besser werden.

Zu Hause verstecke ich die Schachtel hinter den Stiefeln im Dielenschrank und fange dann an, in der Küche das Zitronensorbet für den Nachtisch vorzubereiten, damit es rechtzeitig gefriert.

Thomas hat bereits Feierabend und hat es sich mit Ben auf dem Sofa gemütlich gemacht. Sie sehen sich *Madagascar* auf Netflix an, einen von Bens absoluten Lieblingsfilmen. Ich habe Thomas verboten, die Küche zu betreten, aber ich habe einen schmalen Spalt in der Tür offen gelassen, um nach den beiden sehen zu können, während ich koche. Hin und wieder treffen sich unsere Blicke, und Thomas lächelt mich an. Mein Herz füllt sich mit Wärme. Ich mag es, ihn so zu sehen. Als fürsorglichen Vater und liebevollen Partner. Meine Entscheidung fühlt sich dadurch noch richtiger an, und ich fahre gutgelaunt mit meinen Vorbereitungen fort.

In weiser Voraussicht koche ich Ben ein eigenes Abendessen, einen Nudelauflauf, den er ausnahmsweise sogar beim Filmschauen sehen darf. Thomas habe ich erzählt, dass ich mich auf einen romantischen Abend zu zweit freue, aber in Wahrheit habe ich noch etwas Angst vor Bens Reaktion und will ihm nichts von dem Baby erzählen, ehe ich mich nicht mit Thomas beraten habe.

Kurz bevor die Muscheln gar sind, bringt Thomas Ben nach oben und steckt ihn ins Bett. Der Tisch ist gedeckt, und die Küche habe ich bereits zum dritten Mal komplett sauber gewischt, dennoch flitze ich immer noch von hier nach dort, rücke das Besteck zurecht und falte die Servietten mal in Dreiecke, mal zu Fächern.

Ich bin nervös. Wochenlang habe ich diesen Moment entweder verwünscht, ihn herbeigesehnt oder schlichtweg verdrängt. Und jetzt ist es so weit, ganz plötzlich. Und ich weiß überhaupt nicht mehr, was ich tun oder sagen soll.

Thomas braucht länger als gedacht. Wahrscheinlich liest er Ben noch etwas vor oder sucht nach fiktiven Monstern in den finsteren Schränken und Winkeln des Zimmers.

Ich will noch mal ins Bad, um meinen Lippenstift nachzuziehen. Auf dem Weg dorthin gehe ich durch die Diele, als Dante plötzlich zu bellen beginnt. So laut und ohne jede Vorwarnung, dass ich zusammenschrecke.

»Dante!«, schimpfe ich.

Doch er beachtet mich nicht. Er steht vor der Haustür, das Rückenfell gesträubt, und bellt erneut.

Dann klopft es.

So leise, dass ich mir nicht sicher bin, ob ich mich nicht verhört habe. Ich horche auf. Wir erwarten eigentlich niemanden. Schon gar nicht um diese Uhrzeit.

»Hallo?«, rufe ich leise und bewege mich langsam auf die Haustür zu.

Ich lausche auf ein erneutes Klopfen, aber hinter der Tür bleibt es still, nur Dante bellt noch immer.

Vielleicht eine Katze? Vielleicht bloß der Wind?

Um ganz sicher zu sein, schiebe ich Dante beiseite, eine Hand an seinem Halsband, und öffne die Haustür einen Spalt. Nichts. Ich öffne die Tür noch weiter und blicke in die schwarze, schwarze Nacht hinaus, aber da ist niemand. Nicht einmal Schritte sind zu hören.

»Hallo?«, rufe ich erneut.

Keine Antwort. Ich muss mich getäuscht haben. Ich will die Tür wieder schließen, als ich den Brief am Boden sehe, eingeklemmt unter der Türleiste.

Es ist nicht einmal ein richtiger Brief, sondern ein mittig gefaltetes weißes Blatt Papier. Ich hebe ihn auf und blicke mich erneut um, starre in die Dunkelheit. Ich spüre eine Gänsehaut im Nacken.

Unnötig fest schiebe ich die Haustür wieder zu. Erst dann werfe ich einen Blick auf den Zettel und falte ihn auseinander. Es sind bloß vier Worte, groß geschrieben, in einer prägnanten, schräg verlaufenden Schrift.

Du bist nicht sicher.

Mich überläuft es heiß und kalt zugleich. Ich lese die Worte noch mal und noch mal. Was soll das? Was bedeuten sie? Von wem stammen sie?

Sind sie eine Warnung? Oder eine Drohung?

Ich bin kurz davor, noch mal hinauszugehen, als ich Thomas' Schritte auf der Treppe höre.

»Das ganze Haus duftet himmlisch! Ist das Essen schon fertig? Ich kann es kaum erwarten, endlich zu kosten, nachdem du mich den ganzen Nachmittag auf die Folter gespannt hast.«

Hastig verstecke ich den Brief in meiner Hosentasche, ehe Thomas mich sieht. Dennoch wird sein Blick neugierig, als er mich beim Eingang stehen sieht. »War jemand an der Tür?«

»Nein ... nicht wirklich.« Ich drehe mich erneut um, als müsste ich mich vergewissern. »Ich dachte es zwar, weil Dante gebellt hat, aber ... nein.« Seit wann fällt mir das Lügen so leicht? Wieso erzähle ich ihm nicht einfach von dem Zettel? Jemand anderes hat ihn geschrieben, es ist nicht mein Geheimnis. Aber ich fürchte mich vor den Worten. Ich fürchte, was sie bedeuten.

Du bist nicht sicher.

Aber wo lauert die Gefahr?

Lächelnd kommt Thomas auf mich zu, nimmt meine

Hand. Sie ist warm, während die meine sich eiskalt anfühlt.

»Dann komm«, sagt er. »Lass uns endlich essen.«

Wie in einem dichten Nebel gefangen, serviere ich die Muscheln. Thomas schwärmt und macht mir Komplimente, doch ich kann nur apathisch dasitzen, bekomme kaum einen Bissen herunter. Der Zettel brennt die ganze Zeit wie glühende Kohlen in meiner Hosentasche.

Wahrscheinlich war es bloß ein dummer Streich. Jemand, der mir unnötig Angst machen will. Der vielleicht einen Groll gegen Thomas hegt. Ich sollte mich davon nicht so sehr beeinflussen lassen.

Ich werfe Thomas ein unsicheres Lächeln zu, der sein Glas erhebt. Wir stoßen an, die Gläser klirren, etwas zerspringt in mir in tausend winzige Scherben.

»Auf die Köchin«, sagt er.

»Auf uns«, hauche ich.

Als wir zum Dessert übergehen, das ich ebenfalls kaum anrühre, muss ich an die Babysocken im Schrank denken. Die hübsch verpackte Schachtel, die ich Thomas in eben diesem Moment überreichen wollte.

Zweimal bin ich kurz davor, aufzustehen und sie aus dem Schrank zu holen. Aber ich bin wie an meinen Stuhl gefesselt. Ich kann es nicht. Ich kann es einfach nicht.

Du bist nicht sicher.

Wenn ich nicht sicher bin, ist es mein Baby auch nicht.

Dann legt Thomas seinen Löffel beiseite, tupft sich den Mund ab. »Das war großartig«, sagt er.

Der Moment ist vorüber, und plötzlich weiß ich es: Ich

werde die Schachtel Thomas nicht geben. Ich werde ihm nichts sagen.

Es ist nicht der Zettel, der mich davon abhält. Es ist die Distanz zwischen uns, die sich plötzlich wieder wie eine Mauer auftut. Die vielen Fragen in meinem Kopf, die unbeantwortet sind und die Thomas von sich aus niemals beantworten wird.

Thomas räumt für mich den Tisch ab, und in dem Moment, als er mit den Tellern den Raum verlässt, sacke ich wie eine Puppe in mich zusammen. Es hat mich so viel Kraft gekostet, das Essen zu überstehen, Normalität zu heucheln, während sich für mich nichts mehr normal anfühlt.

»Es tut mir leid«, flüstere ich fast tonlos und lege die Arme um mich.

Ich sage die Worte zu mir selbst, ich sage sie zu meinem ungeborenen Kind, weil ich einfach nicht stark genug bin. Weil ich mich wieder nicht gegen die Schatten der Vergangenheit behaupten konnte.

Schon wieder habe ich Katharina gewinnen lassen.

14

»Alles in Ordnung?«, fragt Thomas mich, als er am Samstagmittag in unser Schlafzimmer kommt und ich noch immer im Bett liege.

Nach dem missglückten Abend gestern habe ich in der Nacht kaum ein Auge zugetan. Glieder und Kopf fühlen sich bleischwer an. In den wenigen Minuten, in denen ich doch geschlafen habe, habe ich wirr geträumt.

Ich träumte, dass die Frau in meinem Gemälde lebendig wird. Dass der Nebel sie bis zu unserem Haus, bis zu meinem Fenster hinauf getragen hat, wo wir uns gegenüberstanden. Und dann war es gar nicht mehr Katharina dort draußen im Nebel, sondern ich selbst, und ich kratzte verzweifelt mit quietschenden Nägeln gegen das Glas, um ins Haus gelassen zu werden.

»Mir geht es gut«, sage ich. »Wahrscheinlich bloß zu viel Wein beim Abendessen.« Ich glaube nicht, dass ihm aufgefallen ist, dass ich mein Glas gar nicht angerührt habe.

»Du hast großartig gekocht.« Thomas setzt sich zu mir an den Bettrand. »Geht es dir wirklich gut? Du siehst blass aus.«

Ich nicke nur. Alle Worte in mir stecken tief in meiner Kehle fest, wollen mir nicht über die Lippen gehen.

Ich weiß nicht, wer du bist, will ich ihm am liebsten sagen. *Ich weiß nicht mehr, wer ich selber bin.*

Wo sind wir? Wie finden wir einander wieder? In diesem Meer aus Geheimnissen, das mich immer tiefer hineinzieht und langsam zu verschlucken droht.

Ich ergreife Thomas' Hand, ziehe sie zu mir, halte mich daran fest.

»Erzähl mir von früher«, bitte ich ihn. »Erzähl mir von Katharina.«

»Katharina … das ist für mich alles schon so weit weg. Wieso willst du davon wissen?«

»Ich will einfach mehr über dich erfahren. Dich besser kennenlernen.« Es ist vielleicht das Wahrste, das die letzten Tage über meine Lippen gekommen ist.

»Du kannst mich viel besser im Hier und Jetzt kennenlernen als durch alte Geschichten von früher. Ich bin nicht mehr der Mensch, der ich damals war. Außerdem weißt du, dass ich nicht gerne darüber rede.«

»Verstehe.« Ich lasse seine Hand los, falle wieder in mich selbst zurück. Thomas wird es mir nicht erzählen. Nicht von sich aus und niemals die ganze Wahrheit.

Aber ich weiß nun, dass ich mit den Lügen und Geheimnissen nicht leben kann. Sie sind wie ein Gift, das mich immer mehr lähmt. Ich könnte ihn verlassen. Das Baby ohne ihn aufziehen. Einen Schlussstrich ziehen.

Oder ich finde selbst heraus, was damals wirklich geschehen ist. Finde die Wahrheit und erschaffe uns daraus neu.

Ich habe versucht, die Schatten der Vergangenheit abzustreifen, einen Neuanfang zu wagen und Katharina hinter uns zu lassen. Aber ihr Geist ist einfach überall, und ich kann keinen Feind besiegen, den ich nicht kenne. So lange wird sie immer die Oberhand haben. So lange werde ich immer gegen sie verlieren.

Ich suche in Thomas' Augen nach dem Mann, den ich in der Galerie kennengelernt habe, der mich mit seinem Charme und seiner Wortgewandtheit in den Bann gezogen hat. Der Mann, der jeden Tag dasselbe Bild angestarrt hat, nur um meine Aufmerksamkeit zu erregen. Der Mann, der mir einmal fünf Tage in Folge einen anderen Blumenstrauß gebracht hat, bis er meine Lieblingsblumen erraten hatte: Dahlien.

Der Mann, in den ich mich Hals über Kopf verliebt habe. Der Mann, der der Vater dieses Kindes ist.

Ich will das immer noch. Ich will uns als Familie. Dass wir alle glücklich und frei sind. Frei von ihr vor allem.

Aber frei werden wir nur, wenn ich den Schleier endlich lüfte, der über dem Haus liegt und uns alle im Dunkeln lässt. Ich muss die Wahrheit erfahren, und entweder wird sie uns am Ende zerstören – oder erlösen.

Ich lege eine Hand auf Thomas' Gesicht, streiche über seine Wange und versuche, mir jedes Detail von ihm einzuprägen, als würde ich ihn zum letzten Mal sehen.

»Ich liebe dich«, flüstere ich sanft.

Thomas' Züge werden weich. »Ich liebe dich auch.« Er beugt sich herab zu mir, küsst mich auf den Mund. Es fühlt sich ein bisschen wie ein Abschied an, und ich weiß, das hier könnte das Ende unserer Beziehung sein.

Oder aber ihr Anfang.

Ich warte mit meinen Nachforschungen, bis Thomas am frühen Montagmorgen wieder nach München aufbricht. Zum ersten Mal bin ich erleichtert darüber, dass er so viel auf Reisen ist. Die Einsamkeit gibt meinem Kopf die nötige Ruhe und meinen Gedanken Klarheit.

Ich habe überlegt, die Polizei anzurufen, um herauszufinden, ob es Informationen zu Katharinas Verschwinden gibt, die noch nicht der Öffentlichkeit preisgegeben wurden. Die Informationen im Internet sind karg, doch so verlockend der Gedanke auch ist, so schnell habe ich ihn wieder verworfen. Ich fürchte, dass mir die Polizei als Nicht-Angehörige ohnehin nichts verraten würde und im schlimmsten Fall sogar Thomas kontaktieren könnte. So wie er immer reagiert, wenn ich Katharina anspreche, darf er auf keinen Fall erfahren, dass ich in seiner Vergangenheit herumschnüffle. Nein, ich muss die Sache diskreter angehen, und einen Hinweis habe ich zumindest.

Ich hole den gefalteten Zettel wieder hervor, der mich Freitagabend so in Aufruhr versetzt hat. Ich habe ihn in meinem Nachttisch versteckt und streiche ihn nun auf meinen Oberschenkeln glatt, um die Worte deutlicher vor mir zu haben.

»Du bist nicht sicher«, lese ich laut. Noch immer verwirrt und ängstigt mich die Botschaft, doch diesmal weckt sie auch eine tiefsitzende Neugier in mir. Die Schrift wirkt gleichermaßen elegant und kraftvoll. Schwer zu sagen, ob sie von einem Mann oder einer Frau stammt.

Aber wer könnte Interesse daran haben, mir so eine Nachricht zu schicken? Jemand, der mich in Gefahr wähnt.

Der vielleicht auch Katharina in Gefahr gewähnt hat. Mir fällt dazu eigentlich nur eine Person ein: Katharinas Liebhaber.

Ich bin mir fast sicher, dass die Nachricht von ihm stammen muss, aber wie finde ich heraus, wer er ist? Madlen wusste nichts über seine Identität, und sie ist die einzige Freundin von Katharina, die ich kenne. Womöglich weiß Thomas es, aber wenn, wird er es mir nicht verraten.

Am leichtesten finde ich es heraus, wenn ich Katharinas Schritte verfolge. Wie hat sie ihre Tage verbracht? Was für Hobbys hatte sie? Irgendwo muss sie diesen mysteriösen Liebhaber schließlich kennengelernt haben, und das geschah sehr wahrscheinlich außerhalb dieser Wände.

Vielleicht war sie Mitglied in einem Yoga-Kurs oder einem Segelverein. Ein paar Fotos in Bens Zimmer haben sie zumindest auf einem Segelboot gezeigt, das könnte ein erster Anhaltspunkt sein. Das Problem ist, dass ich so gut wie nichts über Katharinas Privatleben weiß, und auch das Internet verrät wenig über ihre Interessen. Es gibt kein Profil voller Likes und besuchter Orte, das ich durchklicken kann. Keine öffentliche Freundesliste und geteilte Erlebnisse.

Doch einen Menschen gibt es, von dem ich weiß, dass er Katharina sehr nahe gestanden haben muss. Mit dem sie ein Zuhause geteilt hat. Der sie bewundert hat. Dem sie sich vielleicht sogar anvertraut hat. Rahel redet gerne über Katharina, und ich bin mir sicher, sie weiß noch einiges mehr, als sie bislang preisgegeben hat.

Leider scheint Rahel es mir immer noch übel zu nehmen,

dass ich Katharinas Babysachen verschmäht habe. Als ich zu ihr in die Küche komme, wo sie gerade das Mittagessen für Ben zubereitet, serviert sie mir zwar auch einen Teller mit Gemüsereis, jedoch ist ihre gesamte Art mir gegenüber wieder deutlich kühler geworden. Ihr Blick streift mich gerade so im Vorbeigehen, als wäre ich kaum anwesend, als wäre ich unsichtbar.

Ich bemühe mich dennoch, freundlich zu sein, und lächle sie an, als sie den Teller vor mir abstellt. »Danke, Rahel. Das sieht sehr gut aus.«

Sie ignoriert mich und fährt damit fort, die benutzten Töpfe in die Spülmaschine zu räumen. Gedeckt ist nur für Ben und mich. »Essen Sie nicht mit uns?«, frage ich sie.

Rahel lässt sich Zeit mit ihrer Antwort. Akribisch poliert sie einen Fleck vom Tresen, den nur sie sehen kann. »Ich esse später.«

»Setzen Sie sich doch ein wenig zu uns.« Ich schiebe den freien Stuhl links von mir in ihre Richtung. Als Rahel immer noch nicht auf mich reagiert, füge ich leise hinzu. »Ich wollte Sie etwas fragen wegen ... Sie wissen schon.«

Das erregt endlich ihre Aufmerksamkeit. Rahel lässt den Lappen, den sie eben aufgenommen hat, liegen und setzt sich zu mir. Ihre straffe Körperspannung zeugt nach wie vor von Ablehnung, doch da ist noch mehr. Ein neugieriges Funkeln in ihren Augen.

Ich tue so, als merkte ich nichts von ihrer Reserviertheit, und lehne mich Rahel mit einem aufgeregten Lächeln entgegen. »Ich wollte mit Thomas am Wochenende darüber reden und *es* ihm sagen. Sie wissen schon. Ich möchte am liebsten etwas Schönes unternehmen, und ich habe mich gefragt ... Sie wissen doch bestimmt, was er und ...« Mein Blick streift Ben, der in sein Essen vertieft ist. »... sie früher gemeinsam unternommen haben. Aktivitäten rund um den Bodensee, etwas, das Thomas Spaß macht. Es soll eine Überraschung werden, deshalb will ich ihn nicht fragen. Vielleicht können Sie mir ein bisschen von früher erzählen und mich dadurch auf Ideen bringen?«

Rahels schale Aufmerksamkeit erkaltet jäh, und ich spüre sofort, sie wird mir nichts verraten.

»Dazu kann ich wenig sagen«, formuliert sie knapp.

»Ich dachte vielleicht an eine Segeltour? Mir ist aufgefallen, dass das Haus einen Bootssteg besitzt, aber kein Boot. Gab es früher vielleicht eins?«

»Früher einmal, ja. Es wurde verkauft.« Rahel erhebt sich mit Bens leer gegessenem Teller vom Tisch und beendet damit unser Gespräch.

»Wie schade. Wieso denn?«

»Das werden Sie Herrn Fontana persönlich fragen müssen.« An Ben gerichtet sagt sie: »Komm, du musst mir noch deine fertigen Aufgaben zeigen.«

Rahel verlässt ohne ein weiteres Wort mit Ben die Küche. Ein Boot, das es nicht mehr gibt, hilft mir herzlich wenig. Ich weiß aber auch einfach nicht, wo ich ansetzen soll. Soll ich Madlen noch einmal einen Besuch abstatten? Zwar hat sie letztes Mal deutlich gemacht, dass sie unser Gespräch über Katharina nicht weiter vertiefen möchte, aber vielleicht kann ich meine Fragen diesmal unauffälliger stellen, ohne sofort ihr Misstrauen zu wecken.

Ich bin bereits kurz davor, mein Handy zu suchen und sie einfach anzurufen, als es an der Tür klingelt.

Mein erster Gedanke ist, dass der geheimnisvolle Briefschreiber gekommen ist, um mich erneut zu warnen. Es klingelt noch ein zweites Mal, ehe ich endlich in Bewegung gerate. Mein Herz pocht dumpf, Dante spürt meine Unruhe, er springt um mich herum und bellt die Tür an. Wie in Trance betätige ich die Klinke, halte mit der anderen Hand Dante zurück, der sofort hinausstürmen möchte.

Ein Mann steht vor der Tür. Groß, gutaussehend, mit längeren, aschblonden Haaren, die er locker im Nacken zurückgebunden trägt.

Das ist er.

Mich durchläuft es heiß und kalt zugleich. Mit großen Augen starre ich ihn an. Erst nach einigen Sekunden nehme ich die Uniform wahr, das Logo auf seiner Brust, das mir vage bekannt vorkommt.

»Hannah Lehwald?«, fragt der Mann und sieht auf seinem Klemmbrett nach. »Wir haben eine Lieferung für Sie. Sie haben ein Bett inklusive Montage bestellt.«

Ich Idiotin. »Ja, natürlich.« Ich schüttle über mich selbst den Kopf und trete beiseite, um dem Mann Platz zu machen.

»Wo genau soll das Bett denn hin?«, fragt er und sieht sich im Flur um.

»In den oberen Stock. Ins Schlafzimmer. Aber da steht noch das alte Bett. Im Internet hieß es, Sie würden es mitnehmen, wenn das neue geliefert wird?«

»Werden wir. Wir müssen vorher nur noch mit dem Lieferwagen in die Einfahrt fahren. Können Sie das Tor öffnen?«

»Aber ja.« Ich nicke geschäftig, um nicht allzu hilflos zu wirken. Meine Gedanken sind noch immer in Aufruhr, und ich brauche viel zu lang, um den elektrischen Toröffner zu finden.

Sie kommen zu dritt ins Haus. Das alte Bett haben sie schnell nach unten befördert und schaffen anschließend die einzeln verpackten Teile des neuen Betts nach oben, um es dort aufzubauen.

Der Mann mit dem Pferdeschwanz scheint der Chef der Truppe zu sein. Er gibt hauptsächlich Anweisungen und steht sonst eher unbeteiligt am Rand des Geschehens und tippt auf seinem Handy herum, während die anderen beiden die Bettgestellteile miteinander verschrauben. Er scheint zu chatten. Einmal im Vorbeigehen erhasche ich einen flüchtigen Blick auf das Profilfoto einer Frau im Bikini auf seinem Bildschirm, ein Playboy-Klischee wie aus dem Bilderbuch. Mit vergrößerten Brüsten, hellblonder Wallemähne und lasziv verzogenen Lippen.

Fakeprofil, ist das Erste, was mir dabei durch den Kopf geht, und dann bin ich wie vom Donner gerührt.

Ein Fakeprofil. Natürlich!

Ich gebe vor, etwas aus dem Ankleideraum zu holen, und gehe noch einmal ganz nah an dem Mann vorbei, der nach wie vor eifrig am Tippen ist und dabei dümmlich vor sich hin grinst. Nun erkenne ich auch das Logo der Dating App, auf der er ist. In München waren alle meine Singlefreundinnen dort angemeldet, und ich erinnere mich noch an so einige betrunkene Abende, an denen wir uns durch fremde Profile geklickt und freche Nachrichten verschickt haben. Mir persönlich war diese Art des Datings immer zu unpersönlich, doch jetzt begreife ich, welche Möglichkeiten einem solche Plattformen bieten. Man braucht lediglich ein Foto und einen Namen einzugeben und kann in den Köpfen der anderen werden, wer immer man sein möchte.

Meine Gedanken drehen sich weiter, und ein Plan beginnt sich zu formen. Ein verrückter, riskanter Plan. Ein Schuss ins Blaue.

Natürlich kann ich nicht sicher wissen, dass Katharinas Liebhaber ebenfalls auf der App aktiv ist, aber wenn er Single ist und sich noch immer nach Zuwendung sehnt, ist die Wahrscheinlichkeit recht hoch. Und dann würde er gewiss auf ein Profil mit Katharinas Lächeln reagieren.

Alles, was ich brauche, sind zwei bis drei Fotos von ihr und ein falscher Facebook-Account. Beides lässt sich leicht beschaffen, aber will ich diese Richtung tatsächlich einschlagen? Kurz kommen mir Zweifel. Katharina könnte schließlich wirklich tot sein, und die Vorstellung, im Namen einer Toten auf Männerjagd zu gehen, beschert mir leichte Übelkeit.

Andererseits ist es die schnellste und effektivste Art, die Männer in der Umgebung auszuloten und denjenigen ausfindig zu machen, der Katharina geliebt hat. Der mir womöglich diesen Zettel geschrieben hat und mir endlich die Antworten geben kann, die ich suche.

Am Ende denke ich an mein ungeborenes Kind und treffe eine Entscheidung. Ich tue das hier für unsere Zukunft. Weil ich wissen muss, dass wir hier sicher sind.

Die letzten Handgriffe der Männer erscheinen mir unerträglich langsam. Ich schleiche ungeduldig um sie herum, ich will sie endlich aus dem Haus haben. Das neue Bett steht bereits, doch ich habe kaum ein Auge dafür übrig. Meine Dekorationen erscheinen mir plötzlich nichtig. Ich habe Wichtigeres zu tun.

Ich helfe den Männern, als sie ihre Werkzeuge und das übrig gebliebene Verpackungsmaterial nach unten tragen. Ich gehe so schnell, dass ich zwei Stufen auf einmal nehme, und spüre ihre irritierten Blicke auf mir, aber es ist mir egal, was sie von mir denken mögen. Hauptsache, sie gehen.

»Bevor ich es vergesse …« Der Mann mit dem Pferdeschwanz kommt noch einmal auf mich zu. Er hält mir etwas Eckiges entgegen. Eine Schachtel. Sie sieht wie eine Tablettenpackung aus. »Das hier war hinter der Rückwand vom alten Bett.«

»Danke.« Ich nehme die Schachtel, ohne einen Blick darauf zu werfen. Ich kann es kaum erwarten, allein gelassen zu werden, damit ich mich in aller Ruhe meinem Plan widmen kann. »Auf Wiedersehen.«

Mit einem Seufzer der Erleichterung schließe ich die Tür hinter den Männern.

Allein. Endlich.

In meinen Fingern kribbelt es geradezu vor Erwartung. Ich gehe noch einmal verstohlen durch die Räume, um nach Rahel und Ben zu sehen, aber sie scheinen ausgegangen zu sein, was mir im Moment gerade recht ist. Ich ziehe mich nach oben ins Schlafzimmer zurück und beanspruche mein neues Bett für mich, Dante zu meinen Füßen, Laptop und Handy griffbereit. Dann kann es losgehen.

Zuerst brauche ich Fotos, und die sind im Internet leicht zu beschaffen. Ich wähle zwei aus. Eines von Katharina beim Segeln und eines auf einer festlichen Abendveranstaltung, wo sie ein dunkelblaues Seidenkleid trägt, das ihren hellen Teint strahlen lässt. Es ist so einfach. So erschreckend einfach. Nach wenigen Klicks ist ihr Profil vollständig, und nachdem sie nie in irgendwelchen sozialen Netzwerken aktiv war, kann niemand nachweisen, dass es nicht die echte Katharina Fontana ist, deren glasklare Augen mir von ihrem Profilbild entgegenblicken. Nur noch ein Klick, um den Account zu aktivieren. Mein Finger verharrt über dem Bildschirm. Letzte Hemmungen überfallen mich. Kann ich das hier wirklich tun? Was, wenn Thomas es sieht? Dafür müsste er allerdings selbst angemeldet sein und sich in der näheren Umgebung befinden, was er nicht ist. Dennoch bleibt ein Restrisiko bestehen.

Um den Schaden einzudämmen, gebe ich nur einen sehr kleinen Suchradios von fünfzig Kilometern ein, und sollte ich nicht nach kurzer Zeit die erhoffte Rückmeldung bekommen, werde ich den Account gleich wieder löschen. Auf diese Weise muss niemand je davon erfahren, rede ich mir ein.

Dennoch schaffe ich es nicht, die Augen offen zu halten, als ich den finalen Klick betätige und Katharinas Foto in die digitale Welt hinausschicke.

Mein Herz schlägt aus dem Takt.

Es ist getan, kein Weg zurück. Mir bleibt nur der Blick nach vorn.

Ich hole mir noch eine Kanne Tee und Knabbereien aus der Küche, dann beginnt die eigentliche Arbeit. Ich sitze auf meinem neuen Bett, das Handy ständig in der Hand, und klicke mich in Windgeschwindigkeit durch alle aufscheinenden Profile. Ich bin nicht wählerisch, ich nehme jeden an, der auch nur annähernd als Katharinas Liebhaber infrage kommen könnte.

Nach kürzester Zeit ploppen die ersten Nachrichten auf meinem Bildschirm auf. Viele »Hi, wie geht's?«, schwärmerische Komplimente und anzügliche Anfragen. Das Übliche eben. Enttäuscht lösche ich die Kontakte dieser Nachrichten aus meiner Liste, ohne zu antworten. Zwei der Männer scheinen Katharina aus dem realen Leben zu kennen. Beide schreiben mir, ob das ein Scherz sei, ob ich krank sei. Nach kurzer Rückfrage schließe ich jedoch aus, dass sie eine intensivere Bekanntschaft hatten, und lösche sie ebenfalls aus meiner Kontaktliste, doch ein ungutes Gefühl bleibt. Ich versuche, nicht darin zu verweilen, mache einfach weiter, Profil für Profil, Mann für Mann. Noch habe ich die Hoffnung nicht aufgegeben, dass *er* dabei sein könnte.

Als mir keine neuen Profile mehr angezeigt werden, erweitere ich den Suchradios. Erst auf siebzig Kilometer, dann auf hundert, werde waghalsiger, aber ich kann einfach nicht aufhören. Es ist wie ein Sog, der mich immer tiefer zieht. Selbst dann noch, als meine Augen bereits vom grellen Bildschirmlicht brennen und die Erkenntnis in mir wächst, denn eigentlich wusste ich es schon nach den ersten fünf Minuten.

Er ist nicht dort. Ich werde ihn nicht finden.

Ich verschwende meine Zeit.

Ein Knall schallt durch das Haus und reißt mich aus meinen Gedanken. Draußen ist es dunkel, ich weiß nicht, wie spät es ist, wie lange ich schon hier so sitze. Dante jault auf und rennt zur Tür, sein Bellen dringt gedämpft zu mir durch. Ich springe vom Bett auf, mein Herz rast. Erst als ich das Poltern von Schritten auf der Treppe vernehme, sickert es in mich wie Gift: Das Knallen war die Eingangstür. Jemand ist im Haus, jemand kommt hier hoch.

Und dann werden meine schlimmsten Befürchtungen wahr.

»Hannah!«, ruft Thomas durch das Treppenhaus.

Er ist zurück! Dabei sollte er doch noch gar nicht zurück sein. Er ist heute Morgen erst losgefahren.

Ich bin noch immer wie gelähmt, als er ins Zimmer gestürmt kommt, bin wie festgewurzelt. Mit starren Augen blicke ich ihn an, sein Zorn umgibt mich wie eine zähe, erdrückende Masse, die ich beinahe greifen kann. Dann übernimmt etwas anderes in mir die Führung, ein Notfallprogramm, von dem ich gar nicht wusste, das es in mir existiert.

»Hallo, Schatz«, höre ich mich sagen, spüre mich lächeln, obwohl es innerlich in mir schreit und tobt. »Du bist früh zurück.«

Thomas erwidert mein Lächeln nicht. Mit ausgestreckter Hand kommt er auf mich zu. »Gib mir dein Handy.«

Das Blut weicht aus meinen Wangen, mit offenen Lippen blicke ich ihn an. Ich rühre mich nicht. Fühle mich wie ein Tier vorm Gewehrlauf.

»Ich sage es nur noch einmal. Gib mir dein Handy.«

Da ist etwas in seinem Blick und in seiner Stimme, das keine Widerrede duldet. Eine eiskalte Härte, die mir durch Mark und Bein geht und mich innerlich erstarren lässt.

Mit gefühlstauben Fingern übergebe ich ihm mein Handy. Ich habe es nicht passwortgeschützt, ich hatte bislang keinen Grund dazu. Thomas muss nur einen Blick auf den Bildschirm werfen, um die offene App zu sehen. Ich schließe die Augen vor Scham, zähle die Sekunden rückwärts wie vor der Auslösung einer Explosion.

Drei, zwei, eins ...

Thomas flucht so laut, dass ich zusammenfahre, und knallt das Handy auf den Boden, wo die Schutzhülle auseinanderbricht. Er atmet laut aus, scheint nach Fassung zu ringen.

»Ich wollte es erst nicht glauben«, sagt er dann, Körper und Stimme bebend wie ein Vulkan vor dem Ausbruch. »Ich dachte, es muss ein geschmackloser Scherz sein, ein Schulbubenstreich von irgendwelchen Kids in der Nähe. Niemals hätte ich gedacht, dass ausgerechnet du ...« Die Stimme versagt ihm. Die Enttäuschung in seinen Augen geht wie ein Pfeil durch mich hindurch.

»Woher ...« Ich schlucke gegen die plötzliche Enge in meinem Hals an. »Woher wusstest du davon?«

»Ist das alles, was du dazu zu sagen hast? Die Polizei hat mich angerufen, wenn du es ganz genau wissen willst. Katharinas Fall ist noch immer offen, jemand hat nach deiner Scherzaktion dort angerufen, und natürlich sind sie der Sache gleich auf den Grund gegangen. Was glaubst du, wie ich dastand, als sie herausgefunden hatten, dass die Suchanfrage in meinem eigenen Haus gestartet wurde?«

»Es tut mir leid.« Ich steige aus dem Bett, verkrampfe die Hände ineinander. »Ich weiß, das sieht schrecklich aus, und es gibt eigentlich keine Entschuldigung dafür ...«

»Nein, die gibt es nicht.«

Er hat recht, aber ich war verzweifelt. Ich war dumm. Ich wollte uns beschützen.

»Es tut mir leid«, wiederhole ich dumpf.

Thomas schüttelt den Kopf, wendet den Blick von mir ab. Er kann mich nicht einmal ansehen.

Was habe ich nur getan?

»Thomas ...« Ich versuche, mich ihm zu nähern, aber er hebt die Hand hoch, errichtet eine Mauer.

»Sag mir einfach, wieso. Wieso tust du so etwas?«

Wieso? In mir sind selbst so viele Fragen, keine Antworten. Aber ich sehe die Spuren des Verrats in Thomas' Gesicht. Ich weiß, nur die Wahrheit kann uns retten.

Und dann bricht es aus mir hervor, stürmisch wie die Flut hinter einem Damm, die sich zu lange aufgestaut hat. »Weil du mir nie etwas sagst!«, heule ich. »Weil ich hier allein bin, und ständig stolpere ich über Stücke deiner Vergangenheit, und ich verstehe nichts davon, und du willst mir einfach nichts sagen!«

»Wovon zum Teufel redest du?«

»Ich weiß von der Affäre! Madlen hat es mir erzählt. Ich

weiß, dass Katharina eine Affäre hatte, deshalb auch meine idiotische Suche im Internet. Weil ich einen Drohbrief bekommen habe und ich ihn finden wollte, und ich weiß, das war falsch, aber ich wusste einfach nicht weiter. Und ich kann so nicht weitermachen. Ich kann nicht ...«

Die Worte sind Qual und Erlösung zugleich. Es tut beinahe weh, sie auszusprechen, aber sie nehmen auch ein schweres Gewicht von mir, lassen mich zum ersten Mal seit Langem wieder frei atmen. Ich zittere und schwitze wie nach einem Marathonlauf. Voll ängstlicher Erwartung sehe ich Thomas an, doch in seinem Gesicht lese ich bloß Verwirrung.

»Affäre? Was für eine Affäre?«, fragt er verständnislos. »Ich weiß nicht, wen du mit deiner Aktion finden wolltest, aber Katharina hatte keinen Liebhaber. Zu keinem Zeitpunkt.«

Erneut zieht es mir den Boden unter den Füßen weg. »Aber Madlen ...«

»Ich wusste gar nicht, dass du so viel Kontakt mit Madlen hast, sonst hätte ich dich davor gewarnt, dass sie ein neugieriges Tratschweib ist. Von einem Liebhaber hätte Katharina ihr bestimmt als Letzte erzählt, und sie hatte keinen.«

»Bist du dir sicher?«

»Natürlich bin ich mir sicher!«, poltert Thomas. »Was soll der ganze Unsinn? Wieso bist du so versessen auf meine Vergangenheit? Wieso kannst du Katharina nicht einfach in Frieden lassen? Willst du mir das Leben absichtlich schwer machen?«

»Ich will das alles doch auch nicht! Aber da war dieser Drohbrief und ...«

»Was für ein Drohbrief?«

»Dass ich hier nicht sicher bin. Ich dachte, Katharinas Liebhaber hätte ihn mir geschickt.«

»Und deshalb der ganze Wahnsinn? Wegen eines dämlichen Streiches, der nichts zu bedeuten hat?«

»Ich wusste doch nicht, dass Madlen gelogen hat. Ich hatte Angst ...«

»Wovor? Vor mir?«, fragt Thomas mit einer donnernden Stimme und packt mich an den Handgelenken. »Dachtest du etwa, ich würde dir etwas antun? Denkst du, ich habe Katharina etwas angetan? Ist es das?«

Ich kann nicht antworten. Tränen laufen mir über das Gesicht. Ich schluchze lautlos und winde mich in Thomas' Griff, der viel zu fest ist und zu schmerzen anfängt.

»Ich weiß es nicht ... Ich wollte einfach die Wahrheit wissen.«

Thomas lässt so plötzlich los, dass ich ins Taumeln gerate. Ich sinke zu Boden, entmutigt. Ich verstecke mein Gesicht in meinen Handflächen und weine so heftig, dass es mich innerlich zerreißt.

Die Welt vor mir verschwimmt in einem grauen Dunst. Ich weiß nicht, wie lange ich so da sitze, doch als ich wieder aufblicke, bin ich allein im Raum. So allein, wie ich mich noch nie in meinem Leben gefühlt habe.

Und Thomas ist verschwunden.

15

Als am nächsten Morgen die ersten Sonnenstrahlen ins Zimmer scheinen, gehe ich nach unten. Die Welt draußen schläft noch, Ben schläft noch, ich schlafe noch. Zumindest fühle ich mich so, wie ich fast schwerelos die Treppe eine Stufe nach der anderen hinuntergehe, in meiner Hand eine Tasche, an die ich mich gar nicht mehr erinnere, dass ich sie gepackt habe.

Eine drückende Stille liegt über den Räumen, das Haus hält den Atem an, sogar Katharina schweigt für einen Moment in meinem Kopf. Ich fühle mich so leer, dass ich immer wieder über meinen Bauch streichen muss, die Gewissheit haben muss, dass zumindest etwas in mir ist, das lebendig ist, das mir Kraft gibt. Und ich brauche Kraft für diesen Schritt. Den Schritt ins Dunkle. Ins Ungewisse. Die Angst davor lässt mich fast ohnmächtig werden.

Plötzlich stehe ich in der Küche, ich weiß nicht, wieso. Vielleicht habe ich doch ein Geräusch gehört.

Da sitzt Thomas, im Schatten, vor sich eine erkaltete Tasse Kaffee. Seine Augen sind rot, blutunterlaufen. Auch er hat nicht geschlafen.

Wir sehen einander einige Sekunden an. Die Stille wird noch stärker, wird fast selbst zu einem Geräusch, das laut zwischen uns dröhnt und uns die Stimmen raubt.

Ich stelle die Tasche neben mir ab, schließe meine Augen. Dann sage ich die Worte, die ich aussprechen muss. »Willst du, dass ich gehe?« Im gleichen Moment begreife ich: Ich will gar nicht gehen.

Thomas sieht erschrocken aus. Er springt auf. »Gehen? Was? Teufel, nein! Ich wollte eigentlich, ich wollte ...«

Er macht einen Schritt auf mich zu, bleibt stehen, geht wieder einen halben Schritt nach vorn. Er sieht mich an, als hätte er Angst vor mir oder vor dem, was ich tun könnte. Noch ein hastiger Schritt, dann steht er knapp vor mir, streckt den Arm nach mir aus, aber berührt mich nicht ganz. »Hör zu, ich mache mir große Vorwürfe wegen gestern.«

»Ich mir doch auch!«, erwidere ich hastig, doch Thomas bringt mich mit einer Geste zum Schweigen.

»Lass mich zuerst reden. Ich muss das jetzt sagen, bevor ich die Nerven verliere. Ich wollte nichts sehnlicher, als dass du hier bei mir glücklich wirst. Und das ist mir nicht gelungen. Ich habe dich verunsichert und im Stich gelassen, obwohl ich wusste, wie schwierig die Lage hier für dich sein muss. Deshalb will ich dich fragen ... dich fragen ... Verflucht!« Thomas rauft sich die Haare, bis sie an den Spitzen zu Berge stehen. »Willst du mir noch eine Chance geben, es diesmal besser zu machen? Als dein Mann?«

Ich verstehe erst nicht, was er damit meint. Bis er mit einem Bein zu Boden sinkt, vor mir kniet und meine Hand ergreift. Sein Blick geht mir durch und durch, mir klappt der Mund auf. Mit einem Schlag bin ich hellwach.

»Ist das ein Antrag?«, piepse ich.

Thomas lächelt schwach. »Ich weiß, du hast dir das wahrscheinlich romantischer vorgestellt. Ich mir auch, aber ja, ich frage dich hier und jetzt, Hannah Lehwald ... willst du meine Frau werden?«

Ich schlage die Hand vor den Mund. »Jetzt fühle ich mich noch elender wegen gestern. Gott, es tut mir so leid. Bitte steh auf!«

Thomas kniet immer noch vor mir. »Willst du nicht vorher Ja sagen?«

Mein Blickfeld verschwimmt vor mir. Mein ganzer Körper zittert vor Fassungslosigkeit und einer kaum zu unterdrückenden Euphorie. Ich bin noch gar nicht wirklich fähig zu begreifen, was hier vor sich geht, was Thomas' Worte wirklich bedeuten, dennoch gibt es für mich in diesem Moment nur eine Antwort. Ich spüre sie in meinem Herzen, und noch bevor ich eine rationale Entscheidung treffen kann, höre ich mich bereits Ja sagen.

»Ja. Ja!« Ich schluchze es gleich mehrmals hintereinander.

Als Thomas mich dann in seine Arme zieht, sacke ich einfach darin zusammen, lasse mich von ihm tragen und halten und versinke vollständig in dem Gefühl von Geborgenheit, von Angekommensein, bei ihm, bei uns, und der Gewissheit: Alles wird gut werden.

Und im Schutz seiner Arme sage ich endlich die Worte, vor denen ich mich so lange gefürchtet habe, die mir plötzlich so leicht, so schwerelos von der Zunge gleiten, dass ich nicht mehr weiß, wieso ich so lange gezögert habe.

»Thomas ... Ich bin schwanger.«

16

Ben beobachtet mich fasziniert dabei, wie ich das Mobile mit den vielen leuchtgelben Sternen oberhalb vom Gitterbett befestige. Ich drehe es einmal für ihn und sehe ihm dabei zu, wie er lächelt.

Es ist eine Erleichterung zu wissen, dass er sich auf das Baby ebenso sehr freut wie wir. Thomas hat es ihm vor drei Tagen gesagt, gleich nach unserer ersten gemeinsamen Ultraschalluntersuchung bei meinem neuen Frauenarzt in Friedrichshafen. Thomas hat sich ein Foto vom Ultraschall mitgeben lassen und es Ben anschließend gezeigt. Das wachsende Baby ist auf dem Foto kaum erkennbar, aber Thomas hat ihm ganz genau erklärt, wo der Kopf ist, wo die Füße sind, die winzigen Hände. Und Ben hat interessiert zugehört und die Konturen mit seinem Finger nachgemalt. Dann hat er mich angesehen, auf meinen Bauch gedeutet.

»Es wird ein Mädchen«, habe ich ihm gesagt. »Deine kleine Schwester.« Ich habe fast geweint vor Glück, als er daraufhin genickt hat und ich das Strahlen in seinen Augen gesehen habe. Das gleiche Strahlen, das mich nun tagtäglich innerlich begleitet.

Der Untersuchung ist positiv verlaufen, und nun traue ich mich auch langsam, ein Kinderzimmer einzurichten. Im ehemaligen Gästezimmer haben wir bereits ein kleines Bett und einen Wickeltisch aufgestellt, und morgen will ich mit dem Streichen beginnen. Das ganze Zimmer soll einer Blumenwiese gleichen. Ich habe fünf Eimer Wandfarbe in den unterschiedlichsten Farbtönen gekauft und kann es kaum erwarten, Katharinas graue Wände mit heiteren Margeritenblüten und zarten Veilchenknospen zu verzieren.

Ben dreht nun ebenfalls einmal an dem Mobile und gluckst vergnügt vor sich hin. Es wärmt mir das Herz, ihn so gelassen und glücklich zu sehen. Die letzten Wochen waren für uns alle eine Veränderung. Thomas hat sich viel öfter Zeit genommen, um zu Hause bei uns bleiben zu können, und in dieser Zeit sind wir enger zusammen gewachsen. Nicht nur er und ich, sondern wir drei als Familie.

Inzwischen trage ich Thomas' Ring am Finger. Nicht so groß, wie er ihn gern gehabt hätte, aber auch nicht so dezent, wie ich ihn für mich ausgesucht hätte. Der Diamant in der Mitte schimmert bläulich im hereinfallenden Sonnenlicht. Noch immer kann ich mich kaum daran sattsehen, weniger wegen seiner Schönheit, sondern wegen seiner Bedeutung. Einen Hochzeitstermin haben wir wegen des Babys zwar noch nicht festgesetzt, dennoch gibt mir der Ring ein neues Gefühl von Sicherheit und Geborgenheit. Von Zugehörigkeit. Wir zwei zusammen, auf immer vereint.

Ich weiß gar nicht mehr, wieso ich mich so sehr von Katharinas Vergangenheit habe verunsichern lassen. Es ist tragisch, was passiert ist, und wahrscheinlich werde ich niemals alles erfahren, aber ich habe für mich entschieden, dass mein Glück in der Zukunft liegt.

Ben raschelt mit der Tüte, die ich neben dem Gitterbett abgestellt habe. Darin befinden sich Tier-Klebebilder und neue Pinsel für die Wandfarbe. Ben zieht einen der Pinsel hervor und hält ihn mir fragend entgegen.

»Willst du mir wieder mit dem Streichen helfen?«, frage ich ihn.

Ben nickt und hält den Pinsel noch höher.

»Morgen. Heute müssen wir erst noch ein paar Sachen hier ausräumen.« Das Gästezimmer gleicht einer kleinen Lagerhalle voller Kisten und Tüten und ungebrauchter Küchengeräte, die nirgendwo sonst im Haus Platz gefunden haben. Und dann sind da noch das Schlafsofa und ein alter Schrank. Thomas wollte ihn am nächsten Tag mit einem Freund entsorgen, wenn er wieder zurück ist. Wegen des Babys soll ich nicht mehr so schwer heben.

Ben macht sich sogleich an die Arbeit und zieht an einem der Kartons. Es ist einer von meinen, der noch immer unausgepackt im Eck steht. Ben schiebt und zerrt, aber der Karton bewegt sich nur millimeterweise vom Fleck.

»Das ist sehr schwer. Warte, bis dein Vater zurück ist, dann könnt ihr die Kisten gemeinsam in die Garage schaffen.«

Ich gehe kurz aus dem Raum, um eine Mülltüte zu holen, damit wir zumindest schon einmal den unnötigen Kleinkram entsorgen können.

Als ich zurückkomme, hat Ben das Bild, das ich damals von Katharina am Bootssteg gemalt habe, hinter dem Sofa hervorgezogen. Ich habe schon wieder vergessen, dass ich es dort versteckt hatte, und sein Anblick ist wie ein Schlag ins Gesicht.

»Ben!«, rufe ich, doch es ist bereits zu spät. Er hat das Bild vor sich aufgestellt und betrachtet es mit streng zusammengekniffenen Augenbrauen. Dann fällt sein Blick auf mich, Trauer und Verwirrung starren mir daraus entgegen. Er weiß ganz genau, wen ich da gemalt habe. Die Frau mit den hellblonden Haaren, die sich wie ein Gespenst aus dem dichten Nebel löst. Das Bild zittert in seiner Hand, mein Hals schnürt sich zu.

»Ben«, sage ich erneut, sanfter diesmal, und gehe langsam auf ihn zu.

Doch er weicht mir aus, wendet mir die Schulter zu. Das Bild fällt mit einem Wumms zu Boden, dann sehe ich nur noch seinen schmalen Rücken, als er an mir vorbei zur Tür hinaus läuft.

»Ben!«

Er antwortet nicht. Natürlich nicht.

Oh, verflucht! Es tut mir leid, dass er das gesehen hat. Keine Ahnung, wieso ich so dumm war, das Bild überhaupt zu behalten, und es nicht gleich weggeworfen habe. Ich hatte einfach nicht mehr daran gedacht.

Morgen werde ich es Ben gegenüber wieder gutmachen müssen. Ich hebe das Bild vom Boden auf und stelle es verkehrt herum an die Wand. Ich werde es gleich nachher zu den Sachen für den Sperrmüll stellen und es vorher mit blickdichter Folie umwickeln, damit nicht auch noch jemand anderes es sieht.

Der Anblick der vielen Kartons macht mich müde. Es ist

noch so viel zu tun, und ich weiß gar nicht, wo ich anfangen soll. Mein Rücken schmerzt bereits vom langen Stehen, das Voranschreiten der Schwangerschaft fordert seinen Tribut. Dennoch will ich endlich weiterkommen, diesen Ort zu einem kleinen Hafen für mich und das Baby machen.

Ich wühle mich durch Kartons und Schubladen und werfe alles in die Mülltüte, die ich geholt habe, was mir alt und unnütz erscheint. Vergilbte Gebrauchsanweisungen, alte Zeitschriften, ein Meer an losen Zetteln und Werbeflyern. In einem Karton im Schrank finde ich noch stapelweise unausgepackte Lichterketten, die ich zu den Sachen lege, die wir noch gebrauchen können. Weihnachten ist nur mehr sechs Wochen entfernt, und es wäre schön, das Haus ein wenig zu dekorieren und festlich zu beleuchten.

Ich will den ganzen Schrank ausmisten, damit Thomas ihn morgen besser transportieren kann. Neben den Lichterketten finde ich noch einen Schuhkarton mit alten Kassetten und viel zu viele Decken und Kopfkissen, die wir niemals alle gebrauchen werden.

Gerade als ich denke, ich hätte endlich alle Fächer geleert, fällt mir ein zartrosa Umschlag in die Hände, der hinter einer leeren herzförmigen Schachtel eingeklemmt war. Der Umschlag ist eingerissen, die Karte darin gleitet wie von selbst heraus. Es ist eine Valentinskarte mit edler Goldprägung und tanzenden Rosenblättern. Auf der Rückseite steht nur eine einzige Zeile in eleganter, präziser Handschrift geschrieben: *Ich liebe dich. Bitte verzeih mir. Katharina.*

Katharina.

Mehrere Sekunden lang starre ich ihre Worte an, nehme die starke Linksneigung der Buchstaben wahr, die ausladenden Bögen und wie der Druck ihrer Handschrift sich durch den Karton zeichnet. Ihre Unterschrift ist größer als der Rest, das K schwungvoll gezeichnet. Wort für Wort zeichne ich die Buchstaben mit dem Finger nach, stelle mir vor, wie lange es her sein muss, dass sie diese Worte geschrieben hat. Drei Jahre? Vier? Was ist damals passiert? Was gab es zu verzeihen? Und was war in der herzförmigen Schachtel?

Katharinas Bild wird schärfer vor meinen Augen, wie die Frau auf dem Gemälde taucht sie aus einem dichten Nebel vor mir auf, öffnet ihre glasklaren Augen und –

Ich verschließe die Karte wieder, drücke die Seiten fest zusammen und stecke sie in den Umschlag zurück, banne ihre Handschrift, ihren Geist aus meinem Blickfeld. Meine Gedanken rasen, ich atme mehrmals tief durch, bis ich mich wieder gefasst habe, bis der Umschlag nur mehr ein Stück unnützes Papier in meiner Hand ist und Katharina eine fremde Frau aus der Vergangenheit.

Schluss mit dem Wahnsinn. Dieser Teil meines Lebens ist vorbei, Katharina spielt keine Rolle mehr darin, und ich werde sie auch nicht mehr hereinlassen. Ich lasse die Karte im Schrank liegen, hinter verschlossenen Türen, wo sie hingehört.

Vom Erdgeschoss dringt gedämpftes Gebell nach oben. Es wird Zeit für Dantes Nachmittagsspaziergang. Vielleicht kann ich Ben dazu motivieren, mich zu begleiten und die Wogen zwischen uns wieder glätten. Ich kehre dem Raum und der Vergangenheit den Rücken. Soll jemand anderes die Karte finden. Was auch immer damit geschieht, es kümmert mich nicht mehr.

Und das ist ein unbeschreiblich befreiendes Gefühl.

In dieser Nacht träume ich wieder von Katharina. Davor habe ich schon lange nicht mehr von ihr geträumt, inzwischen erscheint sie mir eher wie die Figur aus einem Roman, dessen Titel ich bereits vergessen habe. Aber in dieser Nacht ist sie für mich wieder so real und lebendig, als würde sie direkt neben mir stehen und ihre Hand auf meine legen, eiskalt wie der Winter, wie der Tod. In meinem Traum geht sie vor mir durch das Haus, alles ist wieder so wie an meinem ersten Tag hier. Die Wände tragen wieder Katharinas Farben, zu meinen Seiten stehen ihre Möbel. Und ich gehe in ihren Spuren, setze die Füße nur dorthin, wo sie gegangen ist, auf den cremefarbenen Teppich, den ich vor Wochen habe rausreißen lassen. Ich gehe zwei Schritte hinter ihr, immer hinter ihr, und sehe nur ihren Rücken, ihre blonden, schillernden Haare, den schlanken, hellen Hals. Ich will ihren Namen rufen, wünsche mir, dass sie sich umdreht, ich ihr Gesicht sehen kann, aber ich kann die Lippen nicht bewegen, nicht einmal den Arm heben. Nur meine Füße bewegen sich, folgen ihr. Immerzu.

Wir gehen durch den Flur im Obergeschoss, an unserem Schlafzimmer vorbei, an Bens Zimmer vorbei. Dann stehen wir plötzlich vor der Tür zum Gästezimmer. Zum Zimmer meines Babys. Beim Anblick überfällt mich eine panische, nackte Angst. Ich will nicht, dass sie dort hineingeht. Auf keinen Fall darf sie da hineingehen. Das ist nun mein Ort. *Unser* Ort. Ich ertrage es nicht, dass sie ihn wieder in Besitz nimmt.

Sie soll verschwinden. Wieso ist wieder hier?

Katharina drückt gegen die Tür, innerlich schreie ich, doch noch immer kann ich keine Laute formen. Doch als könnte sie mich dennoch hören, fängt sie in dem Moment an, sich zu mir umzudrehen. Ganz langsam. Ebenso langsam, wie sie die Tür öffnet. Ich erkenne zuerst ihr Kinn, die zarte Rundung ihrer Ohren. Doch bevor ich noch mehr sehen kann, bevor sie sich mir ganz enthüllt, werde ich wach.

Ich schrecke schweißgebadet hoch, mein Herzschlag rasend wie der eines aus der Luft gefangenen Vogels. Automatisch geht meine Hand zur anderen Betthälfte, aber der Platz neben mir ist leer. Thomas kommt erst morgen aus München zurück.

Ich ziehe die Knie eng an meinen Oberkörper und atme tief ein und aus. Aus dem Untergeschoss höre ich Dante leise winseln. Das macht er immer noch oft, aber inzwischen habe ich mich daran gewöhnt und werde kaum mehr davon wach.

Katharina spukt noch immer durch meinen Kopf. Ganz egal, wie sehr ich mich darum bemühe, nicht an sie zu denken, egal, ob ich die Augen offen oder geschlossen halte, ich sehe sie noch immer vor mir durch den Flur gehen, ihre schlanke Hand, die sich nach der Tür zum Gästezimmer streckt, und wie im Traum spüre ich wieder diesen Anflug von Panik in mir hochsteigen.

Ich kann nicht anders. Ehe ich mich versehe, gehe ich auf nackten Füßen durch den Flur, gehe den gleichen Weg wie in meinem Traum, bis ich vor der Tür zum Babyzimmer stehe. Ich lege die Hand auf die Türklinke und schiebe die Tür sachte auf.

Der Raum liegt dunkel vor mir, ich knipse das Licht an. Ein paar Sekunden lang steht mein Herz still, dann nehme ich das Gitterbett wahr, am selben Fleck wie vor ein paar Stunden. Darüber das Mobile mit seinen leuchtgelben Sternen. Alles ist, wie es sein sollte, kein Grund zur Beunruhigung. Und dennoch finden meine Gedanken keine Ruhe. Etwas anderes beschäftigt mich noch. Ich kann es mir selbst nicht ganz erklären, aber es zieht mich wieder zum Schrank hin, der leer ist bis auf die Karte, die ich plötzlich wieder in Händen halte. Die ich aufklappe, bis ich wieder ihren Satz lese, der wieder in meinen Gedanken echot.

Ich liebe dich. Bitte verzeih mir. Katharina.

Die Angst ist wieder da, stärker als zuvor. Ich schmecke sie in meinem Mund, wie Säure kriecht sie meine Kehle empor und raubt mir die Luft zum Atmen.

Ich liebe dich. Bitte verzeih mir. Katharina.

Es sind nicht die Worte, die mich quälen. Es ist etwas anderes. Etwas Tieferes.

Ich nehme die Karte mit ins Schlafzimmer, ich renne fast, stolpere, bis ich mein Bett erreicht habe. Ich reiße die Schublade meines Nachttisches auf, bis sie fast aus den Angeln fällt, wühle mich durch Medikamentenfläschchen und Schwangerschaftsöle, vereinzelte Beipackzettel und vergessene Notizblätter. Ich werfe alles zu Boden, bis ich ganz unten einen losen, schief gefalteten Zettel finde. In der

Mitte vier Worte, die Thomas und mich fast entzweit hätten: *Du bist nicht sicher.*

Ich halte die beiden Papierstücke aufgeklappt vor mir hoch, die Valentinskarte und den Drohbrief. Meine Hände zittern, die Buchstaben verschwimmen vor meinen Augen, dennoch sehe ich es nun so klar, dass es mir verrückt vorkommt, dass ich es nicht gleich bemerkt habe. Die leichte Schräglage. Der Schwung der Oberlängen und die elegante Präzision der einzelnen Buchstaben.

Die Worte mögen verschieden sein, aber die Schrift ist dieselbe. Katharina hat mir diesen Zettel geschrieben, Sie war es, die mich gewarnt hat, als ich gerade die ersten Schuhe für mein ungeborenes Baby gekauft hatte und endlich bereit war, Thomas alles zu erzählen. Katharina, die vor über zwei Jahren spurlos verschwunden ist und von der inzwischen alle glauben, sie wäre tot, bis ich das selbst zu glauben begonnen habe. Aber dieser Zettel mit ihrer Handschrift lässt nur eine einzige Möglichkeit zu: Katharina ist am Leben.

Und sie war hier.

17

Ich lächle ganz automatisch, als ich Thomas am Freitagabend durch die Haustür kommen höre. Ich füge gerade noch eine Prise Salz in das auf dem Herd köchelnde Linsencurry hinzu. Diese kleinen Momente der Normalität geben mir Halt, während in meiner Welt plötzlich alles Kopf steht. Ich fühle mich, als würde ich gleichzeitig in zwei verschiedenen Realitäten leben, mit einem wachsenden Abgrund dazwischen und ohne Ahnung, wohin ich meine Füße als Nächstes setzen soll.

Auf der einen Seite des Abgrunds liegt mein Leben mit Thomas, ich spüre die Intimität und das Vertrauen, die wir in den letzten Wochen gewonnen haben. Ein glückliches Paar, das ein Kind erwartet.

Und dann ist da noch die andere Realität. Die Realität, in der Katharina am Leben ist. In der sie sich versteckt hält und mir geheime Botschaften schickt. In der ich plötzlich keine Ahnung mehr habe, wer der Mann ist, mit dem ich verlobt bin.

»Hallo, Liebling, du hast mir gefehlt«, sagt Thomas, als er zu mir in die Küche stößt, und umarmt mich von hinten. Seine Hände finden wie von selbst meinen Bauch, streichen liebevoll über die Wölbung. Es tut so gut, seine Nähe zu spüren, und für einen bittersüßen Moment gönne ich mir die Illusion und gebe mich der wohligen Sicherheit unserer Beziehung hin. Ich wünsche mir das alles so sehr, ich will daran festhalten wie an einer zerbrechlichen Skulptur.

Ich schließe die Augen, damit Thomas mir nicht ansieht, was in meinem Inneren vorgeht. Zärtlich küsst er meinen Nacken, meinen Hals. Dreht mich sanft in seinen Armen herum, bis wir einander gegenüberstehen, doch noch immer halte ich meine Augen geschlossen.

»Was hast du so getrieben?«, fragt er und küsst mich erneut, diesmal auf die Lippen.

Ich habe Angst, er könnte die Tränen schmecken, die ich den ganzen Tag über geweint habe.

»Du siehst blass aus. Isst du auch genug?«

»Natürlich«, antworte ich. Meine Mundwinkel zucken. »Das Essen ist gleich fertig. Ich habe Curry gekocht.«

»Gut, ich bin schon am Verhungern.« Thomas zieht sein Jackett aus, entblößt seine breiten Schultern, von denen ich mich einmal so beschützt gefühlt habe und die mir nun in ihrer Größe fast einschüchternd vorkommen. Doch dann wendet er sich ab von mir, und plötzlich überfällt mich eine ungeheure Angst, ihn zu verlieren.

»Warte!«, rufe ich und erschrecke selbst darüber, wie laut meine Stimme ist.

Thomas hat an der Schwelle zum Esszimmer innegehalten und sieht mich verwundert an. Ich senke den Blick auf meine Hände, sehe sie zittern, und verschränke sie ineinander, um wenigstens etwas Halt zu finden.

»Ich muss dich etwas fragen … Und ich weiß, wir wollten das Thema eigentlich begraben, aber ich muss wissen ... hast du manchmal das Gefühl, als wäre Katharina noch irgendwo in der Nähe? Als sähe sie uns vielleicht sogar zu?«

Thomas kommt auf mich zu, in seinen Augen nichts als Verständnis und Güte, und legt seine warmen Hände auf meine Wangen. »Es ist das Haus, oder? Die großen Glasfronten, und dann bist du nachts auch noch so oft alleine hier. Ich hätte früher daran denken sollen, dass du dich nicht ganz sicher fühlst. Ich werde gleich nächste Woche einen Sicherheitsdienst beauftragen und eine Alarmanlage und Kameras auf dem Grundstück installieren lassen. Das wird ohnehin höchste Zeit. Wie klingt das? Würdest du dich dann besser fühlen?«

Er glaubt mir nicht, ich kann es von seinem Gesicht ablesen. Er hat mir noch nie geglaubt, wenn es um Katharina ging, aber wieso sollte er auch? Ich klinge wie eine Irre. Ich fühle mich wie eine Irre.

Deine Frau lebt. Sie war hier! Sie wollte mich warnen. Ich schreie die Worte in meinem Kopf. Möchte sie ihm am liebsten ins Gesicht brüllen, nur um diese gelassene Gleichgültigkeit darin zu zerstören. Doch ich lächle nur.

»Ja, das wäre großartig. Danke, Liebling.«

Ich schaffe es nicht, das Kinderzimmer zu streichen, wie ich es mir vorgenommen habe. Es sollte ein Ort der Sicherheit und des Friedens für uns werden, doch wenn ich nun die blanken, grauen Wände ansehe, weiß ich nicht einmal mehr, ob meine Tochter sie jemals zu Gesicht bekommen wird. Ob wir überhaupt noch hier wohnen werden, wenn sie auf die Welt kommt. Alles ist wieder so ungewiss, die Zukunft eine ferne Insel, die sich hinter dichten Nebelschwaden vor mir verbirgt.

Soll ich gehen? Was wäre das Beste für das Baby?

Thomas ist zum Glück zu beschäftigt, um etwas von meinen Zweifeln mitzubekommen. Meine plötzliche Lethargie schiebt er auf die Schwangerschaft, meine Wortkargheit auf Erschöpfung.

Und ich bin tatsächlich erschöpft. Von dem Hin und Her, den Lügen, den Geheimnissen. Es tut so weh, nach dem mühsam erkämpften Vertrauen der letzten Wochen wieder diese Distanz zwischen Thomas und mir zu spüren. Es zerreißt mir das Herz und lässt mich Katharina verfluchen.

Wieso war sie hier? Wieso kann sie uns nicht in Ruhe lassen?

Wo ist sie jetzt?

Ich lese mir wieder heimlich sämtliche Artikel über sie durch. Nachts, wenn alle schlafen, hänge ich über meinem Laptop und sauge Informationen über sie auf. Ich suche nach neuen Hinweisen und Antworten, schreibe verschlüsselte Notizen in meinen Kalender, doch die Artikel sind dieselben, die ich bereits vor mehreren Wochen gelesen habe.

Katharina ist verschwunden. Man hält sie für tot, nur ich weiß es besser. Sollte ich womöglich die Polizei verständigen? Aber mit welchen Beweisen? Niemand kann sagen, wie alt die Schriftstücke wirklich sind, ob sie vor oder nach ihrem Verschwinden verfasst wurden.

Aber sie war hier. Sie muss direkt auf der anderen Seite der Haustür gestanden haben, als sie den Zettel auf der Fußmatte abgelegt hat, nur einen halben Meter von mir entfernt.

Thomas redet jetzt davon, Kameras zu installieren. Ich wünschte, er hätte es damals schon getan, dann hätte ich zumindest einen Beweis, für alle anderen und für mich selbst. Was wollte sie mit so einer Nachricht bewirken? War es Bosheit? Wollte sie mich vertreiben? Mich, die fremde Frau, die in ihrem Haus lebt, die mit ihrem Mann schläft und die ihren Sohn großzieht?

Aber wollte sie es denn nicht genau so? Ist sie nicht selbst fortgegangen? Wieso hält sie sich überhaupt versteckt und lässt alle Welt glauben, sie wäre tot?

Sie spielt mit mir. Mit Thomas und mit allen anderen.

Aber wieso?

Mein Kopf schwillt an vor lauter Fragen, sie hämmern in meine Schläfen, sie konsumieren mich, sie fressen mich auf. Und ich weiß, es gibt nur eine Person, die mir endlich Antworten geben kann. Nur eine Möglichkeit, diesen Wahnsinn ein für alle Mal zu beenden.

Ich muss Katharina finden.

/

18

Meine Hand zittert, als ich den Klingelknopf betätige, zweimal, nachdem ich beim ersten Versuch abgerutscht bin. Mit der anderen Hand halte ich Dantes Leine umklammert. Mit hängenden Ohren wartet er ergeben an meiner Seite, seine Flanke schutzsuchend gegen mein Bein gedrückt. Sein Fell ist triefnass, genau wie meine Kleidung. Immer größere Tropfen prasseln unaufhörlich auf uns nieder und lassen die Umgebung dahinter verschwinden. Ich sehe nichts mehr, ich höre nichts mehr, nichts als Regen.

Bis eine einzelne Stimme sich aus dem grauen Dunst löst.

»Hannah?«

Madlen steht geduckt in ihrem Hauseingang, ihr Gesicht hält sie mit einer Hand abgeschirmt. »Was machst du nur da draußen bei diesem Wetter? Es gießt in Strömen!«

Ich hatte gar nicht auf das Wetter geachtet, als ich mit Dante losgegangen bin. Ich hatte seit den frühen Morgenstunden darauf gelauert, dass Thomas wieder nach München aufbricht, und bin nach draußen gestürzt, kaum waren die Motorengeräusche seines Wagens hinter der nächsten Kurve verklungen. Ich habe nicht einmal einen Schirm mitgenommen, geschweige denn eine ordentliche Jacke. Erst jetzt, nachdem ich mein Ziel erreicht habe, sickert die Nässe zu mir durch, erst jetzt spüre ich, wie sehr ich friere, wie sich mein gesamter Körper vor Kälte zusammenzieht.

»Was stehst du da noch rum!«, ruft Madlen und winkt mich hektisch zu sich. »Komm endlich rein, bevor du noch erfrierst.«

Madlen empfängt mich mit zwei großen Badehandtüchern in ihrer Diele, eines für mich und eines, mit dem sie Dante abrubbelt, der es ihr hechelnd dankt.

»Sieh dich nur an.« Lachend schüttelt Madlen über meine triefende Erscheinung den Kopf. »Das kann ich unmöglich tatenlos mitansehen, wenn ich mich weiterhin eine gute Nachbarin schimpfen will. Du brauchst etwas Trockenes zum Anziehen.«

Fröstelnd lege ich die Arme um mich. »Tut mir leid, ich wollte dir keine Umstände machen. Das Wetter hat mich überrascht.«

»Ihr Frischverliebten seid wirklich unmöglich. Ständig mit dem Kopf in den Wolken. Aber ich gebe es ja zu, ich bin bloß neidisch. Nach fast zehn Jahren Ehe darf ich froh sein, wenn Paul mit mir auch nur halb so viele Blicke wie mit dem Fernseher wechselt. Na, komm nur mit rauf. Es ist niemand da. Du kannst auch eine heiße Dusche nehmen, wenn du willst.«

»Danke, aber etwas trockene Kleidung genügt schon.«

Madlen führt mich eine knarrende Holztreppe nach oben in einen schmalen Flur, von dem mehrere Zimmer abzweigen. »Entschuldige die Unordnung«, sagt sie, während sie im Vorbeigehen eine orangefarbene Kinderjacke vom Boden aufklaubt. »Ich habe nicht mit Besuch gerechnet, und mein Jüngster hat mich das Wochenende über ganz schön auf Trab gehalten, daher bin ich noch nicht zum Aufräumen gekommen.«

»Bitte, mach dir keine Umstände. Und ich mag dein Haus. Es verströmt so viel Wärme.«

»Wenn man den Geruch von Moder und ungewaschenen Socken mag«, erwidert Madlen lachend, aber an ihrem Gesichtsausdruck erkenne ich, dass sie meine Worte freuen. Sie öffnet eine der Türen, und wir betreten ein großräumiges Bad mit blau gekachelten Fliesen und überquellenden Ablagen voller bunter Badespielsachen. Fluchend hebt Madlen noch ein paar Handtücher und liegen gelassene Kleiderstücke auf.

»Ich gebe dir einen Tipp, lass den Quatsch mit der antiautoritären Erziehung und bringe den Kleinen lieber gleich Manieren bei, sonst tanzen sie dir ein Leben lang auf der Nase herum. Warte hier kurz, ich bringe dir noch schnell etwas zum Anziehen.«

»Danke. Wirklich.«

»Nichts zu danken, Liebes.«

Madlen wirft mir einen Kuss zu und kehrt gleich darauf mit einem großen Stoß weicher Jogginghosen und einer Auswahl verschiedener Pullover wieder, die sie auf dem zugeklappten Klodeckel ablegt. »Nimm einfach, was dir am besten passt. Es wird dir ohnehin alles zwei Nummern zu groß sein, schmal, wie du bist, aber besser als die nassen Sachen sind sie allemal. Ich mache uns so lange eine Kanne heißen Tee, damit du dich aufwärmen kannst.«

Mir steigt die Röte ins Gesicht, weil Madlen sich so liebevoll um mich kümmert und ich gar nicht weiß, wie ich es wiedergutmachen soll. Ich fühle mich schäbig, weil ich ihre Anrufe in den letzten Wochen ignoriert habe, ohne mich zurückzumelden. Ich hatte Angst, Thomas zu verprellen, nachdem er so wütend wegen Madlens Anschuldigung war. Das hier ist unser erster Kontakt, seit sie mir von Katharinas vermeintlicher Affäre erzählt hat. Die Affäre, die es laut Thomas nie gegeben hat. Aber hat sie wirklich gelogen?

Ich habe Thomas geglaubt, als er es bestritten hat, doch wenn ich nun Madlens offenes herzliches Gesicht vor mir sehe, kommen mir erneut Zweifel darüber, wem ich nun vertrauen soll und wem nicht.

Ich schäle mich aus der nassen Kleidung und wringe sie im Waschbecken aus, ehe ich sie oberhalb der Badewanne zum Trocknen aufhänge. Meine Zähne schlagen vor Kälte aufeinander. Ich streife mit zitternden Händen einfach die erstbesten Sachen aus Madlens Stapel über. Danach fühle ich mich zumindest etwas besser. Ich föhne noch grob über meine Haare, dann wage ich mich wieder die Treppe nach unten.

Dante erwartet mich mit einem freudigen Bellen und tapst mir hinterher in Richtung Küche, wo Madlen bereits vor einem gedeckten Tisch sitzt und mir aus einer bauchigen Teekanne wie aus Großmutters Zeiten einschenkt.

»Und? Wie fühlst du dich?«, fragt sie, nachdem ich mich zu ihr gesetzt habe.

»Nicht mehr ganz so tot, danke.« Ich kaschiere meine Nervosität mit einem lauten Lachen. Bevor ich aufgebrochen bin, erschien mir noch alles so glasklar, so einfach, doch nun weiß ich nicht einmal, wo ich anfangen soll.

»Wie hat Thomas es denn aufgenommen?«

Verständnislos sehe ich sie an. »Was?«

»Na, das Baby! Du kannst mir nicht erzählen, dass er es immer noch nicht gemerkt hat! Du bist zwar nach wie vor sehr schlank, aber die Kugel ist nicht mehr zu übersehen.«

»Oh, ach ja.« Ich streiche über meinen Bauch, eine Bewegung, die ich inzwischen so sehr verinnerlicht habe, dass ich sie ganz automatisch ausführe. »Er freut sich. Sehr.«

»Und wieso machst du dann ein Gesicht wie drei Tage Regenwetter?« Madlen grunzt. »Sprichwörtlich.«

Ich beiße mir auf die Unterlippe. »Ich freue mich doch auch, aber ...« Ich finde nicht die richtigen Worte für das, was ich fühle. Wie erzähle ich Madlen von der Angst, die neben meinem Baby in mir heranwächst und jeden Tag größer und größer wird, dass ich kaum noch schlafen kann? Wenn ich nicht einmal weiß, wovor ich Angst habe, wenn ich doch eigentlich die glücklichste Frau auf Erden sein sollte. Aber ich bin es nicht. Ich bin nicht glücklich. Ich verspüre den Drang wegzulaufen, weit weg, bis ich ebenso von der Bildfläche verschwunden bin wie Katharina, und nur der Gedanke an mein Baby lässt mich noch ausharren.

»Liebes, was ist los?« Madlens Stimme ist heiser vor Sorge. Sie greift über den Tisch nach meiner Hand und hält sie sanft. »Nun sag schon. Warum bist du hergekommen?«

In meinem Hals sitzt ein Kloß, doch ich kämpfe dagegen an, schlucke, und dann lasse ich endlich los.

»Ich habe Angst«, sage ich. »Ich habe Angst davor, einen schrecklichen Fehler zu machen und meine Familie und alles zu zerstören, was wir uns hier aufgebaut haben.«

»Verstehe, aber … musst du diesen Fehler denn machen?«

»Ich kann nicht anders. Ich werde verrückt, wenn ich es nicht tue.«

»Und was genau willst du tun?«

»Ich weiß es noch nicht, aber ich muss etwas tun. Und ich muss dich etwas fragen. Ich weiß, es wird seltsam klingen, aber ich muss dich bitten, mir absolut ehrlich und aufrichtig zu antworten.«

Madlen tätschelt wohlwollend meinen Handrücken. »Aber natürlich. Sprich weiter.«

»Hast du Katharina gesehen? Ich meine, nachdem sie verschwunden ist?«

Madlen zieht ihre Hand zurück. »Katharina? Wie kommst du darauf?«

»Ich kann es nicht genau erklären, aber manchmal habe ich das Gefühl, dass sie noch irgendwo in der Nähe ist. Und ich dachte, vielleicht hat noch jemand anderes sie gesehen.«

Madlens Blick ist skeptisch. Auch sie glaubt mir nicht, ich sehe es an ihrem leicht verzogenen Mund, aber das ist egal, ich muss es wissen.

»Hast du sie denn gesehen?«, fragt sie.

»Nicht direkt …«

»Hast du mit Thomas darüber gesprochen?«

»Ich habe es versucht, aber er blockt immerzu ab, wenn es um Katharina geht. Er will die Vergangenheit begraben.«

»Eine weise Entscheidung. Nichts Gutes kann daraus entstehen, wenn man Geistern hinterherjagt.«

»Ich weiß, aber ich kann nicht anders.«

»Oh, Liebes. Sieh dich doch an, du bist jung, du erwartest ein Kind, das größte Geschenk auf Erden. Diese Zeit solltest du genießen und dich nicht mit unnötigem Ballast aufhalten. Katharina ist fort. Ich weiß nicht, ob sie tot ist, aber sie kommt höchstwahrscheinlich nicht wieder. Also vergiss sie doch. Denk an deinen Mann. Denk an deine Familie. Sie brauchen dich.«

»Ich weiß. Ich weiß das alles, und ich wünsche mir selbst nichts mehr, als für das Baby da zu sein, aber das kann ich erst, wenn ich diese Geschichte für mich aufgelöst habe. Bitte versteh das, ich fühle mich so lange nicht sicher, und schon gar nicht sicher genug für mein Kind.«

Madlen lehnt sich zurück. Ihre manikürten Fingernägel trommeln unruhig auf den Küchentisch. Unsere Teetassen sind beide unberührt, der Tee bestimmt längst kalt. »Du glaubst, Katharina ist noch in der Nähe?«

»Womöglich. Ich habe auf jeden Fall Hinweise, die darauf hindeuten. Und weil du mir das letzte Mal von Katharinas Affäre erzählt hast …«

»Ich hoffe aber, du bist nicht deshalb auf diese verrückte Geschichte gekommen.«

»Nein, aber ich muss wissen, ob es stimmt und ob ich vielleicht einer falschen Fährte gefolgt bin. Thomas schwört nämlich, dass Katharina niemals eine Affäre hatte.«

»Ich weiß aber, dass sie eine hatte.«
»Wie meinst du das? Woher?«

Madlen ächzt wie unter einer schweren Last. Sie macht eine lange Pause, und ich fürchte schon, sie könnte mich im Stich lassen, doch dann öffnet sie erneut den Mund. Sie hält den Blick gesenkt und sagt: »Weil jemand sie zusammen gesehen hat.«

Madlen wollte mir zunächst nicht mehr darüber erzählen, doch ich blieb hartnäckig und bohrte nach, bis sie mir endlich alles verriet, was sie wusste. Leider war es nicht viel, weil Madlen von einer Bekannten über die Begegnung erfahren hat, die die beiden zufällig in einem Nachtclub in Lindau gesehen haben will. Es sei dunkel gewesen und sie habe nur einen flüchtigen Blick auf das Paar erhascht, aber sie sei sich sicher, dass es sich bei der Frau um Katharina gehandelt habe. Sie trug angeblich ein silbernes Kleid mit Wasserfallausschnitt und wirkte betrunken. Ihre Füße strauchelten, während sie dem Mann an ihrer Seite auf die Toilette folgte. Ihre Hand lag auf seiner Schulter. Sie lachten ausgelassen im Licht der zuckenden Scheinwerfer. Der Mann war sehr jung, Mitte zwanzig, mit zotteligen blonden Haaren, die er unter einem schwarzen Cappi trug. Er sei auffallend schlank gewesen, und auf seinen Unterarmen und Fingern hätten sich dunkle, verschlungene Tattoos abgezeichnet.

Es überrascht mich, weil es für mich überhaupt nicht nach Katharinas Typ klingt, aber wie soll ich das auch beurteilen? Katharina bleibt ein Mysterium für mich. Je mehr ich über sie erfahre, desto weniger scheine ich zu wissen. Und wer weiß, vielleicht war das nach Thomas genau der Ausgleich, den sie gebraucht hat. Ich will sie nicht verurteilen, ich will sie bloß finden, und vielleicht bin ich ihrem Aufenthaltsort damit schon ein kleines Stück näher gekommen.

Lindau. Ob sie sich öfter dort getroffen haben? Vielleicht war es aber auch nur eine flüchtige Affäre oder gar ein One-Night-Stand. Vielleicht waren sie nur diesen einen Abend zusammen und danach nie wieder. Der Mann könnte sie ebenfalls seit Jahren nicht mehr gesehen haben, dennoch ist der Hinweis es wert, dass ich ihm nachgehe. Ich habe keine anderen Spuren.

Zurück zu Hause nehme ich erst einmal ein langes, heißes Bad, um mich aufzuwärmen. Ich verteile weichen Badeschaum auf meiner Haut, während ich überlege, wie ich nun am besten vorgehe. Ich war bislang nur einmal in Lindau, obwohl es mit dem Auto weniger als dreißig Minuten von Friedrichshafen entfernt liegt. Es ist ein hübsches kleines Städtchen direkt am Bodensee mit einer anliegenden Insel, auf der sich die historische Altstadt befindet. Thomas ist mit mir zu Beginn unserer Beziehung einmal hingefahren. Wir haben einen perfekt gebrühten Cappuccino in der Sonne getrunken und von unserem gemeinsamen Leben am Bodensee geträumt. Ich war ganz begeistert von dem altertümlichen Flair und dem sprühenden Leben der Stadt und habe mir vorgenommen, jedes Wochenende hinzufahren und das Panorama zu genießen. Jetzt frage ich mich, wieso ich das nie getan habe. Wieso so viele unserer Träume und Ziele in Vergessenheit geraten, sobald uns einmal der Alltag im Griff hat.

Draußen vor dem Fenster trommeln noch immer Regentropfen so groß wie Murmeln gegen das Glas. Der Himmel ist dunkelgrau und der Bodensee von einem tiefhängenden Dunstschleier überzogen. Nicht gerade der idyllische Tag, den ich mir ausgemalt hatte, um durch Lindaus Gassen zu flanieren, doch ich habe keine Wahl. Es ist wie ein unsichtbarer Sog, der mich anzieht, und weder Regen noch Schnee können mich aufhalten.

Ich muss nach Lindau.

Ich muss ihren Spuren folgen.

Als ich nach unten gehe, sitzen Rahel und Ben über einem Stapel Malhefte am Küchentisch zusammen. Ben wirkt konzentriert, er hält einen blauen Wachsmalstift fest zwischen Daumen und Zeigefinger, während er erstaunlich präzise Linien über das Papier zieht. Ich beuge mich über ihn, um sein Werk bewundern zu können. Ein großer Kreis nimmt fast das gesamte Blatt ein.

»Malst du wieder ein Riesenrad?«, frage ich ihn und berühre ihn vorsichtig an der Schulter.

Ben hält den Blick auf das Papier gesenkt und malt stoisch weiter. Anscheinend ist er immer noch wütend auf mich. Ich fühle mich schuldig, dass ich ihm zurzeit nicht die Aufmerksamkeit geben kann, die ein kleiner besonderer Junge wie er verdient.

»Zeigst du es mir, wenn du fertig bist? Vielleicht können wir es ja irgendwo aufhängen. Ich muss leider noch einmal weg, aber bis zum Abend bin ich wieder da, dann können wir gemeinsam einen Film schauen oder ein Spiel spielen, was meinst du?«

Mein Blick geht zu Rahel. Sie zuckt zusammen und wirkt ertappt. Erst da merke ich, dass sie auf meinen Ring gestarrt hat. Auf den geschliffenen Stein, der jetzt so schwer wiegt wie eine Ankerkette.

»Rahel?«, frage ich und ziehe unauffällig meine Hand hinter den Rücken. Ihre Mundwinkel kräuseln sich.

Ein ungutes Gefühl brodelt in meiner Magengrube und begleitet mich auch noch Minuten später auf dem Weg nach draußen, als ich mich mit einem Regenschirm zu Thomas' Zweitwagen vorwage.

Der Regenstrom auf der Windschutzscheibe gleicht einem Sturzbach. Selbst mit dem Scheibenwischer auf höchster Stufe fällt es mir schwer, einen klaren Blick auf die Straße zu erhaschen. Vielleicht ist das ein Zeichen. Ich sollte nicht fahren. Ich sollte hierbleiben. Bei Ben. Meiner Familie.

Doch meine Hand dreht wie ferngesteuert den Zündschlüssel um. Ich fahre los, meine Hände wie Schraubstöcke um das Lenkrad geklammert.

Bei diesem Wetter brauche ich deutlich länger als die üblichen dreißig Minuten, um nach Lindau zu gelangen. Die sonst so malerische Straße verschwindet hinter Regenschlieren. Ohne Navigationssystem hätte ich kaum gemerkt, an welches Ende vom Bodensee ich überhaupt fahre. So folge ich einfach der Stimme aus dem Lautsprecher, von der mit Feldern gesäumten Landstraße über die

Lindauer Innenstadt und dann immer entlang der Bahngleise, wieder raus aus dem Zentrum ins Gewerbeviertel der Stadt, bis die Stimme mir sagt, ich hätte mein Ziel erreicht.

Wie es aussieht, befindet sich das »Beat« weit außerhalb der gepflegten Touristenecke, die ich damals mit Thomas besucht habe. Hier reihen sich unschmucke Betonbauten an blechverkleidete Lagerhallen. Ich parke vor einem Baumarkt, eine Seitenstraße vom Clubeingang des Beat entfernt, in dem Katharina laut Madlen mit dem mysteriösen jungen Mann gesichtet wurde.

Der Regen hat endlich nachgelassen, doch als ich die Fahrertür öffne, bläst mir ein eisiger Wind entgegen und fährt durch die dünnen Schichten meiner Kleidung. Der Winter steht vor der Tür, man kann den Schnee förmlich riechen. Für einen Moment halte ich inne, atme die eiskalte Luft ein und lasse mir von ihr den Kopf klären. Dann ziehe ich die Schultern ein und marschiere los.

Der Himmel ist bereits dunkel, dennoch würde es noch Stunden dauern, bis das Nachtleben beginnt. Ich hoffe, dass trotzdem schon jemand im Club ist. Jemand, der vielleicht dort putzt oder Gläser einräumt. Der mir helfen kann.

Das Beat liegt in einem unscheinbaren grauen Gebäude, eingekeilt zwischen Industriebauten und Discounter-Läden. Bis auf das Schild oberhalb vom Eingang lässt nichts auf einen angesagten Club hinter der verbogenen Stahltür schließen. Zudem sieht es verlassen aus, die Tür sitzt wie zugenagelt im Rahmen und rührt sich keinen Millimeter, als ich am Türknauf rüttle. Die Wände ringsum sind blank, kein Klingelknopf, nicht einmal ein Briefkasten ist zu sehen.

»Hallo?«, rufe ich und klopfe gleichzeitig mit der flachen Hand gegen die Tür. Das Metall vibriert leise unter meiner Haut. Ich warte, klopfe erneut, bis meine Hand schmerzt. »Hallo?«

»Das Beat sperrt erst am Wochenende auf.«

Ich wirble herum, mein Herz springt in meine Kehle. Etwa drei Meter von mir entfernt ist ein Mann stehen geblieben, um die dreißig, mit der Statur eines Sportlers und mit einer neongrünen Mütze auf dem sonst kahlen Kopf.

»Wollten Sie rein?« In seiner Hand schwingt eine Plastiktüte hin und her, die eine Duftwolke von chinesischem Essen verströmt.

»Ich suche jemanden.« Zaghaft mache ich einen Schritt auf den Mann zu. »Erst am Wochenende, sagen Sie?«

»Ja, um diese Jahreszeit nur freitags und samstags.«

»Ach, verflucht.« Entnervt massiere ich meine Schläfen. Natürlich hatte ich nicht daran gedacht, die Öffnungszeiten zu kontrollieren, bevor ich losgefahren bin. Ich Idiotin! Jetzt war der ganze Weg umsonst.

»So dringend?« Der Mann lacht über meine Reaktion. »Wenn Sie einen Drink brauchen, da drüben gibt es eine Bar …«

»Ich will nichts trinken. Ich suche eine Freundin.«

»Ah, verstehe«, antwortet er mit einem Zwinkern. »Hat wohl ein wildes Wochenende gehabt. Die taucht schon wieder auf, muss vielleicht erst ihren Rausch ausschlafen.«

»Eigentlich ist sie schon viel länger verschwunden. Gehen Sie öfters ins Beat?«

Der Mann zuckt mit den Schultern. »Hin und wieder, wenn sonst nichts los ist.«

»Vielleicht haben Sie sie ja einmal gesehen. Hier.« Ich öffne eines von Katharinas Fotos, die ich auf meinem Handy gespeichert habe, und halte ihm den Bildschirm unter die Nase. »Kennen Sie sie?«

»Oh, ja.« Der Mann nickt eifrig. »Ist das nicht die, die verschwunden ist? Wie hieß sie noch gleich?«

Meine Arme prickeln vor Spannung, meine Finger schließen sich fester um das Handy. »Also haben Sie sie gesehen?«

»Ne, das nicht, aber ich kenne ihr Foto aus dem Fernsehen. War ein ganz schöner Rummel, als sie verschwunden ist. Sie sind ein bisschen spät dran, oder? Ist das nicht schon Jahre her?«

Ich seufze tief auf und lasse das Handy wieder in meiner Tasche verschwinden. »Zweieinhalb Jahre, um genau zu sein, aber ich hatte gehofft, dass sich jemand vielleicht an sie erinnert. Ich habe gehört, dass sie hier war.«

»Im Beat? Kann ich mir schwer vorstellen, so nobel wie sie aussieht. Sind Sie Polizistin?«

»Bloß eine Freundin. Eine Polizistin hätte wahrscheinlich bessere Einfälle, als einfach kopflos hier aufzutauchen. Danke trotzdem für Ihre Hilfe.«

Ich fange an zu frieren, und da nun klar ist, dass ich meine Zeit verschwende, will ich nicht länger als nötig mit einem Fremden im finsteren Viertel von Lindau rumstehen und plaudern. Ich wende mich zum Gehen, doch nach nur fünf Schritten erhebt der Mann erneut die Stimme.

»Ich kenne vielleicht jemanden, der sich an Ihre Freundin erinnern könnte.«

»Wie bitte?«

»Er hat hier früher als Türsteher gearbeitet, war jedes Wochenende da. Sein Name ist Mike. Er arbeitet in einer Autowerkstatt nicht weit von hier. Wenn Sie sich beeilen, erwischen Sie ihn noch, bevor er Feierabend macht.«

Vor Aufregung oder Kälte fangen meine Zähne wieder zu klappern an, und ich krampfe den Kiefer zusammen. »Haben Sie eine Adresse für mich?«

»Sicher.«

Der Mann beschreibt mir sogar noch den Weg, tatsächlich liegt die Werkstatt nur ein paar Straßen entfernt, und ich sollte in drei Minuten dort sein. Dennoch lege ich die letzten Meter bis zum Auto laufend zurück, weil ich Angst habe, Mike zu verpassen.

Ich fahre viel zu hektisch und hätte die Einfahrt zur Werkstatt fast verpasst. Der Seat hinter mir hupt wie wild, als ich eine Vollbremsung mache und scharf nach rechts auf einen Parkplatz abbiege. Schlammpfützen spritzen zu beiden Seiten auf.

»Fahrzeugtechnik Seidl« steht auf einer rot bedruckten Plane vor dem Gebäude, ich bin also richtig. Doch ist Mike noch hier? Die Rolltore sind heruntergelassen, die Halle dahinter liegt im Dunkeln. Meine Hoffnung schwindet, dennoch steige ich aus und gehe einmal das Gebäude ab. Ich linse durch die Fenster und prüfe die Eingangstür. Verschlossen.

Wie es aussieht, bin ich mal wieder zur falschen Zeit gekommen. Ich könnte schreien, doch dann gibt die Eingangstür plötzlich doch nach, und ich pralle fast mit einer jungen Frau zusammen, die das Gebäude mit einer Papiertüte unterm Arm verlassen will.

»Oh, tut mir leid«, sagt sie, als sie mich sieht und schiebt ihre Brille wieder ihren Nasenrücken hinauf. »Wir haben leider schon geschlossen. Sie müssen morgen früh wiederkommen. Soll ich Ihnen einen Termin eintragen?«

»Ich wollte eigentlich nur schnell zu Mike. Ist er noch hier?«, frage ich und recke den Hals in dem Versuch, an ihr vorbei in den dunklen Gang zu spähen.

»Mike? Ja, der müsste noch in der Küche sein …« Die Frau runzelt die Stirn und scheint zu überlegen, ob sie mich so einfach durchlassen darf. Zu meinem Glück scheine ich in ihren Augen harmlos genug auszusehen, und sie macht mir Platz. »Einfach geradeaus am Tresen vorbei.«

»Danke.« Ich werfe ihr ein erleichtertes Lächeln zu und folge ihrem ausgestreckten Arm ins Innere des Gebäudes. Im Flur ist es zwar dunkel, doch im hinteren Bereich dringt noch Licht durch einen offenen Türspalt.

»Hallo?«, rufe ich leise beim Näherkommen. »Mike?«

Ich drücke die Tür ganz langsam auf, um ihn nicht zu erschrecken. Der Raum, den die Frau vorhin Küche nannte, stellt sich als winziger Gemeinschaftsraum mit einem Wasserkocher und einer Mikrowelle heraus. Ein Klapptisch mit nur zwei Stühlen füllt die vier Wände fast komplett aus, und auf einem dieser Stühle sitzt ein bulliger Mann und pafft auf einer E-Zigarette.

»Wer ist da?«, fragt er und dreht sich in dem Moment herum, als ich den Raum betrete. »Wir haben geschlossen«, brummt er.

»Ich weiß. Entschuldigen Sie bitte. Sind Sie Mike? Ich wollte Ihnen ein paar Fragen stellen.«

»Sie müssen einen Termin ausmachen oder morgen früh wiederkommen.«

»Sie haben früher im Beat gearbeitet, oder? Als Türsteher?«

»Wer will das wissen?«

»Hannah Lehwald. Tut mir leid, dass ich Sie so überfalle.« Ich strecke ihm die Hand hin, doch Mike wirft bloß einen flüchtigen Blick darauf und zieht stattdessen wieder an seiner E-Zigarette. Heller Rauch steigt zwischen uns auf, der ganze Raum riecht plötzlich nach Minze und Zitronenöl.

»Darf ich mich kurz setzen?«, frage ich.

»Von mir aus. Sind Sie von einer Behörde? Ich arbeite da nämlich schon seit fast zwei Jahren nicht mehr.«

»Nein, nein. Eigentlich will ich Sie bloß wegen einer Freundin befragen. Ich weiß leider nicht, ob sie öfter ins Beat gegangen ist, aber mindestens einmal war sie im Club. Ihr Name ist Katharina, vielleicht erinnern Sie sich an sie.«

Erneut krame ich mein Handy aus der Tasche und rufe Katharinas Foto auf. Es ist eines meiner Lieblingsbilder von ihr. Es zeigt sie auf einem Segelboot, sie sitzt an der Reling, ihre sonnengebräunten Füße baumeln knapp über der Wasseroberfläche. Eine Möwe fliegt knapp an ihrem

Kopf vorbei, und sie lacht ausgelassen in die Kamera. Vielleicht sehe ich es mir deshalb so gerne an. Auf den meisten Fotos blickt sie einen ernst oder gar traurig an. Doch auf diesem wirkt sie glücklich.

»Hier«, sage ich und schiebe das Handy über den Tisch.

»Hübsch, die Kleine«, bemerkt Mike, nachdem er einen kurzen Blick darauf geworfen hat. »Was ist mit ihr?«

»Sie ist verschwunden. Schon im Frühjahr vor zwei Jahren.«

»Und Sie glauben, dass ihr im Beat irgendetwas zugestoßen ist? Das wüsste ich nämlich. Ich habe während meiner Schicht immer auf die Mädels aufgepasst.«

»Nein, ich glaube ehrlich gesagt nicht, dass das Beat etwas damit zu tun hatte. Haben Sie sie denn gesehen?«

»Hm.« Mike nimmt mein Handy zwischen seine fleischigen Finger und studiert das Foto erneut, bedachter diesmal. Mit angehaltenem Atem beobachte ich seine Miene. Ich hoffe darauf, irgendeine Regung feststellen zu können, ein Zeichen des Erkennens. Doch nach einer langen Minute reicht er mir mein Handy kopfschüttelnd zurück.

»Tut mir leid, ich habe eigentlich ein sehr gutes Gedächtnis, aber nach all der Zeit und bei so vielen Menschen … Und diese Katharina war nur einmal im Beat?«

»Ich weiß es nicht, schon möglich, dass sie öfter kam, aber sicher weiß ich nur von dem einen Mal. Sie war mit einem Mann dort … Von ihm habe ich leider kein Foto, aber er war wohl deutlich jünger als sie und hatte auffällige Tätowierungen auf Unterarmen und Fingern. Und ein Cappi!«

Mike entlässt ein bellendes Lachen. »Sie meinen doch hoffentlich nicht Manu.«

»Wie?«

»Ihre Freundin klingt nämlich genau nach seinem Beuteschema. Sie wissen schon. Reich, privilegiert, unglücklich ...«

»Also Sie kennen ihn?«

»War er blond? Etwa eins achtzig groß, schlaksiger Typ, der immer in Schwarz rumlief?«

»Ja, das klingt nach ihm!« Aufgeregt öffne ich die Notiz-App auf meinem Handy. »Manu heißt er? Wie noch? Wo finde ich ihn?«

»Ganz ruhig«, erwidert Mike noch immer lachend. »Ich weiß, wo er steckt, aber das wird Ihnen nicht viel helfen.«

»Wieso? Wo ist er?«

»Im Knast. Haben ihn eingesperrt, kurz nachdem ich im Beat gekündigt habe. Wegen Drogenbesitz und -handel. Geschieht ihm ganz recht, dem Arschloch.« Genüsslich zieht Mike am Mundstück seiner E-Zigarette. »Ich habe ihn irgendwann auch nicht mehr reingelassen, nachdem ich gerafft hatte, dass er seine Sachen auf den Klos vertickt.«

»Sie verstehen mich falsch.« Die Situation ist so absurd, dass ich nun ebenfalls lachen muss. »Der Mann, mit dem meine Freundin zusammen war, war bestimmt kein Drogendealer. Warten Sie ... Gibt es nicht noch jemand anderen, auf den die Beschreibung passen könnte?«

»Hm. Nein, zumindest keiner, der mir im Moment einfällt.«

»Oh. Verstehe …« Meine Hand mit dem Smartphone hat heftig zu zittern begonnen. »Danke trotzdem.«

»Tut mir leid, dass ich nicht mehr helfen konnte. Sind Sie sicher, dass Manu nicht der Kerl ist, den Sie suchen? Kommt nicht selten vor, dass Frauen wie Ihre Freundin sich langweilen und …«

»Ganz sicher«, unterbreche ich ihn.

»Na schön, Sie wissen es bestimmt besser. Und falls Sie doch noch Fragen haben, wissen Sie ja nun, wo Sie mich finden.«

Mikes zerfurchtes Gesicht wird einen Moment weich, fast glaube ich, er könnte mich gleich umarmen, doch er bleibt sitzen und verstaut lediglich seine E-Zigarette in der Brusttasche seiner Lederjacke.

»Tut mir sehr leid wegen Ihrer Freundin. Ich hoffe, Sie finden sie noch.«

»Danke«, erwidere ich leise und spüre wieder diesen Kloß im Hals, als würde mir jemand auf zermürbend langsame Art die Luft abdrücken. »Das hoffe ich auch.«

19

Später kann ich mich kaum noch an die Rückfahrt erinnern. Weder an die Route noch daran, wie ich den Weg nach Hause ohne Navi überhaupt gefunden habe. Ich weiß noch, dass Thomas versucht hat, mich anzurufen. Und dass ich nicht rangegangen bin. Alles danach sind nur noch bruchstückhafte Bilder wie aus einem Film im Schnelldurchlauf.

Dann bin ich plötzlich vor unserer Haustür, ohne zu wissen, wie lange ich schon mit dem Schlüssel in der Hand auf der Fußmatte stehe. Es regnet wieder, und ich merke, dass sich Wasser in meinen Turnschuhen gesammelt hat.

Als ich dann doch endlich eintrete, liegt das Haus im Dunkeln. Einzig im Wohnzimmer brennt noch Licht. Rahel sitzt auf dem Sofa. Sie hat die Hände auf den Knien abgelegt und hält die Augen geschlossen. Ich glaube fast, sie schläft, doch dann dreht sie ihren Kopf zu mir, und anhand ihrer angespannten Miene erkenne ich, dass sie hellwach ist, was ihren Anblick noch befremdlicher für mich macht.

Wie lange sitzt sie schon hier im Halbdunkeln und lauert auf meine Ankunft? Jemand anderes hätte doch sicher den Fernseher angemacht oder zumindest auf seinem Handy rumgesurft, aber nicht so Rahel. Wahrscheinlich besitzt sie nicht einmal eines. Oder sie will mir ein schlechtes Gewissen machen, indem sie sich selbst mit Nichtstun bestraft, während ich mich verspäte.

»Ben schläft bereits.« Sie sagt dies ganz ruhig, doch ich erkenne dennoch den versteckten Vorwurf darin.

»Danke, Rahel. Tut mir leid, dass es später geworden ist. Der Regen ...«

»Kein Problem. Ich hoffe, Sie konnten alles erledigen, weswegen Sie aufgebrochen sind.«

»Ja. Danke. Ich wollte mich nach einem geeigneten Kinderwagen umsehen, und das Geschäft war leider weiter weg, deshalb ...«

Rahel geht mit einem seltsamen Lächeln an mir vorbei. »Gute Nacht.«

»Gute Nacht.« Meine Wangen brennen. »Und danke fürs Hierbleiben.«

»Ich tue bloß meine Arbeit.«

Nachdem Rahel zur Haustür raus ist, will ich nach oben gehen und meine angeschlagenen Nerven unter einer heißen Dusche beruhigen. Ich bin bereits zur Hälfte die Treppe rauf, als ein lautes Bellen mich innehalten lässt.

Dante.

Erst da fällt mir ein, dass er mich gar nicht wie sonst in der Diele begrüßt hat. Ich folge seinen Lauten wieder nach unten bis zur Küche, wo er auf der anderen Seite hörbar gegen die Küchentür kratzt.

»Dante?«

Normalerweise steht diese Tür weit offen. Als ich sie aufziehe, werde ich fast von Dante niedergeworfen, der außer sich ist vor Freude und um meine Beine springt.

»Hallo, mein Junge. Was machst du denn da drinnen? Hat Rahel dich vergessen?«

Doch ich sehe, dass sogar sein Körbchen, das sonst im Wohnzimmer neben dem Esstisch liegt, hierhergebracht wurde. Thomas hatte mal erwähnt, dass Rahel Angst vor Hunden hat. Bislang war mir gar nicht aufgefallen, dass sie sich Dante gegenüber komisch verhält, aber vielleicht habe ich etwas übersehen? Ich werde ihr auf jeden Fall sagen müssen, dass sie ihn nicht mehr einsperren darf.

Für den Fall, dass sie ihn auch zu füttern vergessen hat, fülle ich seinen Napf mit Trockenfutter und lasse ihn anschließend noch eine kurze Runde durch den Garten drehen, bevor ich ihn wieder zu mir rufe.

»Na, komm«, sage ich zu ihm und tätschle die weiche Stelle zwischen seinen Schlappohren, die so beruhigend auf mich wirkt. »Du darfst heute oben schlafen.«

Ich will nicht allein sein. Nicht nach allem, was passiert ist. Und das Haus wirkt ohne Thomas so einsam um diese Uhrzeit. Dante rennt bereits an mir vorbei die Treppe nach oben und wartet auf der letzten Stufe auf mich.

Meine Beine wiegen unnatürlich schwer, als ich ihm folge. Vielleicht liegt es an der Schwangerschaft, vielleicht auch an dem anstrengenden Tag, den ich hinter mir habe. So viel Aufwand ganz umsonst. Aber was hatte ich auch erwartet? Dass sich nach zwei Jahren noch irgendwer an einen einzelnen Partygast erinnern kann? Und dieser Manu ist zumindest nicht ihr Liebhaber. Er passt überhaupt nicht zu Katharina.

Es sei denn …

Dante bellt, weil ich auf der Mitte der Treppe stehen geblieben bin und mich nicht mehr vorwärtsbewege.

»Schon gut«, sage ich zu ihm. Die restlichen Stufen bewältige ich dafür in doppelter Geschwindigkeit. Mir ist wieder etwas eingefallen. Etwas, das mir damals unwichtig erschien und nun mit solcher Kraft durch meine Gedanken fährt wie ein Blitz ins Wasser.

Ich laufe ins Schlafzimmer. Mein Herzschlag beschleunigt sich vor Aufregung. Wenn ich doch nur noch wüsste, wohin ich es geräumt habe … In dem Moment hatte ich so viel anderes im Kopf, dass ich mich nicht mehr daran erinnern kann, ob ich es überhaupt aufgehoben habe.

Ich durchsuche die Schubladen in meinem Nachttisch und in meiner Schlafzimmerkommode. Als ich dort nicht fündig werde, gehe ich ins Badezimmer hinüber. Meine Schminkschublade ist ein einziges Chaos an losen Lidschatten-Dosen, Lippenstiften und unzähligen Parfümproben. Die Miniatur-Fläschchen schlagen klackernd gegeneinander, als ich einmal mit der Hand quer durchfege. Ich greife nach allem, was einer Papierschachtel gleicht. Zu meinen Füßen sammeln sich bald halb aufgebrauchte Packungen mit Schmerz- und Grippetabletten und die ganzen ungeöffneten Nahrungsergänzungsmittel, die mir Thomas für die Schwangerschaft gekauft hat und die ich ständig zu nehmen vergesse.

Am Ende finde ich die Schachtel, die ich suche, ganz hinten im Eck, versteckt hinter einer Reihe Feuchtigkeitscremes. Nun, da ich sie in die Hand nehme, erinnere ich mich wieder ganz deutlich an die Szene. Der Mann von der

Möbelfirma hatte die Schachtel damals gefunden, als er mit seinen Leuten Katharinas altes Bett abgebaut hat.

Was sagte er noch gleich? Sie war hinter der Bettrückwand eingeklemmt gewesen. Absichtlich, oder war sie aus Versehen dorthin gerutscht?

»Tilidin« steht in großgedruckten Buchstaben auf der Verpackung. Ich weiß, was das ist, weil meine Mutter ähnliche Tabletten mit dem gleichen Wirkstoff eine Zeit lang nach ihrem Bandscheibenvorfall genommen hat. Sie klagte ständig darüber, wie schwindelig und benommen sie sich wegen der Tabletten fühle, und setzte sie bald wieder ab. Mit Tilidin ist nicht zu spaßen. Es ist ein starkes Opioid mit schweren Nebenwirkungen, von dem man schnell abhängig werden kann, wenn man nicht vorsichtig damit umgeht.

Als ich es in die Schublade geräumt habe, habe ich mich noch kurz gewundert, dass Katharina ein so starkes Medikament in einem Haushalt mit Kind nicht besser verstaut, habe aber danach keinen weiteren Gedanken mehr daran verschwendet. Das war an dem Abend, als Thomas mich dabei erwischt hat, wie ich einen Account in Katharinas Namen erstellt habe, und wir uns beinahe getrennt hätten.

Die Packung ist angebrochen, nur mehr ein halber Blister befindet sich in der Schachtel. Katharina muss die Tabletten also mehr als einmal genommen haben. Hatte sie etwa gesundheitliche Probleme? Thomas hat nichts dergleichen erwähnt, und um Tilidin verschrieben zu bekommen, braucht man schon mehr als eine bloße Migräne. Ich will jedoch keine vorschnellen Schlüsse ziehen. Für die Tabletten kann es schließlich auch eine sehr plausible Erklärung geben. Sie könnten sogar Thomas gehören.

Ich bin aufgekratzt wegen meines Ausflugs nach Lindau und wegen dem, was Mike über Katharinas Bekannten gesagt hat. Die Frage ist, stimmt überhaupt etwas davon: dass Katharina einen Liebhaber hatte, von dem Thomas nichts wusste, und dass sie heimlich Opioide geschluckt hat? Und wie hilft mir dieses Wissen dabei, sie zu finden?

Falls der Mann an Katharinas Seite tatsächlich dieser Manu war, von dem Mike erzählt hat, fällt er als brauchbarer Zeuge auf jeden Fall weg. Laut Mike sitzt er schon länger hinter Gittern und wird kaum von Katharina gehört haben. Interessant wäre jedoch zu wissen, ob er neben den gängigen Party-Drogen auch verschreibungspflichtige Medikamente wie Tilidin verkauft hat.

Worin liegt da überhaupt der Reiz? Ich habe nie irgendwelche Drogen genommen. Ich mag es nicht einmal, betrunken zu sein, dieses Gefühl von Benommenheit und seine eigenen Sinne nicht mehr kontrollieren zu können.

Ich drücke eine einzelne Tablette aus dem verbliebenen Blister und rolle sie auf meiner Handfläche umher. Sie sieht so unscheinbar aus. Suchte Katharina den Kick? Oder wünschte sie sich Taubheit? Eine Art Erlösung? Aber wovor? Katharina hatte ein perfektes Leben. Es ergibt einfach keinen Sinn für jemanden wie sie, irgendwelche Pillen in einem zwielichtigen Club zu nehmen. Genauso wie ihr rätselhaftes Verschwinden keinen Sinn ergibt und die Nachricht, die sie mir hinterlassen hat.

Du bist nicht sicher.

Wie es aussieht, war Katharina ebenfalls nicht sicher. Womöglich war aber die größte Gefahr sie selbst.

Das plötzliche Läuten meines Handys reißt mich aus meinen Gedanken. Erschrocken fahre ich zusammen, dabei rutscht die Tablette von meiner Handfläche und fällt zu Boden. Ich höre ihr leises Klackern, als sie auf den Fliesen aufkommt, doch dann verliere ich sie aus den Augen. Mein Handy schrillt weiter. Ich laufe hinüber ins Schlafzimmer.

»Hallo?« In meiner Hektik habe ich gar nicht auf den Anrufer auf dem Bildschirm geachtet, ehe ich abgehoben habe, doch um diese Uhrzeit kann es eigentlich nur eine Person sein.

»Hannah?«, höre ich Thomas' besorgte Stimme am anderen Ende. »Was ist los? Du klingst so außer Atem.«

Ich bin wieder im Badezimmer und rutsche auf den harten Fliesen über den Boden. Das Handy habe ich zwischen Schulter und Ohr eingeklemmt, während ich mit den Händen über die spiegelglatte Oberfläche taste. »I... Ich war gerade noch unter der Dusche und musste rennen, um dich noch zu erreichen. Tut mir leid, ich wollte dich eigentlich schon früher anrufen. Au!«

Ich bin von unten mit dem Kopf gegen das Waschbecken gestoßen und zische nun leise, während der Schmerz wellenartig durch meine rechte Gesichtshälfte strömt.

»Alles in Ordnung?«

»Bloß mein Zeh. Bin hängen geblieben.«

Verflucht, wie weit kann so eine kleine Tablette bloß rollen? Egal, wohin ich sehe, ich finde sie einfach nicht. Auf dem weißen Untergrund könnte sie genauso gut unsichtbar sein.

Ich zische erneut, als Dante seinen Kopf zur Tür hereinstreckt und mich neugierig dabei beobachtet, wie ich mich auf allen Vieren im Kreis drehe. Ich rutsche auf den Knien zu ihm und quetsche ihm fast die Schnauze in der Tür ein, weil ich sie so schnell zustoße. Aber das fehlt mir gerade noch, dass der Hund das Tilidin frisst und ihm womöglich etwas passiert.

»Was ist denn los bei dir?«, fragt Thomas. »Wieso rufst du nicht zurück? Ich versuche schon seit Stunden, dich zu erreichen. Ich habe mir Sorgen gemacht. Ich war bereits kurz davor, Rahel anzurufen, damit sie rübergeht und nach dir sieht.«

»Entschuldige. Ich habe noch Besorgungen gemacht, und dann war auf der Rückfahrt wegen des schlechten Wetters so viel Verkehr. Regnet es in München auch so stark?«

Ich merke selbst, wie ich in Small Talk abdrifte und wie mechanisch meine Stimme dabei klingt. Ich fühle mich, als würde ich mit einem Fremden reden, und komme mir dabei selbst immer mehr wie eine Fremde vor. Was tue ich hier eigentlich? Verstelle mich und lüge, während ich auf Knien irgendwelchen opiumartigen Tabletten nachjage. Gut nur, dass Thomas mich nicht so sieht. Wieso musste ich die Packung überhaupt öffnen? Was, wenn ich die Tablette nicht mehr finde und Ben sie später erwischt? Sie vielleicht sogar in den Mund nimmt? Was soll ich Thomas dann sagen?

»Keine Ahnung, wie das Wetter ist«, antwortet Thomas angestrengt. »Ich war den ganzen Tag im Büro.«

»Noch immer?«

»Ich gehe gerade hinaus. Geht es dir auch wirklich gut? Wie geht es unserer Kleinen?«

»Der …?«

Ich brauche einen Moment, um den Bezug zu verstehen. In all dem Irrsinn vergesse ich manchmal, dass ich auch noch ein normales Leben führe. Ein Leben, in dem ich bald ein Kind erwarte, was mir manchmal wie der größte Irrsinn überhaupt erscheint. »Der Kleinen geht es gut. Und mir auch. Mach dir keine Sorgen.«

Mein Daumen stößt gegen etwas kleines Rundes, und als ich hinabblicke, sehe ich sie endlich. Sie war fast den ganzen Weg bis zur Toilette gerollt. Erleichterung durchströmt mich, als ich sie aufnehme, und dabei muss ich irgendein Geräusch von mir gegeben haben, denn Thomas sagt erneut meinen Namen, wieder mit diesem fragenden, leicht irritierten Ton in der Stimme.

»Tut mir leid, ich bin heute wohl keine gute Gesprächspartnerin. Ich bin etwas erschöpft. Macht es dir etwas aus, wenn wir morgen früh weiter telefonieren?«

»Nein, schon gut. Ruh dich nur aus. Aber bitte halte dein Handy bei dir, in Ordnung? Ich male mir sonst jedes Mal das Schlimmste aus.«

Das Schlimmste. Was ist das für Thomas? Dass ich verschwinde, so wie Katharina? Oder gibt es etwas, das er noch mehr fürchtet? Wie diese kleine, unscheinbare Tablette in meiner Hand? Die Frage liegt mir auf der Zunge, ich kann sie beinahe schmecken, sie ist süß und bitter zugleich.

War Katharina medikamentensüchtig?

Doch wie so oft verstecke ich mich in dem Schauspiel unserer Beziehung und sage, was von mir erwartet wird, anstatt meine Ängste zu offenbaren, all das Hässliche, das zwischen uns steht.

Ich sage: »In Ordnung«, und schlucke alles andere, was mir auf dem Herzen liegt, hinunter.

»Freitagabend bin ich wieder zu Hause. Bis morgen, Liebling«, antwortet Thomas, und an seiner Stimme höre ich, dass er lächelt. »Ich liebe dich.«

Ich möchte heulen. Worte, die mich vor Tagen noch in die höchsten Sphären gehoben haben und die sich nun wie ein Messer in meinem Herzen drehen. Wie sehr ich mir nur wünsche, ich hätte niemals von Katharinas Verschwinden erfahren. Hätte niemals diese Nachricht bekommen und müsste niemals meinen Verlobten belügen.

Ich könnte noch in dem Glauben sein, sie wäre einfach in eine andere Stadt gezogen, weit weg von uns, aber keine Bedrohung. Ich wäre arglos, aber glücklich. Bloß eine junge verliebte Frau, die dabei ist, eine Familie mit dem Mann ihrer Träume zu gründen.

»Ich liebe dich auch«, sage ich mit etwas Verzögerung, während ich die Tilidin zwischen Daumen und Zeigefinger halte. »Gute Nacht.«

Ich lege auf, bevor Thomas meine erstickte Stimme hinterfragen kann. Dann werfe ich die Tablette in die Kloschüssel, wo sie leise ins Wasser fällt. Ich spüle gleich mehrmals hintereinander, spüle und spüle, bis sie in den gluckernden Wassermassen verschwunden ist und ich nur mehr das klare Weiß des Porzellanbodens sehen kann.

20

Ich erwache von dem wilden Klang von Trommelschlägen. Ich glaube erst, zu träumen, doch dann blicke ich an meine Zimmerdecke und höre es noch immer. Es kommt von unten. Das Trommeln kommt aus dem Erdgeschoss.

Wumm. Wumm. Wumm. Wumm.

Die Schläge hallen dumpf in meinen Schläfen wider. Was ist da nur los? Eine Baustelle, von der ich nichts weiß?

Noch mit vom Schlaf verklebten Augen eile ich die Treppe hinunter. Das Trommeln wird lauter, je näher ich der Küche komme. Dante liegt mit angezogenen Ohren davor und wedelt nur einmal kurz mit dem Schwanz, als er mich sieht.

»Hallo?«, rufe ich beim Näherkommen. »Rahel? Ben?«

Ich finde die beiden am Küchentisch. Ben sitzt auf seinem üblichen Platz, doch ansonsten ist nichts normal. Seine Teetasse ist umgeworfen, und der Löffel von seinem Frühstücks-Haferbrei liegt in einer krümeligen Lache am Boden. Er hat die Hände zu Fäusten geballt und trommelt unaufhörlich gegen den Küchentisch.

»Ben! Ben, alles in Ordnung?« Ich eile sofort zu ihm und versuche, seine Hände in meine zu nehmen und ihn zu beruhigen, aber ich habe keine Chance. Er sieht mich nicht. Er hört mich nicht.

Er trommelt einfach weiter.

»Was ist mit ihm?«, frage ich Rahel, die scheinbar unbeteiligt daneben steht und überhaupt nichts tut, um Ben zu beruhigen. Einzig die helle Rötung ihrer Wangen verrät ihr Unbehagen.

»Ihm geht es gut. Er ist bloß wütend, aber das wird sich legen, sobald er erkennt, dass er mit solchen Gefühlsausbrüchen nicht weit kommt.«

Ben fängt daraufhin noch heftiger zu trommeln an. Seine Fäuste sind schon ganz rot, er wird sich noch selbst wehtun, wenn er nicht bald damit aufhört. »Aber wieso ist er wütend? Was ist denn passiert?«

Ben mag vielleicht etwas verschlossen sein, aber die meiste Zeit ist er ein sehr umgänglicher, lieber Junge und macht selten Probleme. So wie jetzt habe ich ihn noch nie erlebt.

»Rahel?«, bohre ich weiter, als ich keine Antwort erhalte.

Sie hat die Lippen zu einer schmalen Linie verzogen und scheint mich weit weg zu wünschen. Doch ich bin hier, und ich habe nicht vor wegzugehen, ehe ich nicht weiß, was los ist. Ich halte Rahels Blick stand, bis sie sich endlich in Bewegung setzt und etwas vom Kühlschrank herunterzieht. Papier raschelt zwischen ihren Fingern, und Ben wird schlagartig still.

»Er hat das hier unter Ihrer Windschutzscheibe gefunden«, sagt Rahel und hält mir einen von Feuchtigkeit gewellten Flyer entgegen. »Ich wusste gar nicht, dass Sie gestern bis nach Lindau gefahren sind«, fügt sie spitz hinzu.

Ich erkenne das Stadtbild auf dem Flyer wieder. Es zeigt die hell erleuchtete Lindauer Stadtinsel bei Abenddämmerung. Bunte Lichter spiegeln sich im Wasser der Hafenpromenade, und besonders prächtig leuchtet ein …

»Da ist ja ein Riesenrad.«

Lächelnd wende ich mich zu Ben. »Ist das etwa der Grund für den ganzen Radau?«

Ben hat aufgehört zu trommeln und sieht mich aus großen Augen an. Ich drehe den Flyer um, darauf sind noch mehr Fotos von Lindau abgelichtet. Vom Mangturm bei Feuerwerksschein und einem wild schwingenden Kettenkarussell voller lachender Gesichter. Die Überschrift ist wegen des Regens nicht mehr ganz leserlich, aber es scheint sich um einen Werbeflyer für den Lindauer Jahrmarkt im November zu handeln, der diesen Freitag seine Pforten öffnet. Jemand muss ihn unter meine Scheibenwischer geklemmt haben, während ich bei Mike in der Werkstatt war. Ich war so in Gedanken versunken, dass ich ihn gar nicht bemerkt habe.

»Möchtest du dort hingehen?«, frage ich Ben und halte das Foto mit dem großen Riesenrad hoch.

Ben strahlt über das ganze Gesicht. Die Antwort ist klar, doch dann höre ich Rahel, und Bens Freude erlischt wie eine ausgepustete Kerze.

»Das halte ich für keine gute Idee.«

»Wieso denn nicht? Ein kleiner Ausflug wird uns bestimmt gut tun. Nicht wahr, Ben?«

Er nickt eifrig.

»Herr Fontana würde es nicht gutheißen.«

Ich müsste lachen, wenn Rahels Stimme nicht so todernst wäre. »Wieso sollte er etwas dagegen haben?«, frage ich. »Es ist bloß ein Jahrmarkt. Da sind bestimmt ein ganzer Haufen Kinder.«

Rahel lächelt nervös. »Es ist eine Touristenfalle. Da sind viel zu viele Leute, und gerade in Ihrem Zustand ...«

»Weil ich schwanger bin? Bloß weil ich ein Kind erwarte, bin ich doch nicht körperlich behindert. Und wer weiß, vielleicht mag Thomas uns sogar begleiten, wenn er rechtzeitig zurück ist.«

»Das bezweifle ich.«

Wieso versuche ich überhaupt mich vor Rahel zu rechtfertigen? Aber unter ihrem prüfenden Blick fühle ich mich stets in der Defensive. Als müsste ich ihr jeden Tag aufs Neue beweisen, dass ich es wert bin, Katharinas Platz einzunehmen. Und ich verliere dabei. Immer.

»Ich wüsste wirklich nicht, was dagegen spricht«, sage ich, um das Gespräch zu beenden. »Ich werde einfach mit Thomas darüber reden.«

»Wie Sie wollen.« Rahel lächelt, aber es ist kein schöner Ausdruck, sondern voller versteckter scharfer Kanten. Es macht mich nervös, ihr Lächeln. Was weiß sie, das ich nicht weiß?

Ich lenke mich ab, indem ich mich Ben zuwende. »Wenn du möchtest, dass wir einen Ausflug machen, erwarte ich aber, dass du von jetzt an brav bist, in Ordnung?«

Ben nickt wieder, seine Beine schlagen vor Aufregung gegen die Tischkante. Das Strahlen in seinen Augen macht den ganzen Ärger wieder wett. Ganz egal, was Rahel oder Thomas oder irgendjemand anderes sagt, Ben verdient etwas Lebensfreude, und ich werde sie ihm sicher nicht nehmen.

»Sehr gut, dann hilf jetzt Rahel beim Aufräumen, und dann mach schön brav deine Aufgaben.«

So schnell habe ich Ben noch nie aufspringen sehen. Ich muss direkt lachen, doch dann bemerke ich aus den Augenwinkeln, wie Rahel den Kopf schüttelt, und das Lachen vergeht mir. Ein nervöses Ziehen macht sich in meiner Magengegend bemerkbar. Ich mache mir einen Kaffee, aber eigentlich zähle ich bloß die Sekunden, bis ich allein in der Küche bin.

Als Rahel dann endlich mit Ben nach oben verschwindet, greife ich sofort nach meinem Handy und schließe die Küchentür, um ungestört Thomas' Nummer wählen zu können.

»Hallo?« Er klingt gestresst, als er abhebt, aber davon lasse ich mich diesmal nicht beeindrucken. Die Familie hat genauso Priorität wie seine Arbeit.

»Guten Morgen, hast du kurz Zeit?«

»Hannah? Wieso sprichst du so leise? Ich kann dich kaum hören.«

Meine Wangen glühen, als mir bewusst wird, dass ich aus Angst vor Rahel in einen Flüsterton verfallen bin. »Entschuldige«, fahre ich in normaler Lautstärke fort. »Ich hatte bloß eben ein sehr merkwürdiges Gespräch mit Rahel.«

Thomas lacht. »Was hat sie denn wieder?«

»Es ging um den Jahrmarkt in Lindau. Ich möchte gerne mit Ben am Wochenende hingehen, weil er doch Riesenräder so sehr liebt, aber Rahel meinte …«

»Auf keinen Fall«, unterbricht Thomas mich.

Verblüfft halte ich inne. »Rahel sagte auch, dass du etwas dagegen hättest, aber ich habe ihr nicht geglaubt. Wieso denn bitte nicht? Es ist doch bloß ein Jahrmarkt. Und Ben würde sich so darüber freuen.«

»Glaub mir, es ist besser für ihn, wenn ihr nicht hingeht.«

»Hat er schlechte Erfahrungen auf Jahrmärkten gemacht?«

»Nein, das nicht...« Thomas gerät ins Stocken. Ich kann fast hören, wie er sich auf der anderen Leitung die Haare rauft. »Ich weiß nicht genau, wie ich es erklären soll. Seine Mutter hatte auch dieses Faible für Riesenräder. Ben hat das von ihr übernommen, und er scheint diese irrwitzige Vorstellung zu haben, sie könnte vielleicht dort sein.«

Mein Herz macht einen Satz. »Katharina? Wo? In Lindau?«

»Egal wo. Bei einem Riesenrad eben. Er ist erst fünf, und es ist nicht gerade hilfreich, dass wir seine Mutter nie beerdigen konnten. So konnte er ihr Verschwinden nie ganz verarbeiten und hat noch immer die Hoffnung, sie könnte irgendwann zurückkehren.«

»Oder bei einem Riesenrad auf ihn warten, meinst du?«

»Exakt.«

»Und wenn sie wirklich noch irgendwo da draußen ist? Es gibt immerhin keine Beweise dafür, dass sie tot ist.«

Im Gegenteil habe ich den Beweis, dass Katharina sehr, sehr lebendig ist.

»Ihr Verschwinden ist mehr als zwei Jahre her. Katharina ist tot. Das will ich Ben so noch nicht sagen, aber ich will auch keine verqueren Hoffnungen in ihm schüren. Also versprich mir bitte, dass du nicht mit ihm dorthin gehst.«

Mein Magen dreht sich bei der Vorstellung. »Aber ich habe es ihm bereits versprochen. Er wird enttäuscht sein, wenn ich ihm jetzt absage.«

»Tut mir leid, Liebling, aber in dem Punkt hättest du auf Rahel hören sollen. Uns wird etwas anderes einfallen, womit wir ihn am Wochenende aufheitern können.«

»Aber ...«

»Ich muss los. Mein Termin wartet. Du machst das schon.«

Thomas hat aufgelegt, aber ich kann das Handy einfach nicht niederlegen. Ich bin erstarrt, während meine Gedanken sich wie ein Kreisel drehen.

Ben glaubt, dass seine Mutter bei einem Riesenrad auf ihn wartet. Wieso? Weil sie wirklich bloß ein Faible für Riesenräder hatte, oder steckt mehr dahinter? Hat Katharina Ben womöglich sogar einen Hinweis hinterlassen, bevor sie verschwunden ist? Und niemand außer ihm weiß davon?

Vor Aufregung schießt mein Puls in die Höhe. Es ist ein dünner Strohhalm, nach dem ich da greife, aber wenn die Chance tatsächlich besteht, Katharina am Jahrmarkt anzutreffen, dann muss ich einfach dorthin. Dann ist es mir ganz egal, was Thomas davon hält, dann fahre ich am Wochenende nach Lindau.

Und Ben mit mir.

21

Ich vertraue Rahel nicht, deshalb sage ich zu ihr, dass sie recht hatte und ich mit Thomas gemeinsam beschlossen habe, mit Ben besser doch nicht auf den Jahrmarkt zu gehen. Es bricht mir das Herz, weil das bedeutet, dass ich zu Ben das Gleiche sagen muss.

Er weint, nachdem ich ihm abgesagt habe, und straft mich die ganze restliche Woche, indem er mich wie Luft behandelt. Das schmerzt, aber ich tröste mich mit dem Wissen, dass es nur für ein paar Tage ist und dass seine Freude umso größer sein wird, wenn ich mich mit ihm Freitagnachmittag doch noch auf den Weg nach Lindau mache. Aber das muss mein Geheimnis bleiben, sonst werden Thomas oder Rahel sicher einen Weg finden, uns aufzuhalten.

Diese Woche empfinde ich es als Segen, dass Thomas so eingedeckt mit Arbeit ist, denn das bedeutet, dass er erst Freitagabend zurück sein wird, und dann sind Ben und ich hoffentlich schon lange weg. Thomas wird wütend sein, wenn er erfährt, dass ich ihn wieder einmal übergangen habe, aber das ist ein Risiko, das ich gerne in Kauf nehme, wenn ich im Gegenzug etwas über Katharina erfahren kann.

Ihr Schatten begleitet mich die ganzen restlichen Tage bis Freitag. Ständig blicke ich über meine Schulter, immer halb in der Erwartung, ihr Gesicht im Fenster zu sehen oder den leichtfüßigen Klang ihrer Schritte im nächsten Zimmer zu hören. Ich schlafe schlecht.

Freitagmorgen wache ich noch vor Sonnenaufgang schweißgetränkt auf. Laut keuchend liege ich da, die Decke auf dem Boden, mit einer Gänsehaut bis zu den Fußknöcheln. Ich blicke neben mich, wo ich Sekunden zuvor noch Katharina gesehen habe. Bloß ein Traum. Ein Traum. Ich bin allein. Niemand ist bei mir.

Meine Atmung beruhigt sich etwas, doch noch immer sehe ich ihr Gesicht vor mir. Genau dort hat sie gelegen, nur Zentimeter von mir entfernt. Sie hat gelebt, geatmet, war aber voller Blut, das Laken, ihre Kleidung, alles war voller Blut.

»Das ist doch nichts«, hat sie gesagt und geschmunzelt, während sie mit einer eleganten Handbewegung einen Blutstropfen von ihrer Wange gewischt hat. »Sieh dich nur selbst an.«

In dem Moment bin ich aufgewacht, dennoch streiche ich über meine Arme und Beine, fest in dem Glauben, diese ebenfalls mit Blut befleckt zu sehen. Ich mache alle Lichter im Raum an, erst danach kann ich wieder frei atmen.

Draußen vor dem Fenster färbt sich der Himmel erst grau, dann blassrot. Auf der erstarrten Oberfläche des Bodensees spiegeln sich die in Schnee getauchten Berggipfel der Schweizer Uferseite und ein wolkenloser Himmel. Der Beginn eines wunderschönen Tages. Vielleicht sogar der Tag, an dem ich Katharina treffen werde? Die Aussicht hat mich gestern noch euphorisch gestimmt, doch nun erfüllt sie mich mit einer bangen Angst, die wie Blei in meinem Magen liegt.

Was werde ich überhaupt sagen, wenn ich auf sie treffe?

Denn eines fürchte ich mehr als alles andere. Dass, wenn sie tatsächlich lebt und sich bloß aus irgendwelchen Gründen versteckt hält, das Leben, das ich mir hier aufgebaut habe, meine Zukunft mit Thomas und alles, was damit zusammenhängt, schlagartig und unwiderruflich für immer vorbei sein könnte.

Ich habe mich nie für eine Frau gehalten, die sich vor dem Alleinsein fürchtet. In München habe ich meine Single-Zeit sogar sehr genossen und verstand oft die Panik nicht, die andere Frauen bei der Partnersuche verspürten, vor Sonntagabenden allein auf dem Sofa und Reisetickets für nur eine Person.

Aber das war früher. Bevor ich Hunderte Kilometer weit weg gezogen bin von meinem Zuhause und allem, was mir vertraut ist. Für die Liebe. Für das Wagnis. Ich fühlte mich so rebellisch dabei. Es war mir ganz egal, was andere über uns dachten. Ein wenig genoss ich vielleicht sogar die Aufmerksamkeit, die mein ungewöhnliches Verhalten auf sich zog. Doch es hat auch dazu geführt, dass ich mich von meinem Umfeld distanziert habe und nun ganz allein hier draußen bin.

Mit einem Baby auf dem Weg. Und einem Mann, von dem ich nicht länger weiß, ob ich ihn jemals wirklich gekannt habe.

Es ist nicht Katharina selbst, die ich fürchte. Nein, es

sind die Konsequenzen, die ihr Fernbleiben für mich bedeuten würden.

Kann ich bleiben? Oder muss ich gehen?

Am Ende wird nur sie mir die Antwort geben können, und vor dieser Antwort habe ich entsetzliche, entsetzliche Angst.

Mein Handy vibriert auf dem Küchentresen. Ich zögere, als ich Thomas' Namen auf dem Bildschirm lese. Das ist schon sein vierter Anruf an diesem Vormittag, drei davon habe ich bislang erfolgreich ignoriert, aber wenn ich nicht bald reagiere, wird er womöglich früher heimkommen, und das will ich um jeden Preis verhindern.

Mit einem tiefen Atemzug wappne ich mich für das Gespräch. »Hallo, Schatz, tut mir leid, ich bin heute etwas im Stress. Ich bin gerade am Kochen.«

Das ist nicht einmal gelogen, vor mir blubbert tatsächlich eine sämige Tomatensoße am Herd. Ich hatte gehofft, Rahel für den Tag loszuwerden, wenn ich an ihrer Stelle den Kochlöffel schwinge, aber leider erfolglos. Sie war einfach nicht abzuschütteln und geistert noch immer irgendwo durchs Haus. Statt zu kochen wischt sie nun um irgendwelche nicht vorhandenen Staubkörner herum. Ich werde mir später noch einen Plan überlegen müssen, wie ich sie loswerde.

»Ach ja?«, sagt Thomas. »Dann freue ich mich umso mehr aufs Heimkommen. Ihr fehlt mir sehr.«

»Du fehlst mir auch«, antworte ich automatisch. Am meisten fehlt mir die Zeit, in der sich solche Gespräche ehrlich angefühlt haben. Vor Katharina.

Ich liebe Thomas noch immer, aber zurzeit kann ich nicht zulassen, diese Liebe zu fühlen. Nicht, wenn ich gleichzeitig bei Sinnen bleiben will.

»Wie geht es Ben?« Bilde ich mir das ein, oder höre ich da Misstrauen in seiner Stimme?

»Gut, gut. Also, er ist immer noch etwas beleidigt wegen der Jahrmarktsache, aber ich dachte, ich gehe mit ihm nachher zum Hafen hinunter und muntere uns beide mit einer großen Tasse Kakao auf.«

»Da wird er sich bestimmt freuen. Und der Jahrmarkt ist spätestens nächste Woche ohnehin vergessen. Ich habe vorhin schon mit ihm gesprochen und ihm gesagt, dass wir am Wochenende wieder die Pinguine in Konstanz besuchen können, wenn er brav ist.«

»Klingt gut. Wann bist du zurück?« Mein Herzschlag stolpert, als ich die Frage stelle. Mein gesamter Plan hängt von Thomas' Antwort ab.

»Leider nicht vor dem Abend, fürchte ich. Ich habe gleich noch ein Meeting, und du weißt ja, wie der Verkehr am Freitagnachmittag ist. Vor allem jetzt wegen dieses blöden Jahrmarkts. Die Touristen drehen jedes Jahr völlig durch.«

»Ja. Genau«, antworte ich langsam in dem Bemühen, mir meine Erleichterung nicht anmerken zu lassen. Bis zum Abend sind Ben und ich womöglich sogar schon von unserem Ausflug zurück, und Thomas muss überhaupt nicht erfahren, dass wir jemals weg waren. Vorausgesetzt, dass wir Rahel vorher abschütteln können, aber fast scheint sie instinktiv zu spüren, dass ich etwas vorhabe. Ständig sehe ich ihr Gesicht irgendwo aus den Augenwinkeln, spüre ihren bohrenden Blick zwischen meinen Schulterblättern.

»Dann bis heute Abend.« Ich mache ein Kussgeräusch.
»Bis heute Abend. Ich beeile mich.«
Ich bete, dass er es nicht tut.

»Also«, beginne ich, nachdem ich nach dem Mittagessen meine Gabel auf dem Tisch abgelegt habe, und reibe meine feuchten Handflächen an meiner Jeans ab. »Es ist so ein schöner Tag, Ben. Was hältst du von einem kleinen Ausflug?«

Sofort wirbelt Rahel zu uns herum, die bislang stillheimlich den Herd gewischt hat. Die Anspannung, die von ihr ausgeht, dreht sich wie ein Strick um meinen Hals, doch ich zwinge mich, sie zu ignorieren, und halte meinen Blick auf Ben geheftet. Ganz locker, ganz entspannt, ermahne ich mich selbst. Meine Mundwinkel zittern unter meinem zwanghaften Bemühen zu lächeln.

»Ich dachte, wir gehen mit Dante am Seeufer spazieren und kaufen vielleicht eine Tüte Entenfutter«, fahre ich fort, während sich der Schweiß unter meiner Bluse sammelt.

Ben dreht lustlos eine Spaghetti um seine Gabel und sieht mich nicht einmal an, während ich mit ihm rede. Ach, Ben... Wenn er nur wüsste, was ich tatsächlich vorhabe... Aber vor Rahel kann ich ihm das einfach nicht sagen.

»Na, komm schon«, sage ich in einem möglichst aufmunternden Tonfall. »Die Sonne scheint, und Dante hatte schon länger keinen richtig langen Spaziergang mehr. Wir nehmen seinen Lieblingsball mit und spielen ein bisschen mit ihm am Seeufer. Da wird er sich freuen.«

Ben zuckt die Schultern. Er stellt sich jetzt quer, aber er wird schon mitkommen, wenn ich mit Dante durch die Haustür gehe. Hoffe ich zumindest. Nun wende ich mich doch noch Rahel zu.

»Wenn Sie möchten, können Sie heute früher Schluss machen. Ich kümmere mich um Ben, und Thomas wird auch schon am Nachmittag nach Hause kommen.« Ich kaschiere die Lüge mit einem Lächeln, doch Rahel lässt sich davon nicht beeindrucken.

»Ich kann nicht«, entgegnet sie. »Die Wäsche ist noch nicht fertig.«

»Aber das eilt doch nicht. Sie möchten doch bestimmt auch etwas unternehmen, wenn das Wetter so schön ist.«

Rahels Blick bleibt eisern, während sie ihr spitzes Kinn hebt. »Herr Fontana erwartet, dass seine Hemden gebügelt sind, wenn er am Wochenende nach Hause kommt.«

»Oh. Verstehe. Ich finde bloß, Sie arbeiten viel zu viel.«

»Die Arbeit macht mir nichts.«

Bevor ich meinen Teller selbst zur Spülmaschine tragen kann, hat Rahel ihn mir aus der Hand genommen und beginnt mit geübter Effizienz den Tisch abzuräumen.

»In Ordnung.« Nicht, dass ich wirklich erwartet habe, Rahel so einfach loszuwerden, aber ein Versuch war es wert gewesen. »Wir machen aber trotzdem unseren Spaziergang, ja, Ben?«

Wie auf Kommando kommt in dem Moment Dante zur Küche herein getapst und schiebt mit seinem breiten Kopf die Tür auf. Sein Schwanz wedelt träge hin und her, während er den Boden zu unseren Füßen nach Essensresten absucht.

»Da siehst du, Dante möchte rausgehen. Holst du gleich die Leine, Ben, und ziehst dir Schuhe und Jacke an?«

Ben würdigt mich zwar immer noch keines Blickes, aber zumindest steht er vom Tisch auf und schlurft in Richtung Diele. Rahel eilt ihm hinterher, wahrscheinlich um ihm beim Anziehen zu helfen. Sofort löst sich ein Knoten in meiner Brust, und ich atme erleichtert aus. Ob sie mir geglaubt hat? Es ist egal, wenn ich es rechtzeitig schaffen will, muss ich jetzt handeln. Meine Handtasche habe ich bereits gepackt, meine Schuhe stehen vor der Haustür.

Ich widerstehe dem Drang zu rennen und gehe bewusst langsam in die Diele hinüber, wo Rahel gerade den Reißverschluss von Bens Jacke nach oben zieht.

»Ben erkältet sich leicht. Sie sollten mit ihm nicht zu lange draußen bleiben«, sagt Rahel. Ihr eisiger Tonfall lässt es wie eine Drohung klingen.

Ich lächle verkrampft. »Wir werden bestimmt nicht länger als eine halbe Stunde weg sein.«

Rahel sieht mich eine Sekunde zu lange an. Eine Sekunde, in der meine Handflächen wieder anfangen zu schwitzen, und ich bete, dass man mir meine Nervosität nicht ansieht.

Ich schlüpfe in meine Jacke und fasse meine Handtasche am Schulterriemen. »Bist du fertig, Ben? Gehen wir.«

Ich ziehe die Tür auf, als Rahel sich hinter mir räuspert.

»Die Leine«, sagt sie.

»Was?« Ich drehe mich zu Rahel um und spüre, wie mein Herz in Richtung Boden sinkt, als sie mir Dantes Leine entgegenhält.

»Für den Spaziergang«, fügt sie hinzu.

»Oh. Ja. Natürlich.« Ich schaffe es nicht, sie anzusehen, während ich die Leine an mich nehme. Mit steifen Fingerbewegungen befestige ich den Karabiner an Dantes Halsband. »Dann sind wir endlich startklar, oder? Los geht's!«

Rede ich zu viel? Bestimmt rede ich zu viel. Ich muss hier endlich raus.

»Danke, Rahel. Bis später.«

Kerzengerade steht sie da, die Finger auf Höhe ihres Schambeins ineinander verschränkt. »Auf Wiedersehen.«

Unsere Blicke treffen sich ein letztes Mal im sich schließenden Türspalt. In dem Moment weiß ich es, ich kann es in ihren Augen sehen. Rahel durchschaut meine Scharade, aber sie kann nichts tun, um mich aufzuhalten. Ben und ich gehen, ob es ihr gefällt oder nicht. Und bis sie Thomas Bescheid gegeben hat, sind wir längst weg.

»Schneller, Ben«, sage ich zu ihm, nachdem sich die Haustür geschlossen hat, und zerre ihn die Einfahrt hinauf. Dante zieht uns in Richtung Tor. Dort angelangt spähe ich noch einmal verstohlen zum Haus zurück. Die Fenster spiegeln sich im Sonnenlicht, deshalb kann ich nicht erkennen, ob Rahel uns beobachtet, aber ich bin mir fast sicher, noch immer ihren bohrenden Blick auf mir spüren zu können.

Also schnell jetzt.

»Tut mir leid, alter Junge«, sage ich zu Dante und kraule ihn einmal kurz im Nacken, ehe ich die Leine wieder von seinem Halsband löse.

Fragend sieht Ben zu mir auf. Ich halte einen Finger an meine Lippen und zwinkere ihm zu. »Wir können Dante leider doch nicht mitnehmen, aber ich habe eine Überraschung für dich. Dafür müssen wir uns aber beeilen.«

Es sind nur mehr zehn Minuten, bis die Fähre vom Hafen ablegt. Ich habe die Zeit absichtlich knapp bemessen, damit wir fort sind, bevor irgendjemand etwas bemerkt, aber das bedeutet, dass wir uns jetzt beeilen müssen, wenn wir es noch rechtzeitig schaffen wollen.

»Los!«, rufe ich Ben leise zu, nachdem ich das Tor einen schmalen Spalt geöffnet habe. Während Ben noch zögert, prescht Dante nach vorne und will sich durch die Öffnung schieben. Ich muss ihn mit den Knien zurückhalten und ziehe Ben hinter mich durch das Tor, ehe ich es wieder fest verschließe.

Armer Dante. Ich kann hören, wie er auf der anderen Seite am Tor kratzt, aber ich kann ihn leider nicht mitnehmen. Ich werfe die Leine ins Gebüsch, dann fasse ich Ben fest an der Hand und renne los.

Ben keucht schon nach wenigen Schritten, seine kurzen Beine können kaum mit mir mithalten. Die letzten paar Hundert Meter trage ich ihn deshalb und schlängle mich mit ihm auf dem Arm durch die Menschentrauben am Hafengelände.

Die Fähre ist zum Glück noch da, vor der Gangway steht eine Schlange Menschen an, die sich nur zähflüssig vorwärtsbewegt. Ich reihe mich mit Ben ganz hinten ein und zücke mein Handy, auf dem ich die Tickets für die Überfahrt gespeichert habe. Der Kontrolleur scannt den Bestätigungscode auf dem Bildschirm und winkt uns weiter. Noch ein Schritt, und wir sind endlich an Bord.

Ben und ich werden eng zusammengequetscht, als wir versuchen, uns von der Gangway der Fähre ins Innere vorzukämpfen. Von beiden Seiten drücken Touristenschwärme gegen uns, die wohl ebenfalls auf den Jahrmarkt nach Lindau wollen. Die Fähre ist restlos überfüllt, voller sogar als zur Hochsaison im Sommer. Die guten Plätze an den Fensterreihen sind längst alle besetzt. Ich muss mit Ben ganz nach hinten an das Heck des Schiffs gehen, wo der Schiffsmotor durch den Boden dröhnt, ehe ich zwei Sitzplätze für uns finde. Ich bedeute Ben, sich auf der Bank niederzulassen, doch diesmal bewegt er sich keinen Zentimeter mehr. Mit verschränkten Armen bleibt er vor der Bank stehen und sieht mit gerunzelter Stirn zu mir hoch.

»Stimmt. Du weißt ja noch gar nicht, was wir hier machen. Soll ich es dir verraten?«

Ben nickt langsam. Lächelnd gehe ich vor ihm in die Hocke und ziehe den zusammengefalteten Flyer vom Lindauer Jahrmarkt aus meiner Jackentasche.

»Ich habe es dir doch versprochen, oder? Die Fähre fährt fast direkt bis zum Riesenrad.«

Mit aufgerissenen Augen greift Ben nach dem Flyer und zieht ihn auseinander. Vor Aufregung beginnt er auf den Fußballen zu hopsen.

»Na, freust du dich?«, frage ich.

Statt einer Antwort macht Ben einen Satz auf mich zu und wirft sich gegen mich. Der Schwung reißt mich fast von den Füßen. Ich muss mich festhalten, um nicht rückwärts zu kippen. Lachend schließe ich die Arme um Bens Rücken.

Diesmal braucht es keine Worte, um auszudrücken, wie sehr er sich freut und wie viel ihm der Jahrmarkt bedeutet. Dieser Moment allein ist die Mühe wert gewesen. Es ist das erste Mal, dass Ben mir von sich aus so nahe gekommen ist, und während ich über seinen warmen Hinterkopf streiche, durchfährt mich ein warmes Glücksgefühl.

Das Schiffshorn ertönt. Kurz darauf vibriert der Boden unter uns, als die Fähre vom Steg ablegt und ihren Kurs in Richtung Lindau aufnimmt.

»Noch eineinhalb Stunden, dann sind wir da«, sage ich zu ihm.

Ben drückt mich zur Antwort.

Noch eineinhalb Stunden bis zum erhofften Ende meiner Suche.

Ich schalte mein Handy aus und versuche während der Fahrt, Thomas und mein schlechtes Gewissen aus meinen Gedanken zu vertreiben.

Vor Lindau hält die Fähre noch an vier weiteren Häfen. Als wir nur mehr eine Station entfernt sind, will Ben nicht länger still sitzen und besteht darauf, trotz der Kälte raus an Deck zu gehen. Eingekeilt zwischen Touristengruppen erkämpfen wir uns einen Platz am Bug des Schiffes, von wo aus Lindau bereits aus der Ferne sichtbar wird. Ben steht so nah an der Reling wie nur möglich, sein Kinn weit nach oben gestreckt, und trotzt dem eisigen Wind, der uns über die glitzernde Wasseroberfläche hinweg entgegen bläst. Plötzlich beginnt er zu springen und zeigt mit dem Zeigefinger auf das näher kommende Ufer.

»Ja, genau, das ist Lindau«, sage ich und hebe ihn hoch, damit er besser sehen kann. »Und da ist das Riesenrad.«

Wegen der bunten blinkenden Lichter ist es bereits aus der Ferne gut sichtbar. Das Riesenrad erhebt sich genau gegenüber der Hafeneinfahrt, die eingerahmt wird von einem Leuchtturm und der bekannten Lindauer Löwenstatue.

Ben grinst über beide Ohren und zappelt aufgeregt in meinen Armen. Die Fähre wird immer langsamer, als wir die Hafeneinfahrt passieren und nun direkt die Lindauer Stadtinsel ansteuern. Entlang der Promenade sind Jahrmarktstände und verschiedene Fahrgeschäfte errichtet worden, deren Lichter sich in der tiefgrünen Wasseroberfläche spiegeln. Doch nichts ist so beeindruckend wie das vierzig Meter hohe Riesenrad und sein Wechselspiel aus Farben und geometrischen Lichtmustern. Ich kann nicht aufhören hinzusehen und spüre, wie sich mit dem Kreisen der aufsteigenden Gondeln auch mein Magen dreht.

Ist sie wirklich dort? Plötzlich habe ich Angst, es herauszufinden.

Ben zuliebe zwinge ich mich dennoch, eine positive Miene aufzusetzen. Die Touristenströme wandern in Richtung Ausgang und wir hinterher. In der Hitze der Massen ist es schwer, einen klaren Gedanken zu fassen, deshalb konzentriere ich mich einfach auf das Hier und Jetzt. Auf Bens Hand in meiner. Meine Füße auf der Gangway. Ein Schritt nach dem anderen, bis wir das Schiff endlich verlassen haben und ich wieder festen Boden unter mir spüre.

Wir sind da. Wir sind in Lindau. Von der Gangway aus befinden wir uns fast mitten im Zentrum des Jahrmarkts. Eine Welle verschiedenster Gerüche strömt auf mich ein, eine Mischung aus gebrannten Nüssen, Wurstfett und dem leicht harzigen Duft der Nebelmaschinen. Ich will langsam vorangehen und mir erst einmal ein Bild meiner Umgebung verschaffen, aber nicht so Ben. Gnadenlos zieht er mich vorwärts, vorbei an Gauklern und den schaulustigen Touristenhorden, immer näher zum Riesenrad, welches das gesamte Hafengelände überragt.

»Warte, Ben. Nicht so hastig!«, rufe ich, als er immer schneller wird und ich ihn im Gedränge der Menschen kaum noch halten kann. Links und rechts von uns erheben sich verschiedene Stände, die fettreiche Imbisssnacks und Glühwein anbieten. Aus mehreren Richtungen schallt Musik. Das Grölen der Betrunkenen und das Schreien der Kinder pulsieren in meinen Ohren.

»Ben!« Ganz außer Atem kommen wir beim Riesenrad an. Aus der Nähe wirkt es sogar noch größer. Mit zurückgelegtem Kopf sehe ich daran empor, auf die Menschen in den pilzförmigen Gondeln, die langsam nach oben schweben.

Ben sieht ebenfalls hoch. Sein Blick springt von Gondel zu Gondel, auf die Familien, die eng zusammengepfercht im Kreis sitzen, auf die Teenager, die ihre Handys über die Schutzwände halten, um von oben ein Foto vom Hafen zu schießen. Verliebte Pärchen und lachende Kinder. Aber keine Katharina. Weder in der Luft noch hier am Boden.

Wir verharren wie angewurzelt, während sich das Riesenrad über unseren Köpfen dreht. Die Zeit verstreicht weiter, nur wir stehen still. Wir sind gefangen in der Vergangenheit, gebannt von einem Gespenst, das sich uns einfach nicht zeigen will.

Ich weiß nicht, was ich wirklich erwartet hatte, als ich hierherkam. Dass sie tatsächlich hier stehen und auf ihren Sohn warten würde? Vielleicht einen Hinweis hinterlassen hat? Ich war offen für alles gewesen, aber nicht für die frustrierende Banalität des Moments. Ein Riesenrad, und weiter nichts.

Ben und ich stehen mitten auf dem Weg. Immer wieder werden wir angerempelt, bis ich schließlich meine Starre löse und einen Schritt in Richtung Verkaufsschalter mache. »Dann kaufen wir uns mal ein Ticket, oder? Du willst doch bestimmt mit dem Riesenrad fahren.«

Ben nickt, aber ihm ist anzusehen, dass er enttäuscht ist. Seine Stirn ist gerunzelt, und das frohe Lächeln ist von seinem Gesicht verschwunden.

Ein ungutes Gefühl regt sich in mir. Hatte Thomas recht? Bin ich bloß dem Hirngespinst eines kleinen Jungen gefolgt und verschlimmere mit unserem Ausflug bloß sein Trauma? Ich will nicht glauben, dass wieder einmal alles umsonst gewesen ist, und lasse meinen Blick weiterhin über unsere Umgebung schweifen, während die Schlange vor dem Schalter sich langsam vorwärts bewegt. Ich sehe Hunderte von Menschen in dem Gastgarten hinter dem Riesenrad und entlang der Hafenpromenade, Menschen vor uns, hinter uns, über uns, aber nicht die eine Person, wegen der wir gekommen sind. Dabei bin ich mir sicher, dass ich Katharina sofort erkennen würde. Selbst wenn sie verkleidet wäre, selbst wenn sie im Schatten stünde. Etwas an ihr würde meinen Blick magisch auf sich lenken. Aber sie ist nicht hier. War es wahrscheinlich nie. Ich will dennoch das Beste aus unserem Ausflug machen und uns nicht den Tag verderben.

»Von dort oben hat man sicher eine herrliche Aussicht, was meinst du?«, sage ich und greife nach Bens Hand, doch er ist verschwunden. Meine Finger fassen ins Leere.

»Ben?«

Ich drehe mich um, einmal um die eigene Achse und wieder zurück. Nichts. Kein Ben. Einfach nichts. Als hätte der Boden ihn verschluckt. Mein Herz springt gegen meinen Brustkorb.

»Ben!« Achtlos stoße ich die Menschen um mich beiseite, um wieder von der Plattform runterzukommen. Ich springe zu Boden, drehe mich erneut im Kreis, drehe und drehe mich.

»Ben!« Ich schreie so laut, dass mir die Kehle brennt. Die Menschen um mich herum beginnen sich nach mir umzudrehen. Ein Pärchen tuschelt. Ein Mann lacht.

Wahllos fasse ich nach der Schulter eines Mädchens im Teenageralter, das mir in der Schlange für das Riesenrad am nächsten steht. »Haben Sie einen kleinen Jungen gesehen?«

»Hier laufen eine Menge kleiner Jungen umher.« Gelangweilt zuckt sie die Schultern.

»Er stand eben noch neben mir!«

Ich frage noch drei weitere Leute, aber niemand scheint Ben gesehen zu haben oder sich auch nur dafür zu interessieren, dass er weg ist. Meine wachsende Panik erntet bloß müde Blicke und ausflüchtende Bemerkungen.

Ich laufe einmal um das ganze Riesenrad herum und wieder zurück. Dann noch weiter, entlang der Imbissgeschäfte und Schaustellerbuden, den Weg über die Hafenpromenade und blicke sogar mit heftigem Atem in das trübe Hafengewässer.

Alle paar Meter bleibe ich stehen, drehe mich erneut im Kreis und frage die entgegenkommenden Menschen nach einem kleinen Jungen. Erfolglos. Ben ist fort. Einfach verschwunden.

Wie seine Mutter.

Der Abend senkt sich über Lindau. Im schwindenden Licht strahlen die bunten Glühbirnen der Jahrmarktstände umso greller. Die Musik tönt lauter. Die Menschen rücken näher. Ihre fröhlichen, lachenden Gesichter verschmelzen zu wilden Fratzen. Während ich noch immer laufe, mich drehe und dann wieder laufe, verschwimmt alles immer mehr ineinander. Die blinkenden Lichter der Fahrgeschäfte. Das Dröhnen der Menschenmassen, das Schreien und Lachen der Kinder, Blechmusik, Maschinenrauschen.

Ich spüre meine Beine nicht mehr. Ich spüre überhaupt nichts mehr außer diesen zerreißenden Schmerz in meiner Brust. Mein Gehirn setzt kurz aus. Das Nächste, was ich wahrnehme, sind ein Brennen in meiner Kehle und die röchelnden Laute, die ich von mir gebe, während ich mich kopfüber im Hafenbecken übergebe.

Eine fremde Frau, deren Anwesenheit ich erst jetzt registriere, streicht mir über den Rücken. »Das wird schon wieder« höre ich sie nuscheln. »Ich kenne das. Am besten einfach weitertrinken«, sagt sie und hält mir glucksend ihr Bier unter die Nase. »Glaub mir, das beste Mittel gegen einen Kater!«

Schaum tropft vom Rand ihres Bechers auf meine Füße.

Taumelnd weiche ich von ihr zurück. »Danke, aber ich muss …«

Ohne den Satz zu beenden, beginne ich wieder zu laufen, den Menschenströmen hinterher, raus aus dem Hafen und in das Zentrum der Stadtinsel, wo noch mehr Buden und Verkaufsstände die Besucher locken.

»Ben! Ben!« Meine Stimme ist ganz heiser vom Rufen.

Es ist dunkel geworden. Inzwischen könnte er überall sein. Kälte und Angst treiben mir die Tränen in die Augen. Was soll ich Thomas nur sagen? Ich kann doch unmöglich ohne Ben nach Hause kommen. Unmöglich …

Automatisch greife ich nach meinem Handy, erst da merke ich, dass meine Handtasche fort ist. Ich weiß nicht einmal mehr, wann ich sie zuletzt noch hatte. Mein Handy war da drinnen, ausgeschaltet, um für Thomas nicht erreichbar zu sein. Nun kann ich ihn nicht einmal mehr anrufen, wenn ich wollte.

»Ben …« Mir gelingt nur mehr ein Krächzen, Säure pumpt durch meinen Magen. Wie konnte ich nur so versagen? Er war doch direkt neben mir und dann ... Ein heftiges Ziehen in meinem Unterleib lässt mich schließlich innehalten. Als würde das Baby in mir gegen die Aufregung protestieren. Geschwächt lehne ich mich mit einer Hand auf dem Bauch gegen die nächste Hausmauer. Was für eine Mutter soll ich werden, wenn ich nicht einmal auf ein Kind aufpassen kann?

»Ich hab sie! Sie ist hier!«

Ein Mann kommt auf mich zugelaufen. Ein Unbekannter. Er trägt eine schwarze Mütze und eine dicke Lederjacke. Dann sehe ich noch jemanden knapp hinter ihm. Thomas, in einen Wollmantel gehüllt und mit grimmig verzogener Miene. Er hat mich ebenfalls entdeckt und kommt hinter dem Mann auf mich zugelaufen.

»Alles in Ordnung? Geht es Ihnen gut?« Der Mann legt mir eine Hand auf die Schulter und will mir in die Augen sehen, doch ich weiche seinem Blick aus. Meine Knie zittern, und ein neuer Schwall der Übelkeit bahnt sich an.

»Hannah!« Der Klang von Thomas' Stimme lässt mich zusammenzucken. »Was sollte das? Wo warst du?« Nun hat er mich ebenfalls erreicht. Ich spüre seine Hand um meinen Arm, höre den Zorn in seiner Stimme und wünsche mich weg, einfach nur weg. Ich will verschwinden wie Katharina. Wie ihr Sohn.

»Wieso hast du Ben allein gelassen?«, fragt Thomas in dem Moment.

»Ben?«, echoe ich und traue mich wieder, den Blick zu heben. Erst da entdecke ich die kleine Gestalt, die sich hinter ihm versteckt hat. Ben mit einer roten Decke um

Schultern und Nacken gewickelt und mit einer Breze in der Hand.

»Ben!« Ich jaule auf vor Erleichterung und will auf ihn zu rennen, doch Thomas reißt mich am Arm zurück, sein Griff so fest wie ein Maul voller Zähne.

»Wir haben ihn ganz allein in einer Gasse gefunden. Was hast du dir nur gedacht?«, fragt Thomas und schüttelt mich so heftig, dass mir die Zähne klappern. »Nachdem ich dir ausdrücklich verboten hatte, mit Ben hierherzukommen! Und dann verlierst du ihn auch noch? Was ist nur los mit dir?« Sein Gesicht ist das eines Fremden, rot und zerfurcht, die Augen kalt und zu zornigen Schlitzen verengt.

»Es tut mir leid«, hauche ich. »Ich weiß nicht, was passiert ist. Eben war er noch bei mir …« Ich verstumme unter Thomas' eisigem Blick. Ihm ist anzusehen, dass nichts, was ich sage, seine Wut auf mich lindern wird. Und er hat ja auch recht. Ich habe seinen Sohn beinahe verloren. Dafür gibt es keine Entschuldigung.

Mit einem verlegenen Räuspern tritt der unbekannte Mann an Thomas' Seite wieder näher. »Ich glaube, sie ist unterkühlt. Sie sollten sie zum Wagen bringen.«

Thomas nickt kurz. Seine Hand lässt mich los, aber sein Blick tut es nicht. Wie eine Gefangene, die jeden Moment fliehen könnte, lässt er mich direkt vor sich gehen, während wir das Jahrmarktgetümmel verlassen und uns einen Weg zum hinteren Teil der Stadtinsel bahnen.

Ich sehe auf meine Füße hinunter und zähle meine Schritte, um keinen anderen Gedanken zulassen zu müssen. Gedanken um Katharina. Gedanken um den kleinen Ben.

Wohin ist er gelaufen?

Als ich mit meinen Schritten bei zweihundertneunundzwanzig angelangt bin, bleiben wir stehen. Taub und starr warte ich darauf, dass Thomas den Wagen aufschließt und die Beifahrertür für mich öffnet. Der BMW parkt schief über dem Randstein im Halteverbot vor einem Hotel. Unter den Scheibenwischern flattert ein Strafzettel im Wind, den Thomas achtlos zusammenknüllt und in den Fußraum wirft.

Er lässt erst mich einsteigen, dann Ben. Der Fremde wartet ein paar Meter abseits mit abgewandten Schultern und dreht sich eine Zigarette.

»Wer ...«

Thomas knallt die Türen zu, ehe ich meine Frage formulieren kann, und geht auf den Mann zu. Ich sehe sie miteinander reden, kurze, ernste Sätze, die Thomas mit einem Kopfnicken beendet. Sie schütteln sich die Hand. Der Fremde greift in seine Hosentasche.

Um etwas hervorzuholen oder um etwas einzustecken? Im Dunkeln kann ich es nur erahnen, dann dreht er sich auch schon wieder weg und geht mit glimmender Zigarettenspitze in die entgegengesetzte Richtung davon.

»Wer war das?«, will ich wissen, nachdem Thomas neben mir eingestiegen ist und den Motor startet.

»Niemand, den du kennen musst.«

»Wer?«, wiederhole ich hartnäckig.

Thomas seufzt angestrengt. Die Brücke zum Festland ist verstopft, wir kommen nur stockend vorwärts. Die roten Rücklichter der stehenden Autos tauchen alles in einen bedrohlichen Schein. »Bloß ein flüchtiger Bekannter. Er hat mir dabei geholfen, dich zu finden, nachdem du verschwunden warst.«

»Du lässt mich ausspionieren?«

Thomas hupt einen Wagen an, der vor ihm aus einer Seitenstraße einschert. »Schieb nun nicht mir die Schuld für dieses Desaster in die Schuhe!«, schimpft er. »Was hätte ich denn tun sollen? Ich war noch mitten auf der Autobahn, als Rahel mich angerufen hat, dass du mit Ben einfach auf und davon bist, ohne etwas zu sagen. Und dann hattest du nicht einmal dein Handy eingeschaltet! Hast du auch nur die geringste Ahnung, was für eine Angst ich hatte?«

»Meine Handtasche wurde gestohlen«, antworte ich mit brennenden Ohren.

»Ist das alles, was du dazu zu sagen hast?«

»Es tut mir leid, dass ich Ben verloren habe, aber es sollte doch bloß ein kleiner Ausflug werden ... Ich habe mir nichts Schlimmes dabei gedacht.«

Das ist gelogen, wir beide wissen das, aber ich bemühe mich, meine Stimme dennoch fest klingen zu lassen.

»Ach ja? Ich hatte dir doch sehr genau erklärt, wieso ich dagegen bin, dass ihr auf diesen Jahrmarkt geht!«

Thomas wird leiser, nachdem er Bens Blick im Rückspiegel auffängt. Eine angespannte Stille senkt sich über den Wagen, die nur vom Brummen des Motors unterbrochen wird, der im dichten Verkehr immer wieder stoppt und wieder anfährt.

»Hast du Katharina auch Männer hinterhergeschickt, um sie zu beobachten?«

»Hör auf jetzt, Hannah. Ich warne dich!«

»Sonst was?«, frage ich herausfordernd.

Fassungslos sieht Thomas mich an. »Sonst was? Hörst du dich überhaupt selber reden? Ich bin nicht dein Feind, verflucht nochmal!« Thomas knallt die Hand auf das Lenkrad und hupt versehentlich erneut.

Ich lenke den Blick aus dem Fenster und beobachte, wie wir Lindau langsam verlassen. Die Straße wird freier, und Thomas beschleunigt. Ich greife nach meinem Sitz.

»Fahr nicht so schnell«, bitte ich ihn atemlos, doch Thomas ignoriert mich. Beide Hände am Lenkrad drückt er das Gaspedal sogar noch weiter nach unten.

Ich schließe die Augen und wünsche mich gedanklich weit weg. Weg aus diesem Wagen, aus dieser Stadt.

Ich wünschte, ich wäre wieder in München.

Ich wünschte, ich hätte Thomas Fontana nie kennengelernt.

Nach einer Weile spüre ich eine Berührung an meiner linken Hand. Ich denke erst, es ist Thomas, der sich mit mir zu versöhnen versucht, aber es ist Ben, dessen kleine Hand sich von hinten sachte um meine Finger gewickelt hat. Er hält mich fest, den ganzen Weg über die Fernstraße von Lindau bis nach Friedrichshafen, bis zu dem Tor vor unserem Haus.

In dieser Zeit spüre ich wieder, wieso ich noch hier bin, wieso ich noch nicht aufgegeben habe.

Ich bin hier für mein ungeborenes Kind.

Und für Ben.

22

Thomas spricht kein Wort mehr mit mir, nachdem wir das Haus betreten haben. Er geht einfach an mir vorbei, als wäre ich Luft, und bringt Ben nach oben. Ich höre, wie er da oben leise auf ihn einredet. Wahrscheinlich, um ihm einzutrichtern, nicht mehr mit mir alleine wegzugehen. Ich bin hier schließlich die Böse, nicht er. Aber wäre er von Anfang an ehrlich zu mir gewesen wäre, hätte ich gar nicht erst so weit gehen müssen.

Ich hole mir ein Glas Wasser aus der Küche. Gierig trinke ich Schluck für Schluck und merke erst da, wie dehydriert ich bin. Wie hungrig. Ich plündere den halben Kühlschrank und verschlinge drei belegte Brote hintereinander. Trotz des dicken Schinkenbelags schmecke ich nichts.

Oben ist es still geworden. Das Licht im Treppenhaus ist ausgeschaltet. Ich lausche noch eine Weile auf Schritte und andere Geräusche, dann wage ich mich langsam nach oben, meine Beine schwer und unbeweglich wie aus Blei.

Die Tür zum Schlafzimmer ist geschlossen. Als ich sie öffne, liegt Thomas bereits bei gelöschtem Licht im Bett. Er gibt keinen Laut von sich, doch anhand seiner Atmung kann ich hören, dass er noch wach ist.

Wird so die Zukunft unserer Ehe aussehen? Eisiges Schweigen gepaart mit Ignoranz? Sah so Katharinas Ehe aus?

Ein Kloß bildet sich in meinen Hals, als ich an Thomas vorbei ins Bad gehe. Ich dusche mich heiß und lasse mir extra viel Zeit, um das Zu-Bett-Gehen so lange wie möglich hinauszuzögern.

Als ich fertig bin, scheint Thomas eingeschlafen zu sein, aber noch immer kann ich mir nicht vorstellen, mich neben ihn zu legen, seine Nähe zu spüren, wenn er mir doch gleichzeitig so fern ist. Ich kann die Kälte, die von ihm ausgeht, fast physisch auf meiner Haut fühlen.

So leise wie möglich verlasse ich das Schlafzimmer wieder und schleiche den Flur entlang. Vor Bens Zimmertür halte ich inne. Sie ist nicht wie sonst angelehnt, sondern geschlossen. Vorsichtig drücke ich die Klinke hinunter und spähe hinein. Durch Bens Schlaflicht ist alles in einen matten blauen Schein getaucht, weshalb ich die Bewegung sofort sehe, als Ben seinen Kopf vom Kissen hebt und zu mir dreht.

Mit klopfendem Herzen verharre ich auf der Stelle. »Tut mir leid, ich wollte dich nicht wecken.«

Doch Bens wacher Blick verrät, dass er ebenfalls noch nicht schlafen konnte. Er rückt nach hinten, bis er aufrecht im Bett sitzt, und blickt mich abwartend an. Es sieht nach einer Einladung aus, weshalb ich mich langsam näher wage.

»Das war ein ganz schön verrückter Nachmittag, nicht wahr? Du hast mir einen ziemlichen Schrecken eingejagt.«

Schuldbewusst senkt Ben seinen Blick.

»Schon gut. Ich bin nicht hier, um dich zu schimpfen.«

Auf seinem Schreibtisch liegt ein Stapel Papiere. Ganz oben ein Bild, dessen Motiv mir nur allzu vertraut ist. Ich nehme die Zeichnung vom Riesenrad in die Hand und setze mich damit neben Ben auf die Bettkante. »Die ist dir sehr gut gelungen. Hast du die heute gezeichnet?«

Ben nickt, doch sein Blick ist nach wie vor nach unten gerichtet, auf seine Hände, deren Fingerkuppen noch ganz rot und blau von den Wachsmalkreiden sind, die er zum Zeichnen verwendet hat.

»Was ist das?« Ich deute auf einen schwarzen Fleck aus übereinander gekritzelten Linien unterhalb vom Riesenrad. Die Striche sind wild verformt, an einer Stelle hat Ben so fest aufgedrückt, dass das Papier durchgerissen ist.

Ben reagiert nicht, doch bei längerem Hinsehen kann ich erkennen, dass die Linien etwas übermalen oder besser gesagt durchstreichen sollten. Eine Silhouette tritt dahinter zum Vorschein. Die Silhouette einer Frau.

Meine Nackenhaare stellen sich auf. »Ist das deine Mama?«, frage ich heiser und blicke in Bens verkniffenes Gesicht. »Du hast geglaubt, dass sie dort ist, nicht wahr?«

Zwei einzelne Tränen lösen sich aus Bens Augenwinkeln und hinterlassen eine feuchte Spur entlang seiner Wangen.

»Es tut mir leid, dass sie nicht gekommen ist.«

Ich will nach seiner Hand greifen, doch Ben entzieht sich mir und streckt die Hand nach der Zeichnung aus, die ich noch immer halte. Er berührt mit den Fingerspitzen das Papier, die durchgestrichene Silhouette seiner Mutter. Seine Hand wandert nach unten und zur Seite, als würde er etwas zeichnen. Erst als er die Bewegung wiederholt, erkenne ich die Kontur, die er mit seinen Fingern formt.

Es ist ein Kreuz.

Die Bedeutung dahinter lässt mein Herz schwer werden.

»Ach, Ben«, sage ich sanft. »Aber deine Mama ist nicht tot. Sie ist weg, das ist etwas anderes.«

Ben schüttelt heftig den Kopf. Wieder zeichnet er mit den Fingern ein Kreuz auf das Papier.

Ich drehe das Blatt um, damit er die Zeichnung seiner Mutter nicht mehr sehen kann. Armer Ben, der ganze Tag muss schrecklich aufwühlend für ihn gewesen sein. Und schuld bin ich, weil ich unbedingt meinen Willen durchsetzen musste.

Ich trage die Zeichnung zurück zum Schreibtisch und will sie wieder auf den Stapel zu den anderen Blättern legen. Ich erwarte nur noch mehr Riesenräder dort zu sehen und halte erstarrt inne, als sich mir ein ganz anderes Bild offenbart.

Ein Bild ohne Riesenrad, dafür wieder mit der schwarzen, durchgestrichenen Silhouette, die Katharina sein muss. Die Zeichnung ist verschmiert, wie in großer Hektik gemalt, dennoch sehe ich alles ganz klar: Katharina liegt in einem roten Kreis auf dem Boden, ein Auto neben ihr, aus dem Fenster blickt ein rundes Gesicht mit einem großen nach unten verzogenem Mund. Ich kann auch einen Hund erkennen. Dante. Und daneben … Mein Herz springt mir in die Kehle.

»Ben!« Mit zitternder Hand halte ich ihm die Zeichnung hin. »Wer ist das?«, frage ich laut und wedle mit dem Papier, dass es raschelt. »Der Mann da.« Ich zeige mit dem Finger der anderen Hand auf ihn. Ben hat ihn mit roter Farbe gezeichnet, ohne Gesicht, fast wie einen Schatten. Er wirkt doppelt so groß wie der Rest des Bildes und überragt die auf dem Boden liegende Katharina.

»Das ist doch deine Mama, nicht wahr? Sie sieht aus, als hätte sie sich wehgetan. Stimmt das?«

Ben presst die Lippen aufeinander und zieht den Kopf zwischen die Schultern.

»Bitte, Ben, das ist jetzt wirklich wichtig. Vielleicht kann ich deiner Mama helfen, wenn ich weiß, was passiert ist. Nicke nur, wenn ich recht habe.«

Erneut umkreist mein Finger Katharinas Silhouette. »Ist das deine Mama?«

Zaghaft nickt Ben einmal kurz.

»Und das da bist du, oder? Du sitzt im Auto. Du siehst ganz traurig aus. Hast du gesehen, wie sie sich wehgetan hat?«

Ben kneift die Augenlider fest zusammen, seine Hände krallen sich in die Bettdecke, doch dann nickt er, mit einem tiefen Brummen in der Kehle nickt er wieder und wieder.

Das Blut rauscht in meinen Ohren, während ich den Finger auf dem Papier weiterführe, von Ben über Katharina zu dem gesichtslosen Mann.

»Und das da«, höre ich mich sagen. »Ist das dein Papa?«

23

Ich erkläre Ben, dass wir ein Spiel spielen. Das Spiel heißt Waldgeister, und weil wir Waldgeister sind, dürfen wir von niemandem gehört oder gesehen werden. Ben war erst wenig begeistert davon und wollte sein Bett nicht verlassen, bis ich ihm gesagt habe, dass sich die Waldgeister später alle unterm Riesenrad zu einem großen Feuerwerk treffen. Da ist er mit so großer Begeisterung aufgesprungen, dass ich ihn erst wieder daran erinnern musste, dass wir als Waldgeister ganz leise sein müssen. Auf Zehenspitzen mache ich es ihm vor und husche lautlos durch sein Zimmer, in einer Hand seinen Lieblings-Spiderman-Rucksack, während ich mit der anderen Hand wahllos Hosen, T-Shirts und Socken hineinstopfe, bis der Rucksack aus allen Öffnungen überquillt.

»Falls wir dort übernachten«, sage ich zu Ben augenzwinkernd und ziehe weitere Kleidungsstücke für ihn aus dem Schrank, damit er sich umziehen kann.

Ich selbst werde der Novemberkälte in meinem Nachthemd trotzen müssen, aber es ist zu riskant, jetzt noch mal zurück ins Schlafzimmer zu gehen und Thomas dadurch womöglich zu wecken. Ich wüsste nicht, was ich tun sollte in so einem Moment. Von Angesicht zu Angesicht, nun da ich davon ausgehen muss, dass er ein Mörder ist.

Mein erster Impuls war natürlich, die Polizei zu rufen,

aber mein Handy befindet sich noch immer irgendwo in Lindau, und das einzige zweite Telefon liegt neben Thomas auf dem Nachttisch. Ich werde also einfach Ben und das Auto schnappen und so schnell wie möglich zur nächsten Polizeistation fahren.

Es wird Zeit, dass ich Hilfe suche. Und Schutz. Viel zu lange schon habe ich sämtliche Hinweise ignoriert und damit mich und mein Baby gefährdet. Erst als Ben bei der Erwähnung seines Vaters genickt hat, haben für mich die vielen kleinen Puzzleteile ineinander gegriffen. Jetzt ergibt Thomas' ständige Abwehrhaltung endlich Sinn. Bens Schweigen und die vielen ungeklärten Geheimnisse.

Katharina wurde etwas Schreckliches angetan. Von ihrem eigenen Mann, dem Vater ihres Sohnes und Ben hat es auch noch mitansehen müssen. Ich stecke auch die Zeichnung ein. Als Beweismittel, falls man mir nicht glauben will.

Bevor ich die Zimmertür öffne, halte ich einen Finger vor meinen Mund und ermahne Ben erneut, ganz leise zu sein. Ich wage kaum zu atmen. In der angespannten Stille wirkt jedes noch so kleine Geräusch tausendfach verstärkt. Mein Herzschlag laut wie Trommelschläge. Das Quietschen der Türklinke eine kleine Explosion.

Und als dann Dante auf der anderen Seite zu bellen beginnt, schallt der Laut wie ein Pistolenschuss durch meinen Kopf.

Schnell öffne ich die Tür und gehe vor dem Hund in die Hocke. Ich streichle ihm fest über den Rücken, um ihn zu beruhigen, und drücke mit der anderen Hand seine Schnauze nach unten. Dante hechelt aufgeregt, bellt jedoch zum Glück kein zweites Mal. In seinen vertrauensvollen Augen glaube ich, so etwas wie Verstehen lesen zu können.

Im Flur bleibt es ruhig. Wir scheinen noch mal Glück gehabt zu haben, dennoch will ich keine Sekunde mehr verschwenden.

Ich winke Ben vorwärts. Der Teppichläufer verschluckt das Geräusch unserer Schritte, als wir uns langsam in Richtung Treppe bewegen. Bens Hand liegt fest in meiner. Ich bin froh, ihn bei mir zu haben. So kann ich mich auf jemand anderen als mich selbst fokussieren. Ben braucht mich, und in dem Moment ist das alles, was zählt.

Wir bewältigen die Treppe Schritt für Schritt, einen Fuß vor den anderen, während mein Herz laut hämmert. Die Haustür scheint noch unendlich weit entfernt. Der Wagen in einer anderen Galaxie.

Dante rennt voraus. Als würde er unsere Pläne erahnen, wartet er vor der Haustür auf uns. Ben lächelt verunsichert zu mir hoch. Er spürt, dass das nicht bloß ein Spiel ist, dass etwas Ernstes im Gange ist. Ich versuche, sein Lächeln zu erwidern, schneide aber eher eine Grimasse.

Noch zehn Schritte bis zur Haustür. Noch sechs.

Bei jedem Knarren der Dielenbretter, jedem Knacken der Gelenke erwarte ich, Thomas auf der Treppe über uns zu sehen. Kalter Schweiß sammelt sich in meinem Nacken. Weiße Punkte flimmern über mein Blickfeld, weil ich kaum atme.

Noch zwei Schritte. Fast geschafft. Ich ziehe unsere Wintermäntel vom Garderobenständer und helfe Ben hinein. Die Schuhe trage ich nach draußen, damit wir sie uns auf der Fußmatte anziehen können. Geräuschlos ziehe ich die Tür hinter uns ins Schloss und nehme meinen ersten richtigen Atemzug, seit ich diese Zeichnung gefunden habe.

Kühle Nachtluft umgibt mich und streicht über meine nackten Beine. Etwas Feuchtes berührt meine Wangen, streift meinen Handrücken. Ben gluckst leise und streckt den Arm nach oben. Weiße Flocken rieseln sachte vom Nachthimmel herab, der erste Schnee in diesem Jahr.

Auf der Windschutzscheibe des BMWs liegt bereits eine dünne Schneeschicht aus winzigen Eiskristallen. Ich habe mich für diesen Wagen entschieden, weil er schneller und leiser ist als der SUV.

Ben rutscht auf die Rückbank, Dante springt hinterher. Noch immer sind meine Nerven zum Zerreißen gespannt. Wenn wir erst mal auf der Straße sind, sind wir in Sicherheit. Dann ist es nicht mehr weit bis zur nächsten Polizeistation oder dem nächsten Telefon.

Ich stapfe über den gefrorenen Boden um das Auto herum, erst an der Fahrertür bemerke ich meinen Fehler. Ich habe nur einen Schlüssel mitgenommen. Für den BMW. Nicht aber für das elektrische Tor.

Wir sind eingesperrt.

Ich mache zwei tiefe Atemzüge. Die beißende Kälte verhilft mir zu Klarheit. Erneut öffne ich die Tür zur Rückbank.

»Warte kurz hier«, sage ich zu Ben. »Ich muss noch mal schnell zum Haus. Pass solange auf Dante auf, ja? Er darf keinen Laut geben.«

Ben nickt ernsthaft und versenkt seine Hand in Dantes dichtem Fell, der sich ihm hechelnd entgegenlehnt. Nicht weiter schlimm, rede ich mir ein. Ich werde im Nu wieder zurück sein, und dann können wir endlich verschwinden.

Doch mein zweiter Fehler holt mich an der Haustür ein. Ich habe keinen Hausschlüssel mitgenommen. Die Tür ist fest verschlossen, die Klinke eingerastet.

Ich weiß, dass Thomas irgendwo im Eingangsbereich einen Zweitschlüssel für Notfälle versteckt hat. Er hat ihn mir mal gezeigt, er lag unter einem der Ziersteine entlang der Hausmauer, aber unter welchem? Ein dünner Schneeteppich bedeckt den Boden, im Dunkeln lassen sich kaum mehr als grobe Konturen erahnen.

Mit kältetauben Fingern taste ich über einen Stein nach dem anderen, hebe ihn noch, lege ihn ab. Tränen schießen mir in die Augen, während ich zischend ein- und ausatme. Was soll ich machen, wenn ich nicht mehr ins Haus komme und das Tor nicht öffnen kann? Mit Ben bei dieser Kälte zu Fuß gehen?

Einer der Steine rutscht mir aus der Hand und fällt klackernd auf die anderen Steine. Der Laut fährt mir bis in die Knochen, bis ins Herz, das bei jedem weiteren Schlag zu bersten droht.

Dann noch ein Laut. Hinter mir. Auf den Steinfliesen erklingen gedämpfte Schritte. Ich übergebe mich fast vor Angst.

»Frau Lehwald?«

Dann erkenne ich die Silhouette. Klein und zierlich. Rahel steht hinter mir in der Einfahrt. Sie trägt einen dunklen Morgenmantel und leuchtet mir mit einer fingergroßen Taschenlampe ins Gesicht.

»Ich habe Geräusche gehört. Ich dachte, es ist vielleicht ein Einbrecher. Ich wusste nicht, ob Sie und Herr Fontana schon wieder zurück sind.«

»Rahel.« Erleichtert atme ich auf. »Gut, dass Sie da sind, aber Sie müssen ganz leise sein. Haben Sie einen Schlüssel fürs Haus dabei?«

»Wieso? Was ist denn los?«, antwortet sie im Flüsterton. Mit einem Klicken löscht sie das Licht ihrer Taschenlampe.

»Es ist wegen Thomas ... Ich glaube, dass er Katharina etwas angetan hat. Ben wartet bereits im Wagen und Sie sollten auch mitkommen. Wir sind hier nicht mehr sicher.«

Nicht mehr sicher.

Die vertrauten Worte hallen in meinen Gedanken wider. Katharina hat sie mir auf einen Zettel geschrieben, keine Drohung, sondern eine Warnung, wie ich jetzt endlich erkenne, aber irgendwie ergibt es nicht wirklich Sinn, oder? Auf Bens Zeichnung lag Katharina blutend am Boden, Thomas über ihr. Aber ... wenn Thomas Katharina tatsächlich getötet haben sollte, wer hat mir dann diese Nachricht geschickt?

»Rahel, warte einen Augenblick ...« Aber sie ist verschwunden. Als ich mich umdrehe, sehe ich gerade noch einen der Ziersteine auf mich zurasen. Zu spät, um auszuweichen, zu spät, um auch nur zu schreien.

Etwas explodiert in meinem Kopf. Die Ränder meines Blickfelds fransen aus und werden schwarz.

Dann nichts mehr.

Bloß Dunkelheit.

24

Ich erwache mit dem Geschmack von Erbrochenem im Mund. Hustend und würgend rolle ich mich auf die Seite. Der Schmerz ist das Erste, was ich wahrnehme. Der Schmerz ist fast alles, woran ich denken kann. Er pulsiert hinter meinen Schläfen und erstreckt sich wie eine giftige Spur meine gesamte Wirbelsäule hinunter.

»Beweg dich besser nicht, du machst es sonst nur schlimmer.«

Wer ist das? Ich versuche zu blinzeln, einmal, zweimal. Alles ist verschwommen. Das Licht ist viel zu grell. Ein mattes Stöhnen entweicht meinen Lippen. Alles besteht aus Schmerz. Meine Gedanken sind wie Glassplitter, verstreut, gebrochen, nicht mehr ineinander greifend. Mühevoll versuche ich, sie zu ordnen, einen nach dem anderen.

Wo bin ich?

Ich scheine auf dem Boden zu liegen, unter mir ist es rau und kalt. Mein Körper ist unangenehm verdreht, doch bei dem Versuch, ihn in eine andere Position zu bringen, stoße ich auf Widerstand. Etwas behindert meine Hände. Und Füße.

Erneut blinzle ich, entschlossener diesmal. Verschwommene Schemen treten in Erscheinung. Ich kann meine Hände sehen. Sie liegen direkt vor meinem Gesicht, ein dünnes Plastikband verläuft um beide Gelenke und hält sie fest zusammen gezurrt. Gefesselt. Meine Hände sind mit Kabelbinder gefesselt. Meine Beine scheinbar auch. Aber wieso? Was ist passiert?

Angestrengt versuche ich, die Fetzen meiner Erinnerung zu sortieren. Ich war in Lindau am Jahrmarkt. Es sollte ein Geheimnis sein. Ben war bei mir. Ben, der dann plötzlich verschwunden war. Ben, der seine tote Mutter gezeichnet hat. Und daneben ... Thomas! Thomas hat Katharina ermordet. Thomas muss auch derjenige sein, der mich gefesselt hat.

Aber nein, das stimmt nicht, eine andere Erinnerung springt an diese Stelle. Ein anderes Gesicht. Erneut sehe ich einen Stein auf mich zufliegen. Vor mir ein blasses, ausdrucksloses Gesicht mit spitz verlaufender Nase.

Rahel.

»Geht es dir gut?«

Wieder diese Stimme. Die Stimme einer Frau, aber Rahel ist es nicht.

Ich zwinge mich dazu, die Augen offen zu halten. Den Raum wahrzunehmen. Mein Atem geht stoßweise. Durch meine geblähten Nasenlöcher dringen der Geruch von Desinfektionsmittel und ein weicher, blumiger Duft, der mir vage bekannt vorkommt.

Auf der gegenüberliegenden Wandseite sitzt eine Frau auf einem schmalen Bett. Ein Blick in ihr Gesicht ist wie der Sprung in einen Abgrund, der mich ins Bodenlose stürzt.

Ich kenne diese Augen. Diesen Mund.

Dennoch ist es das erste Mal, dass wir uns begegnen.

Ihr Name entweicht meinen Lippen in einem erstickten Laut.

»Katharina.«

Ein ironischer Zug entsteht um ihre Lippen. »Hallo, Hannah, nicht wahr? Du musst die Neue sein. Die junge Verlobte. Rahel hat mir von dir erzählt.« Katharina legt den Kopf schief und mustert mich eingehend. »Du bist hübsch. Hübscher, als ich erwartet habe.«

Die Wände neigen sich zur Seite, als sich der Raum um mich zu drehen beginnt. »Du lebst.«

»Du auch«, entgegnet sie unbeeindruckt. »Du hast Glück gehabt, dass Rahel nicht die Kräftigste ist. So ein Schlag hätte dich töten können.«

Ich taste nach meiner rechten Schläfe, wo Rahel mich mit dem Stein erwischt hat. Ich erwarte eigentlich, Blut zu fühlen, stattdessen berühren meine aneinandergebundenen Finger rauen Stoff. Einen Verband? Jemand muss mich verarztet haben, während ich bewusstlos war. Und mein Baby? Ich bin gestürzt, nachdem Rahel mich niedergeschlagen hat. Was, wenn dabei noch viel mehr verletzt wurde als nur mein Kopf? Mein Bauch fühlt sich normal an, doch allein der Gedanke lässt mich vor Angst wimmern. »Was ist passiert?«

»Da fragst du die Falsche.« Ein leises Klirren lenkt meinen Blick auf Katharinas nackte Füße. Um ihren rechten Knöchel verläuft eine dünne, aber stabil aussehende Kette, die mit einem Rohr an der Wand verbunden ist.

Sie ist gefesselt. Wie ich. Ein Beben geht durch meinen Körper, als ich zu begreifen versuche, eine Verbindung zwischen alldem herzustellen, und es einfach nicht schaffe.

Katharina lebt. Ich kann den Blick nicht von ihr wenden, von dem Gesicht, das ich mir so oft im kalten Licht meines Computerbildschirms angesehen habe, dass es mich bis in meine Träume verfolgt hat. Sie sieht verändert aus. Mehr wie der Geist aus meiner Phantasie als die strahlende Frau, die mir von Pressefotos aus zugelächelt hat. Die dominanten Wangen sind eingefallen, und unter dem Kragen ihres weiten Pullovers stechen ihre Schlüsselbeine spitz hervor. Ihr ohnehin blasser Teint ist noch heller geworden. Die bleiche Gesichtsfarbe lässt sie nicht länger nobel, sondern kränklich erscheinen.

Doch sie lebt.

Die Szene ist so skurril, dass ich an mir selbst zweifle. Vielleicht träume ich wieder. Vielleicht liege ich im Koma.

Ich drücke die Handflächen zu Boden, bis ich mich sitzend gegen die Wand hinter mir lehnen kann. Die Kabelbinder schneiden in mein Fleisch. Meine Handflächen kribbeln vor Taubheit.

»Wo sind wir?«, frage ich und richte den Blick zur Decke, wo noch mehr Rohre verlaufen. Die Wände sind stellenweise mit silbergemusterter Tapete überklebt, aber dahinter erkenne ich nackten Beton. Es gibt keine Fenster, und bis auf das Bett, auf dem Katharina sitzt, und einer einzelnen Kommode, auf der eine Plastikschale mit Wasser steht, auch keine Möbel. Die einzige Tür im Raum ist aus Stahl und besitzt keine Klinke.

Wir sind tatsächlich Gefangene.

»Das war mal der Heizungskeller«, antwortet Katharina mit einer eigentümlichen Ruhe, die an meinen Nerven zehrt. »Bevor wir das Haus komplett renoviert haben. Der Abschnitt gehört zu Rahels Souterrain-Wohnung.«

Ich schlucke. »Du meinst, wir befinden uns direkt unterm Haus?«

Auf Katharinas Nicken hin schlage ich mit der flachen Hand gegen die Wand neben mir. »Hallo?«, rufe ich. »Hier unten! Wir sind hier unten! Hallo? Hört mich jemand?«

»Spar dir die Mühe. Denkst du ehrlich, ich wäre noch hier, wenn das funktionieren würde? Rahel hat die Räume schon vor Jahren schallisoliert.«

Vor Jahren? Mir wird schwindlig bei dem Gedanken. Beinahe traue ich mich nicht zu fragen. »Wie lange ... Wie lange bist du schon hier?«

»Ich habe nicht wirklich einen Kalender geführt, aber inzwischen müssten es etwa drei Jahre sein.«

Katharina hebt eine schmale Schulter an, als wäre das weiter nichts.

Drei Jahre. Das ist ... einfach unfassbar. Dann ist sie seit ihrem Verschwinden hier? Die ganze Zeit schon? All die Zeit, in der man sie gesucht hat, war sie direkt unter uns, hat hier gelebt, gegessen, geweint? Kein Wunder, dass ich ihre Anwesenheit im Haus gespürt habe, an manchen Tagen so stark, dass ich schon angefangen habe, an Geister zu glauben. Überall habe ich sie gesehen, gerochen, gehört. Nachts bin ich schlaflos wachgelegen, weil ich glaubte, ihr Wimmern im Rauschen der Wasserleitungen zu vernehmen.

Dabei war sie hier, nur zwei Stockwerke von mir entfernt.

Nur mit Mühe kann ich einen Brechreiz hinunterschlucken. »Ich verstehe das alles nicht. Wieso sind wir hier? Wieso hat Rahel dich eingesperrt? Ich dachte … Ich dachte, Thomas hätte dich umgebracht.«

»Das hätte er auch beinahe geschafft.« Katharina hat den Blick auf ihre Hände gesenkt und zupft mit spitzen Fingern an ihrem blutig gerissenen Nagelbett. »Ich weiß nicht, wie viel er dir erzählt hat, aber in dieser Nacht vor drei Jahren, da haben wir haben uns gestritten. Draußen auf der Straße. Er hat mich gestoßen, und ich habe mir den Kopf angeschlagen. Überall war Blut. Sehr viel Blut. Thomas hat Panik bekommen und ist einfach davongefahren.«

»Ben war auch dort, nicht wahr? Er hat euch gesehen.«

»Ben …« Katharinas Mundwinkel zittern kaum merklich, als sie seinen Namen ausspricht. »Ich habe ihn in Gefahr gebracht. Das habe ich mir bis heute nicht verziehen.«

»Was ist geschehen? Ich habe die ganze Zeit über versucht, es herauszufinden.«

»Wirklich?« Katharina lacht humorlos. »Du hättest dein junges Glück besser genossen, solange es anhält. Jetzt ist es zu spät. Aber ich war auch nie gut darin, das zu schätzen, was ich hatte. Ich war unglücklich allein zu Hause. Gleichzeitig überfordert von der Mutterschaft und gelangweilt von dieser schrecklichen Eintönigkeit. Ich wollte nie eine von diesen Frauen sein, weißt du? Die Sorte, die alles für einen Mann hinten anstellt, und plötzlich war ich es doch. Alles hat sich entweder um ihn gedreht oder um das Baby.«

Ein angewiderter Ausdruck verzerrt Katharinas porzellangleiche Züge zu einer Grimasse.

»Hast du deshalb mit den Drogen angefangen?«

»Drogen? Das klingt so hart. Ich habe Anti-Depressiva genommen. Sogar verschriebene. Die Ärzte meinten, ich habe bloß eine Wochenbettdepression. Dass es vielen Frauen nach der Geburt so gehe. Aber sie verstanden nicht, wie ich mich wirklich fühlte. Wie verzweifelt ich oft war. Und es wurde auch nicht besser. An manchen Tagen konnte ich Ben nicht einmal ansehen. Rahel übernahm die Rolle, die ich hätte erfüllen sollen. Und ja, irgendwann habe ich dann auch angefangen, stärkere Sachen zu nehmen. Sachen, die wirklich dabei halfen, dass ich mich besser fühlte. Thomas ist mir natürlich irgendwann auf die Schliche gekommen. Auch er hat mich nicht verstanden. Wir haben viel gestritten in dieser Zeit. So auch an jenem Abend. Ich war wütend, weil Thomas mich wieder mal wegen eines Meetings versetzt hatte und habe angefangen zu trinken. Erst Wein, dann Wodka. Dann kamen verschiedene Pillen dazu. Ich war so berauscht, dass ich Tag nicht mehr von Nacht unterscheiden konnte. Ich habe Ben aus dem Bett gezerrt und bin mit ihm ins Auto gestiegen. Ich habe zu ihm gesagt, wir würden zum Riesenrad fahren, dabei war es mitten in der Nacht. Ich weiß selber nicht mehr, wohin ich an dem Abend mit ihm wollte, aber ich hätte nicht fahren dürfen. Schon gar nicht mit meinem kleinen Jungen. Rahel hat uns wegfahren sehen und Thomas alarmiert. Zumindest dafür bin ich ihr dankbar. Ich war am Straßenrand eingeschlafen, als er uns fand.

Der Hund hatte ins Auto gepinkelt. Thomas war außer sich. Er hat mich aus dem Wagen gezerrt und mich angeschrien. Ich war noch zu benebelt, um zu verstehen, was er sagte. Ich habe ihn bloß ausgelacht und das muss bei ihm einen Schalter umgelegt haben. Als Nächstes lag ich auf dem Boden. Dante kam aus dem Wagen gesprungen und hat Thomas angefallen. Ben hat fürchterlich geweint. Ich wollte zu ihm gehen und ihn trösten, aber ich konnte mich nicht bewegen, nicht einmal die Augen öffnen. Dann habe ich nur noch gehört, wie das Auto weggefahren ist. Ich bin bewusstlos geworden und erst wieder aufgewacht, als Rahel mich an den Armen über den Asphalt gezerrt hat. Sie hat Thomas gesagt, ich wäre an meinen Verletzungen gestorben, und hat mich in ihrer Wohnung versteckt. Sie hat mich verarztet und mich gesund gepflegt. Die ersten Wochen verbrachte ich noch ohne Fesseln auf diesem Bett. Erst als es anfing, mir besser zu gehen, erwachte ich eines Morgens mit einer Kette um meinen Fuß. Mein Toben und Schreien haben Rahel nicht im Geringsten beeindruckt. Sie sagte, ich würde nie gesunden, solange ich meine Sucht nicht besiege.« Katharina wendet sich mir mit einem müden Lächeln zu. »Du musst wissen, Rahel hat mich immer sehr verehrt. Sie war noch enttäuschter von mir als Thomas, als ich mit den Betäubungsmitteln anfing.«

»Aber das ist doch kein Grund, dich hier unten wie ein Tier einzusperren! Und das ist doch Jahre her! Inzwischen musst du die Tabletten doch schon lange überwunden haben. Wieso hält Rahel dich immer noch gefangen?«

»Ja, ich habe meine Sucht überwunden, aber Rahel hat es nicht. Sie mag es, sich um mich zu kümmern, mich bei sich zu haben. Das hier ist ihr Reich, hier bin ich immer so, wie sie mich haben möchte. Ohne Fehler, ohne Makel.«

»Das ist krank«, ist alles, was mir dazu einfällt.

»Es ist, wie es ist.«

»Aber wieso bin ich hier? Rahel hasst mich. Sie will mich bestimmt nicht in ihrer Nähe haben.«

»Ach, Liebes, nun denk doch nach.« Katharina schüttelt sachte den Kopf, ihr Haar gleitet über ihre Schultern nach vorne, ihre Lippen umspielt ein mitleidiges Lächeln. »Du warst dabei, alles kaputt zu machen.«

Ein Kratzen ertönt an der Tür. Das Geräusch lässt uns schlagartig verstummen. Scharniere quietschen. Das Schloss wird entriegelt. Dann geht langsam die Tür auf.

»Rahel!« Ich versuche aufzuspringen und sinke japsend wieder nach unten, als der Schmerz in meinem Kopf mich in die Knie zwingt.

»Ganz langsam«, antwortet sie ruhig. Ich spüre ihre Hände auf mir, als sie nach meiner Verletzung tastet. Ich versuche, sie abzuschütteln, sie zu treten, zu beißen, irgendetwas, um diese kalten, steifen Finger abzuwehren, aber Rahel erweist sich als überraschend kräftig.

»Nehmen Sie das, das wird die Schmerzen lindern.« Rahel hält mir eine kleine runde Pille vors Gesicht. Ich schüttle vehement den Kopf.

»Es ist ungefährlich für Schwangere. Ich habe den Beipackzettel studiert.«

»Auf keinen Fall!« Wer weiß, was sie mir tatsächlich unterjubeln will? Ich könnte genauso gut pures Gift zu mir nehmen.

Mit einem Seufzer steckt Rahel die Pille wieder ein. »Herr Fontana ist sehr aufgelöst darüber, dass Sie mitten in der Nacht einfach fortgegangen sind.«

»Was? Aber ich bin nicht ... Haben Sie ihm das etwa erzählt? Rahel ...« Alles in mir zittert und rast und vergeht, dennoch zwinge ich mich zur Ruhe. Möglichst direkt begegne ich ihrem Blick. »Rahel«, wiederhole ich. »Seien Sie doch vernünftig. Sie können mich nicht einfach hierbehalten.«

Ein trockener Laut entkommt Katharinas Kehle. »Du siehst doch, dass sie kann.«

Rahel geht an mir vorbei zu der Schrankkommode auf der anderen Seite des Raums. Sie schließt eine der oberen Schubladen mit einem Schlüsselbund aus ihrer Rocktasche auf und zieht einen Schreibblock und einen stumpfen Bleistift hervor.

»Ich dachte, Sie könnten ihm einen Abschiedsbrief schreiben. Ich könnte ihn später zufällig beim Saubermachen finden und ihn Herrn Fontana überreichen.«

Fassungslos starre ich auf das Schreibwerkzeug in ihren Händen. Das Format ist identisch. »Der Zettel.« Mein Blick gleitet von Rahel zu Katharina. »Du hast mir diese Nachricht geschrieben. Du hast geschrieben, dass ich hier nicht sicher bin.«

»Das habe ich«, gesteht Katharina. »Rahel wollte, dass du gehst. Du hättest die Worte besser ernst genommen. Doch du konntest einfach nicht aufhören, herumzuschnüffeln, nicht wahr?«

Rahel legt das Schreibwerkzeug neben mir auf dem Boden ab, doch ich trete es noch in derselben Sekunde zur Seite. Ich denke nicht daran, Thomas einen Abschiedsbrief zu schreiben. Ich will hier raus!

Rahels Lippen werden schmal. »Uns wird schon etwas einfallen, wie wir die Situation entschärfen können.«

Sie meint es ernst. Mein Gesicht entflammt wie im Fieber. Sie will mich tatsächlich gemeinsam mit Katharina in diesem fensterlosen Loch einsperren. Drei Jahre, hat Katharina gesagt. Wie viele Jahre wohl noch vergehen würden, ehe man uns findet? Ich sehe bereits ein zweites Bett neben dem ihrem. Ich sehe Tage, von denen sich einer kaum vom anderen unterscheidet, ohne Himmel, ohne Jahreszeiten. Nur vier Wände und kalter Beton.

So weit darf es nicht kommen.

»Rahel, bitte«, flehe ich und robbe mit zusammengebundenen Beinen über den Boden. »Bitte. Tun Sie das nicht. Denken Sie doch an mein Baby!«

Etwas Weiches stiehlt sich in Rahels Gesichtszüge. »Ich denke an Ihr Baby«, antwortet sie fast sanft. »Sie brauchen keine Angst zu haben, dass Ihnen irgendetwas geschieht. Ich kümmere mich um Sie. Und um das Baby. Heutzutage sind Hausgeburten keine Seltenheit mehr.«

Was?

Den letzten Teil fügt sie ganz beiläufig hinzu. Der Boden schwankt unter mir.

Nein, denke ich nur. *Nein. Nein. Nein.*

Rahel weicht meinen ausgestreckten Armen aus und steigt über mich hinweg zur Tür. »Ich muss wieder nach oben und mich um Ben und Herrn Fontana kümmern. Ich komme so bald wie möglich wieder und bringe Ihnen etwas zu essen.«

Rahel öffnet die Tür. Hinter ihr erhasche ich einen kurzen Blick auf einen verdunkelten, quadratischen Raum und eine weitere Tür, ebenfalls verschlossen.

»Rahel!«, schreie ich. Ich schreie, so laut ich kann, in der Hoffnung, dass doch etwas von meinen Lauten nach oben dringt, durch den Boden hinauf, zu Ben, zu Thomas.

Die Tür knallt ins Schloss. Alles wird still. In mir. Um mich. Ich ziehe die Ellbogen an meinen Bauch und wiege mich hin und her.

Nein. Nein. Nein, rattert es wieder im Sekundentakt durch meine Gedanken.

Niemals werde ich mein Kind hier bekommen.

25

»Wir müssen fliehen.«

Ich bin bis an den Rand von Katharinas Bett gekrabbelt und ziehe mich an ihrer Matratze hoch. Jede kleine Bewegung fühlt sich an wie ein Messer in meiner Schläfe, das tiefer und tiefer sinkt. Der Schmerz lässt mich schwitzen und keuchen. Nur eines ist größer: der Instinkt zu beschützen. »Ich bin schwanger.«

Katharinas Augen flammen auf. »Ich weiß.« Sie dreht ihr Gesicht von mir weg, die Augen fest zusammengekniffen, als würde sie etwas blenden.

»Du bist selbst Mutter, du verstehst also sicher. Ich kann hier nicht bleiben.«

»Das ist keine Frage des Wollens. Falls du es immer noch nicht bemerkt haben solltest, wir sind hier gefangen.«

»Dann müssen wir ausbrechen.«

»Wie denn? Denkst du, ich wäre noch hier, wenn ich einen Weg nach draußen wüsste? Es gibt keinen. Der einzige Ausgang befindet sich hinter dieser Tür, und nur Rahel hat den Schlüssel. Und außerdem ...« Katharina lässt ihren Knöchel kreisen, sodass die Glieder der Fußkette leise aneinander klirren. »Die Reichweite beträgt vier Meter. Damit komme ich nicht einmal einen Schritt außerhalb dieser Wände.«

»Aber mich hat sie bislang nur gefesselt«, sage ich und

halte meine Handgelenke hoch. »Vielleicht können wir sie irgendwie lösen. Gibt es hier nicht irgendwas Scharfes, mit dem wir sie durchschneiden können?«

»Natürlich. Gleich unter meinem Bett neben der Kiste mit den Handfeuerwaffen.« Katharina verdreht die Augen. »Was denkst du denn? Rahel mag vieles sein, aber sie ist nicht dumm. Ich bekomme sogar meine Mahlzeiten vorgeschnitten.«

»Irgendeinen Weg muss es doch geben!«, beharre ich.

»Keinen, an dem ich nicht Hunderte Male gescheitert bin. Lass es gut sein. Du solltest besser lernen, dich zu fügen.«

»Fügen? Aber ...«

»Hast du Lust auf ein Kartenspiel?«, unterbricht Katharina mich plötzlich. »Das wird dich ablenken.«

Vor Fassungslosigkeit verstumme ich. Katharina scheint das als Zustimmung zu sehen und zieht ein vergilbtes Spielkartenset unter ihrem Kopfkissen hervor.

»Kannst du Schafkopf? Rahel ist leider ganz fürchterlich darin. Es wäre schön, endlich mal wieder einen würdigen Gegner zu haben.«

Wie in Trance sehe ich Katharina dabei zu, wie sie die Karten mischt und durch ihre Finger gleiten lässt. Sie muss verrückt geworden sein. Nach drei Jahren Gefangenschaft, wie sollte es auch anders sein? Sie will überhaupt nicht weg, begreife ich mit wachsender Panik, während ich ihr unbekümmertes Gesicht betrachte. Wie sie selig vor sich hin summend die Karten zwischen uns auf der Bettdecke verteilt.

Ich bin auf mich allein gestellt.

Tränen schießen mir in die Augen. Ich kann kaum atmen. Ich lasse die Karten unberührt liegen und drehe mich mit dem Rücken zu Katharina auf die Seite.

»Hannah?«, sagt sie liebenswürdig. »Ich überlasse dir auch den ersten Zug.«

Ich gebe vor, sie nicht zu hören, und presse die Hände auf meinen Bauch. Katharina mag aufgegeben haben, aber ich habe es nicht. Ich werde mich und mein Baby befreien, koste es, was es wolle.

Ich muss so dringend pinkeln, dass mein gesamter Unterleib sich verkrampft. In Katharinas Gefängniskammer gibt es keine Toilette, nicht einmal einen Eimer. Um aufs Klo zu können, sind wir ganz auf Rahels Wohlwollen angewiesen, und die ist seit Stunden nicht mehr wiedergekehrt.

In meinen Gedanken beginne ich sie gleichzeitig zu verfluchen und fiebrig herbeizusehnen.

Angespannt wiege ich mich hin und her. Es ist eine Sache, wie ein Tier im Keller eingesperrt zu sein. Eine andere, in meinem eigenen Urin schlafen zu müssen. Ich werde nicht zulassen, dass Rahel mir meine Würde nimmt.

Katharina spielt derweil Runde um Runde gegen sich selbst Karten. Nachdem ich mich nach wie vor weigere mitzumachen, hat sie meinen Part mit übernommen und wechselt zwischen den gegnerischen Kartenblättern hin und her. Sie lässt sich jedes Mal selbst gewinnen und schimpft mich dann dafür, mich nicht mehr anzustrengen.

»Also wirklich«, sagt sie, nachdem sie die letzte Runde beendet hat und die Karten zurück ineinander schiebt. »Ich weiß nicht, was Thomas an dir findet. Bist du überhaupt zu irgendetwas gut?« Dann schlägt sie sich selbst mit dem Kartenstapel auf den Handrücken. Laut genug, dass es klatscht. »Tut mir leid, das war gemein. Ich wollte dich eigentlich besser kennenlernen. Setz dich doch zu mir und erzähl mir von dir. Oder dem Baby. Rahel sagt, es wird ein Mädchen. Habt ihr schon einen Namen?«

Ich ignoriere sie, weil ich im gleichen Augenblick Schritte vor der Tür vernehme.

Rahel kommt mit einem Stapel Decken und einer Tüte Sandwiches herein.

»Rahel«, stöhne ich erleichtert und presse die Schenkel zusammen. »Ich muss auf Toilette. Bitte.«

Ein Funken Hoffnung regt sich in mir. Da es hier drinnen keine Toilette gibt, bedeutet das, dass Rahel mich nach draußen bringen muss. Außerhalb dieser schäbigen vier Wände. Ich wittere eine Chance auf Flucht und bin so voller Adrenalin, dass die Schmerzen für einen kurzen Augenblick versiegen.

»Oh.« Rahel legt die Sachen ab und scheint zu überlegen. Als sie dann wieder zur Tür rausgeht, bin ich den Tränen nahe.

Doch sie kommt wieder. Mit einem dunkelblauen Kissenbezug über ihrem Arm. Bevor ich protestieren kann, hat sie mir den Bezug über den Kopf gezogen, dessen Stoff so dicht verwebt ist, dass ich nur mehr dumpfe Schemen erkennen kann.

»Hoch«, befiehlt sie und zerrt an meinem Arm.

Orientierungslos stolpere ich auf die Beine. Fast wäre ich sofort wieder umgekippt, weil meine fest zusammengezurrten Füße kaum Halt bieten. Rahel scheint das auch zu erkennen, denn kurz darauf spüre ich ihre kühlen Finger um meine Knöchel. Der Druck löst sich, die Fesseln geben nach. Ich bin frei. Wenn auch nur für einen Augenblick.

»Da lang. Keine Spielchen.« Rahel drückt mit einer Hand gegen meinen Rücken, während sie mit der anderen meinen Oberarm fest umklammert hält.

Ein warmer Luftzug presst den Kissenbezug auf mein Gesicht, als Rahel die Tür aufzieht. Am liebsten wäre ich einfach losgerannt, aber die Gesichtsverhüllung hat die erhoffte Wirkung. Ohne Rahels Führung traue ich mich keinen einzigen Schritt zu gehen. Dennoch versuche ich, mir zumindest die Schrittfolge zu merken, damit mein Ausflug in die Freiheit nicht ganz umsonst ist. Vier Schritte nach vorne. Halt. Noch mal zwei Schritte nach vorn, zwei nach links, dann bleiben wir stehen. Ein schleifendes Geräusch ertönt. Rahel schiebt mich erneut an, und ich stoße mit der Schulter gegen eine stumpfe Kante.

»Vorsicht«, brummt sie eine Sekunde zu spät.

Ein beißender Geruch dringt mir in die Nase. Chlor gemischt mit chemisch süß riechender Seife. Sind wir da? Ist das das Bad?

Ich konzentriere mich und versuche, in all dem Schwarz doch noch irgendwas zu erkennen, doch alles, was ich sehe, ist ein heller Lichtkegel an der Decke über mir.

»Umdrehen«, weist Rahel mich an, während sie mich mit groben Griffen in Position zieht. »Dann langsam hinsetzen.«

Meine Beine zittern, als ich ihren Worten folge. Dann presst sich kaltes Porzellan an meine Schenkel. Ich kann nicht einmal meinen eigenen Slip ausziehen und verglühe vor Scham, als Rahel das für mich tut und ich mich endlich erleichtern kann.

Ich muss erbärmlich aussehen, und im gleichen Moment, als ich das denke, versiegt die Scham und die Hilflosigkeit. An ihre Stelle tritt ein ganz neues Gefühl, so heftig, dass es aus mir zu bersten droht. Eine tiefe, brennende, alles umfassende Wut. Eine Wut, die mir Kraft gibt und die Wunden meines Körpers zu heilen scheint. Sie kommt aus meinem Bauch, aus einem tief verwurzelten Mutterinstinkt.

Bevor ich auch nur weiter überlegen kann, stürze ich nach vorne. Ich will den Überraschungsmoment nutzen und Rahel einfach umwerfen, aber sie scheint auf meinen Angriff vorbereitet zu sein. Sie weicht aus und packt mich im Nacken wie eine streunende, wild gewordene Katze, was meine Wut noch weiter anfacht. Ich brülle vor Zorn.

»Ruhig!«, befiehlt Rahel.

Ich schüttle mich heftig, ohne Erfolg.

»Rahel, nun lass doch endlich den Schwachsinn!«, zische ich. »Du wirst damit nicht durchkommen, hörst du? Thomas wird mich suchen. Die Polizei wird mich suchen. Sie werden das ganze Grundstück auf den Kopf stellen und uns hier rausholen. Du wirst eingesperrt werden, willst du das? Noch können wir gemeinsam eine Lösung finden, aber du musst uns gehen lassen. Du musst ...« Der Schmerz von Rahels spitzen Fingernägeln in meiner Haut bringt mich zum Schweigen. So schnell wie sie gekommen ist, schwindet meine Kraft wieder, und ich sacke in mir zusammen.

»Ich verstehe es einfach nicht. Wieso tust du das?«

Doch ich bekomme keine Antwort. Wortlos hievt Rahel mich zurück auf die Beine und schiebt mich wieder in Richtung Heizungskeller. Ich sträube mich dagegen, doch Rahels fester Griff bietet keinen Ausweg. Den ganzen Weg zurück sagt sie kein Wort. Und doch ... Vielleicht ist es bloß das Rauschen der Wasserleitungen, vielleicht mein eigener stoßweiser Atem, doch glaube ich ihr leises Wimmern zwischen dem Klappern ihrer Absätze zu hören.

Zurück in unserer Zelle schlafe ich gegen meinen Willen auf meinem notdürftigen Bettlager ein. Als ich erwache, ist es stockfinster, so finster, dass ich nicht einmal mehr Schemen meiner Umgebung erahnen kann. Ist das das Ende? Bin ich tot?

Doch der Schmerz zieht mich auf seltsam beruhigende Art wieder in die Realität zurück. Ich bin am Leben, und noch ist nichts vorbei.

Erschöpft blinzle ich gegen die Dunkelheit an. Gibt es irgendwo einen Lichtschalter? Ich weiß es nicht mehr. Ich habe auch keine Ahnung, wie spät es ist. Wie viel Zeit seit meiner Verschleppung vergangen ist. Stunden? Tage? Wurde die Polizei bereits alarmiert? Oder hat Thomas mich einfach abgeschrieben, nach dem, was zwischen uns vorgefallen ist? Was ist mit Ben? Ich habe ihn allein im Wagen zurückgelassen und bin nicht wiedergekehrt. Wieder ein Erwachsener, der ihn im Stich gelassen hat. Wenn er nur wüsste, dass seine Mutter und ich hier unten sind.

Ich kann zwar nichts sehen, taste mir aber meinen Weg nach vorn, bis ich Katharinas Bett erreicht habe. Der gleichmäßige Klang ihres Atems weist mir den Weg. Sie schläft mit einer Seelenruhe, die mich einerseits verstört und um die ich sie gleichermaßen beneide. Wie kann sie so ruhig sein, wo sie doch von ihrem Kind getrennt ist?

»Katharina?«, flüstere ich leise ihren Namen, und wieder überkommt mich dieser Schauer, als würde ich einen Geist herbeirufen.

Ich japse vor Schreck, als mich ihre Hand im Dunkeln packt.

»Hannah.« Katharinas Stimme klingt überraschend liebevoll, ein scharfer Kontrast zu ihren Fingern, die sich schmerzhaft in meinen Oberarm graben. »Kannst du nicht schlafen?«

»Du musst mir helfen. Bitte. Wir müssen hier raus.«

Katharina löst ihren Griff mit einem entnervten Seufzer.

Ich glaube zu hören, wie sie ihren Kopf von mir wegdreht, doch diesmal gebe ich nicht so leicht auf.

»Bitte!«, wiederhole ich. »Was ist mit Ben? Willst du ihn gar nicht wiedersehen?«

»Ben.« Katharinas Stimme ist so leise wie ein Windhauch. »Er ist wunderschön, nicht wahr? Er wird so wahnsinnig schnell groß ...«

»Möchtest du nicht zu ihm zurückkehren? Er braucht dich.«

»Ich hätte ihn umbringen können in dieser Nacht. Ohne mich ist er besser dran.«

»Das stimmt nicht. Jedes Kind braucht seine Mutter.«

»Inzwischen wird er mich ohnehin vergessen haben.«

»Keinen Tag lang. Er spricht nicht mehr, seitdem du verschwunden bist, wusstest du das? Kein einziges Wort. Er vermisst dich so, so sehr.«

»Du hast doch keine Ahnung!« Katharinas Hand trifft mich aus dem Nichts. Sie stößt gegen mein Brustbein und stößt mich kraftvoll nach hinten, über die Bettkante hinaus, sodass ich haltlos zurückfalle.

»Es tut mir leid«, entfährt es Katharina sofort, nachdem ich ächzend zu Boden gegangen bin. »Geht es dir gut? Geht es dem Baby gut? Hast du dich verletzt?«

Ich bin auf dem Rücken gelandet, mein Bauch ist unversehrt, dennoch fehlt mir für einen Moment der Atem, um Katharina zu antworten.

»Es tut mir so leid. Ich bin ein schrecklicher Mensch.« Katharina beginnt zu weinen, leise mitleiderregende Schluchzer zuerst, die dann immer lauter und lauter werden, bis sie schreit und mit den Händen gegen ihre Matratze trommelt.

Ich weiß nicht, was ich tun soll. Katharinas Schreie fahren direkt in meine Schläfen, bis ich selbst zu wimmern beginne, doch nichts, was ich sage, scheint sie zu beruhigen oder überhaupt zu ihr durchzudringen.

Irgendwann kommt dann Rahel zur Tür herein und macht das Licht an. Katharina tobt wie ein Tier auf ihrem Bett, das schöne Gesicht zur Fratze verzogen, und brüllt so voller Schmerz, dass es mir den Atem verschlägt. Rahel jedoch bleibt ganz ruhig. Ohne eine Miene zu verziehen, hält sie Katharina fest, selbst als diese um sich schlägt, selbst als sie Rahel so stark in die Schulter beißt, dass sie zu bluten beginnt. Rahel gibt nicht einmal einen Laut von sich und wiegt Katharina bloß sachte im Arm, bis sie sich wieder beruhigt hat und schlaff in sich zusammensinkt.

Behutsam legt Rahel sie auf der Matratze ab und zieht eine Decke über den bebenden, blassen Körper. Die Geste hat etwas so Vertrautes, Zärtliches, dass ich verstört den Blick abwenden muss.

Das alles ist so falsch.

Katharina hat endlich aufgehört zu schreien, doch der Nachhall rauscht immer noch in meinen Ohren und lässt mich zittern. Etwas so Grauenvolles habe ich noch nie gehört. War es die Erwähnung von Ben, die so viel Schmerz in ihr geweckt hat? Was es auch war, ich muss aufhören, weiterhin auf ihre Hilfe zu zählen. Katharina kann sich ja nicht einmal mehr selbst helfen. Nach der langen Zeit der Gefangenschaft scheint etwas in ihr unwiederbringlich kaputt gegangen zu sein.

Nachdem Rahel uns wieder allein gelassen hat, schmiede ich meinen Plan deshalb ohne Katharina. Der Gang zur Toilette scheint mir der einzige plausible Ausweg zu sein. Meine Füße sind dann frei, und für wenige, kostbare Augenblicke befinde ich mich außerhalb der Gefängniszelle. Ich muss bloß irgendeinen Weg finden, Rahel zu überwältigen, und mir einen Weg nach draußen zu bahnen.

Denn eines ist sicher: Ich will niemals so enden wie Katharina.

Dennoch versuche ich, nichts zu überstürzen. Womöglich habe ich nur diese eine Chance. Die nächsten Male, als ich von Rahel begleitet zur Toilette gehe, unternehme ich deshalb noch nichts, was mich gefährden könnte, sondern nutze die Zeit, um mir alles haargenau einzuprägen. Die Schrittfolge. Die Länge der Räume. Winzige Veränderungen im Luftzug und im Lichteinfall.

Im Bad stoße ich absichtlich gegen Möbelstücke, um mir einen vagen Überblick über meine Umgebung zu verschaffen. Neben dem Klo gibt es noch eine schmal gebaute Dusche mit Glastrennwänden und ein einzelnes frei stehendes Waschbecken neben einer niedrigen Holzkommode.

Ich gebe vor, zu stolpern und streife mit dem Ellbogen über die Oberfläche. Die Kommode scheint leer zu sein. Keine herumliegenden Nagelscheren, keine Feilen, nicht einmal ein Kamm. Nichts, das ich als Waffe gegen Rahel verwenden könnte. Aber womöglich brauche ich auch gar keine Waffe.

Ich muss sie bloß im richtigen Moment erwischen.

Katharina verschläft fast den gesamten Tag, und als sie wieder aufwacht, verhält sie sich so, als wäre nie etwas vorgefallen. Munter erzählt sie von den Renovierungen, die sie damals gemeinsam mit Thomas im Haus vorgenommen hat, und will von mir wissen, wie ich die Einrichtung finde. Rahel habe ihr verraten, dass ich einiges verändert habe, woraufhin sie die Lippen spitz zusammenzieht.

Ich weiche dem Gespräch aus und gebe nur einsilbige

Antworten. Meine Gedanken schweifen wieder zurück zum Bad. Ob Rahel daran gedacht hat, es ebenfalls zu schallisolieren?

»Du kannst nicht fliehen.«

Die plötzliche Härte in Katharinas Stimme reißt mich aus meinen Gedanken. Habe ich laut gesprochen? Ich denke nicht, aber anscheinend kann man mir meine Grübeleien ansehen.

»Was?«, frage ich dumpf.

»Du kannst nicht fliehen.« Katharina starrt mich ohne weitere Erklärung an, ihr Blick ist kalt, ihre Miene bar jeden Ausdrucks.

Ich antworte nicht. Etwas an ihrem dunklen, eindringlichen Blick irritiert mich, auch wenn ich nicht genau sagen kann, was es ist. Doch ich höre auf, mit ihr zu reden oder sie um Hilfe zu bitten. Ich gebe vor zu schlafen, um in Ruhe nachdenken zu können.

Mein Magen krampft vor Hunger, doch als Rahel uns jeweils eine Plastikschale mit Eintopf vorbeibringt, bekomme ich keinen Bissen hinunter.

Katharina verschlingt auch meine Portion, und nachdem uns Rahel jeweils ein letztes Mal zur Toilette begleitet hat, wird unsere Zelle erneut in Dunkelheit getaucht. Ist das das Zeichen dafür, dass es Nacht ist? Eingepfercht in diesen lichtlosen Raum verliert man jedes Zeitgefühl, aber das würde bedeuten, dass ich schon zwei Tage hier drin bin. Lang genug, dass Thomas hoffentlich endlich Hilfe geholt hat, wenn er es nicht schon längst getan hat. Und zwei verschwundene Frauen im selben Haus? Das muss die Polizei einfach ausrücken lassen. Ich bete darum, dennoch kann ich mich nicht darauf verlassen, dass jemand anderes mich hier rausholt. Ich muss mir selbst helfen. Und meinem Baby.

Maja.

Bislang habe ich mir verboten, dem Leben in mir einen Namen zu geben, und Thomas immer lachend entgegnet, dass es dafür doch noch viel zu früh sei, wenn er mit mir über Namen diskutieren wollte. Doch plötzlich ist er da, als wäre er schon immer da gewesen, er füllt meinen Kopf, beruhigt mich. Als wollte meine Tochter mich wissen lassen, dass ich in alldem nicht alleine bin.

Umgeben von Dunkelheit und in kaltem Schweiß gebadet flüstere ich leise ihren Namen.

»Maja.«

Der Klang gibt meinem entkräfteten Körper einen Schub neuer Energie.

Maja. In Gedanken wiederhole ich ihren Namen immer und immer wieder. Gemeinsam mit einem Versprechen.

Ich hole uns hier raus.

26

Ich kann mich nicht erinnern, eingeschlafen zu sein, doch mit einem Mal bin ich wieder hellwach. Die Finsternis wiegt schwer wie ein Leichentuch auf mir, doch da ist noch etwas anderes, das mich niederdrückt. Kälte. Eine feste Berührung. Bohrende Finger. Mein Bauch liegt entblößt unter meinem zurückgeschlagenen Nachthemd. Eine Hand tastet über die nackte Wölbung.

Mit einem heftigen Schrei fahre ich hoch und ziehe schützend die Ellbogen über meine Körpermitte.

»Tut mir leid, habe ich dich geweckt?«

Die säuselnde Stimme ist unverkennbar.

»Katharina? Was zur Hölle tust du da?« Obwohl ich sie nicht sehen kann, scheint sie mir ganz nah zu sein.

»Ich dachte, ich hätte es strampeln gesehen und wollte mich vergewissern, dass es dem Kleinen gutgeht.«

Ich rutschte so weit es geht weg von ihr, bis ich mit dem Rücken gegen kaltes Gemäuer stoße.

Scheinbar blind gegenüber meinem Unbehagen folgt Katharina mir.

»Ich bin damals ständig nachts munter geworden, weil Ben so viel gestrampelt hat. Ich erinnere mich noch gut an meine Schwangerschaft mit ihm, kaum zu glauben, wie lange das alles schon her ist. Er war eigentlich ein Unfall, wusstest du das? Ich wollte damals noch gar keine Kinder, aber Thomas war so überglücklich, als er davon erfuhr, dass ich mich darauf einließ. Gott, was habe ich den Racker diese ersten Monate verflucht. Es war eine sehr schwierige Schwangerschaft, musst du wissen. Ich war ans Bett gefesselt, durfte mich kaum bewegen, brachte keinen Bissen hinunter. Ich fühlte mich, als wäre mein Leben vorbei, und war mir sicher, ich würde ihn hassen, sobald er auf der Welt wäre. Aber so war es nicht.« Scheinbar über sich selbst verwundert, hält Katharina kurz inne, und als sie erneut spricht, bebt ihre Stimme. »Ich habe ihn geliebt, vom ersten Augenblick an. Ist das nicht verrückt? Wie wir von unserer eigenen Natur überlistet werden und es plötzlich egal scheint, was für Träume und Pläne wir früher einmal hatten? Als hätte das Universum ohnehin nur diesen einen höheren Sinn für uns vorgesehen, der alles andere bedeutungslos macht? Ich habe mich lange dagegen gewehrt, wollte es nicht wirklich wahrhaben und fühlte mich verraten, von Thomas, meinem Körper und am allermeisten von mir selbst.«

Ein schleifendes Geräusch ertönt, als Katharina noch mal näher rutscht, so nah, dass ich ihren Atem fühlen kann, so nah, wie sie mir sonst nur in meinen Alpträumen war.

»Aber ich glaube, jetzt habe ich endlich verstanden. Ich hatte viel Zeit zum Nachdenken, und jetzt weiß ich es, ich weiß, was ich tun muss, um alldem zu entkommen, es ist nur...«

Das Tok-Tok von Absätzen unterbricht Katharinas Redefluss. Als kurz darauf die Tür aufgeht und kalter Neonschein unsere Zelle flutet, sitzt sie bereits wieder auf ihrem

Bett und lächelt Rahel entgegen, als hätte sie nie etwas anderes getan.

Ich bin froh über die Unterbrechung. Auf einem Plastiktablett trägt Rahel unser Frühstück herein. Lauwarmen Tee und wässrigen Haferbrei, der in seiner Schale hin und her schwappt.

Noch bevor sie meine Ration vor mir abgestellt hat, ziehe ich mich auf wackeligen Beinen an der Wand hoch. Meine Füße sind geschwollen von den zu engen Fesseln. Allein das Stehen schmerzt so sehr, dass ich die Zähne zusammenbeißen muss, um nicht laut zu stöhnen. »Rahel, ich ...«

»Erst frühstücken, dann Toilette«, unterbricht sie mich, als hätte sie meine Gedanken erraten. »Ich muss noch mal nach oben und komme gleich wieder.«

»Nein, bitte!«, sage ich flehentlich. »Ich muss ganz dringend. Schon seit Stunden. Und ich möchte duschen. I... Ich stinke.« Es stimmt. Seit Tagen trage ich nun schon dasselbe schmutzige Nachthemd, in dem ich überstürzt nachts das Haus verlassen habe, und meine Haut ist schmierig von Schweiß und Staub. Als das immer noch nichts in Rahels steinerner Miene verändert, füge ich kleinlaut hinzu: »Ich glaube, ich habe mich in der Nacht angepinkelt. Ich musste so dringend.«

Katharina gackert in ihre Handfläche, doch ich bin fern jeder Scham. Fern jeder normalen menschlichen Regung. Ich will nur noch hier raus.

»Na schön.« Rahel seufzt gereizt, doch dann bleibt sie unschlüssig in der Raummitte stehen, als müsste sie erst überlegen. Ihr Blick gleitet zwischen Katharina und mir hin und her. Bilde ich mir das ein oder zittern ihre Hände kaum merklich? »Ich komme gleich wieder.«

Es ist dasselbe Prozedere wie immer. Erst zieht sie mir den Kissenbezug über den Kopf, dann löst sie meine Fußfesseln und schiebt mich zur Tür hinaus. Eine Hand hält mich am Arm, die andere presst sie gegen meinen unteren Rücken und weist mir den Weg. Doch wenn sie mich tatsächlich duschen lässt, muss sie mir spätestens im Bad die Kopfbedeckung abnehmen, vielleicht sogar meine Handfesseln lösen. Die Idee kam mir vorhin spontan, doch nun spüre ich, dass das vielleicht meine eine große Chance zur Flucht ist. Ich darf sie nicht vermasseln.

Im Bad pocht mein Herz so heftig, dass ich es bis in meine Schläfen spüren kann. Rahel drückt mich erst auf den Toilettensitz hinunter. Als ich fertig bin, bleibe ich geduldig und mit kaum zu verbergender Nervosität in der Mitte des Raums stehen und warte darauf, dass Rahel die nächsten Schritte unternimmt. Ich kann hören, wie sie das Wasser in der Dusche anlässt, doch als ich Anstalten mache, den Kissenbezug an meiner Schulter abzustreifen, zieht sie ihn wieder fest nach unten.

»Der bleibt«, sagt sie bestimmt.

»Aber ... Meine Haare ...«

»Ich bringe dir nachher Trockenshampoo und eine Bürste.«

Panik kriecht meine Kehle empor. Mir stockt der Atem. Nein, nein, nein. So darf das nicht ablaufen. »Rahel, aber ...«

»Halt still. Ich muss die Träger von deinem Nachthemd aufschneiden. Es ist ohnehin ruiniert. Ich gebe dir dann etwas Frisches von Katharina zum Anziehen.« Rahel lacht freudlos auf. »Wie gut, dass ich ihre Kleidung doch nicht entsorgt habe, hm?«

Das heißt, sie wird auch nicht meine Handfesseln lösen. Das war meine letzte Hoffnung.

Als ich das Kratzen der Scherenspitze an meiner Schulter fühle, setzt etwas in mir aus. Meine vorsichtige Planung ist nutzlos. Etwas anderes in mir übernimmt die Führung. Etwas das stärker ist als ich. Mit einer Kraft, die mich selbst erschreckt, reiße ich einen Ellbogen nach oben, während die Schere schmerzhaft über meine Haut ritzt. Ein lautes Knacken ertönt, als die Spitze meines Ellbogens mit etwas Hartem kollidiert. Ein mattes Stöhnen ertönt, dicht gefolgt von einem dumpfen Aufprall.

Ich bin erst wie paralysiert, halb in Erwartung, dass Rahel mich gleich zu Boden ringen wird, doch als nichts passiert, beginne ich am Kissenbezug zu ziehen. Meine Hände beben. Ich brauche drei Versuche, bis ich den erstickenden Stoff endlich von meinem Gesicht gelöst habe, und atme laut keuchend aus. Das grelle Licht der Neonröhren blendet mich. Ich muss mehrmals blinzeln, ehe ich Rahels Körper auf dem Boden erkennen kann. Sie liegt verdreht, die Glieder weit von sich gestreckt. Blut läuft in Rinnsalen über ihr Kinn und tropft auf die hell gescheuerten Badezimmerfliesen. Ihre Lider zucken, doch ansonsten rührt sie sich nicht.

Die Schere liegt aufgeklappt etwa einem Meter neben ihrer weit geöffneten Hand. Ich bücke mich, um sie aufzuheben, doch dabei erkenne ich einen weiteren Gegenstand, der matt im hellweißen Badezimmerlicht glänzt. Halb versteckt hinter schwarzen Stofffalten lugt der Schlüsselbund aus ihrer Rocktasche. Mein Weg in die Freiheit.

So behutsam, als wäre er aus Glas, ziehe ich ihn zwischen meine zusammengebundenen Handflächen. Das Klirren der einzelnen Schlüssel hallt unnatürlich laut in meinen Schläfen wider und wird nur vom Prasseln des Wasserstrahls übertönt.

Kann es wirklich so einfach sein? Als würde eine höhere Macht mir beistehen und mir helfen.

Bald, Maja, bald ...

Ich versuche erst, leise zu sein und vorsichtig einen Schritt vor den anderen zu setzen, aber als ich das Badezimmer erst mal hinter mir gelassen habe, ist es mit meiner Vorsicht vorbei.

Ich kann Tageslicht sehen. Es dringt in schmalen Ritzen unterhalb der zugezogenen Vorhänge in die ansonsten dunkel gehaltene Wohnung. Und eingerahmt zwischen den Fenstern liegt eine Tür. Sie sieht nicht einmal besonders schwer aus, bloß eine normale Haustür. Dahinter Freiheit.

Mein erster Instinkt ist, darauf zuzurennen, doch nach wenigen Schritte bleibe ich stehen und blicke zurück. Da ist die Tür zum Bad, gleich daneben eine weitere Tür, durch die ich mit Rahel in den Wohnraum gelangt bin, hinter der unsere Zelle liegen muss. Katharina ist immer noch dort. Allein. Gefesselt.

Noch einmal lasse ich den Blick zwischen den Türen hin und her gleiten und hadere mit einer Entscheidung. Rahels

Wohnung ist nicht sonderlich groß, viel kleiner, als ich ursprünglich erwartet hatte, und auf jeden Fall zu klein für all die Sachen, die sie hier angehäuft hat. Es gibt keinen freien Platz, wo nicht ein Kleid liegt, ein Buch aufgeschlagen ist oder eine Kiste den Weg versperrt. Entlang der Wände stapeln sich Kartons, darunter auch die Kartons mit Katharinas aussortierter Kleidung, die Rahel entsorgen wollte. Daneben Bens Babysachen.

Auf dem Küchentresen und dem Esstisch reihen sich unzählige Bilderrahmen aneinander. Auf manchen davon ist Ben in verschiedenen Alterungsstufen abgelichtet, doch die meisten zeigen Katharinas Gesicht, mal ernst, mal lachend, aber immer den Blick in die Kamera gerichtet.

Die gesamte Wohnung fühlt sich wie eine Grabstätte an. Bloß, dass die Begrabene noch sehr, sehr lebendig ist.

Das besiegelt meinen Entschluss schließlich. Egal, was war, ich kann Katharina nicht einfach hier lassen.

Also laufe ich zurück, den Schlüsselbund so fest umklammert, dass sich die Zähne in meine Handballen graben. Beide Türen sind unverschlossen und lassen sich ganz einfach aufziehen, was mich ein wenig verwundert. Katharina sitzt noch immer auf ihrem Bett und blättert in einer vergilbten Modezeitschrift, von der ich mich frage, woher sie sie plötzlich hat.

Ihre Augen weiten sich, als sie mich allein im Türrahmen auftauchen sieht. »Hannah? Wo ist Rahel?«

»Außer Gefecht fürs Erste, aber wir müssen uns beeilen. Hier.« Ich halte Katharina den Schlüsselbund entgegen und warte darauf, dass sie ihn mir abnimmt und sich selbst befreit, doch sie ist wie versteinert. Sie rührt sich nicht.

Ungeduldig blicke ich über meine Schulter. Ist das mein Herz, das so laut klopft, oder das Klappern von Absätzen?

»Katharina, bitte!«, flehe ich und wedle erneut mit den Schlüsseln vor ihrem Gesicht.

Als noch immer keine Regung von ihr kommt, setze ich die Schlüssel selbst an ihrer Fußfessel an. Ich fluche, weil ich sie mit meinen gebundenen Händen kaum greifen kann. Ich teste den kleinsten aus dem Bund und bete, dass es der richtige ist.

Er dreht sich nicht. Der Schlüsselbund gleitet mir aus der Hand, fällt auf die Bettdecke, wo ich ihn mühsam mit steifen Fingerspitzen wieder aufgreife. Schweiß strömt unter meinem Verband meine Schläfen hinunter.

Noch vier Schlüssel übrig. Ich setze den nächstgrößeren an und kann hören, wie Katharina den Atem anhält.

Bitte. Bitte. Bitte.

Diesmal dreht sich der Schlüssel. Mit einem leisen Klack klappt die Fußfessel auseinander. Für einen Moment steht die Zeit still. Alle Luft weicht aus dem Raum.

Dann schreit Katharina so laut, dass es mich wie ein körperlicher Schlag zurückwirft.

»Katharina!« Ich rüttle an ihrer Schulter, um sie zur Vernunft zu bringen. »Jetzt komm schon, wir müssen hier raus!«

Doch sie bewegt sich nicht, sieht mich nur aus diesen großen, gequälten Augen an. Erst als ich mich abwende, kommt wieder Leben in ihren Körper.

»Warte!« Sie wirft sich nach vorne und versucht, mich festzuhalten, aber ich entschlüpfe ihren Armen und laufe erneut zur Tür. Schuldbewusst weiche ich ihrem starren Blick aus, aber ich kann nicht länger auf sie warten. Ich habe genug Zeit verloren.

»Ich komme wieder«, verspreche ich. »Ich hole Hilfe.«
»Bitte, Hannah. Nicht! Geh nicht!«

Katharinas Schreie begleiten mich bis in den Flur hinaus. Fast rechne ich damit, Rahel dort anzutreffen, doch der Weg ist frei, die Badezimmertür noch immer verschlossen. Noch ist also nichts verloren. Ich kann immer noch fliehen.

Ich schluchze laut auf vor Erleichterung und renne die letzten Meter bis zur Haustür. Noch vier Schritte. Zwei.

»Keinen Schritt weiter!«

Die Worte hätte ich vielleicht ignoriert, wäre da nicht auch dieses metallische Klicken gewesen.

Als ich mich umdrehe, sehe ich Katharina im offenen Flureingang stehen. In ihren zarten, bleichen Händen hält sie eine Pistole auf mich gerichtet. Sie sieht aus wie ein Spielzeug, doch der Zorn in Katharinas Augen ist echt. Woher hat sie die Waffe? Oder hatte sie sie etwa schon die ganze Zeit?

»Weg von der Tür«, befiehlt sie und kommt langsam näher.

Ein Pochen fährt in meine Stirn. »Katharina, was soll das?«

Ich versuche zu lächeln, als wäre das alles bloß ein furchtbarer Scherz, doch meine Mundwinkel zittern nur.

Katharina seufzt. Der Lauf der Pistole zielt noch immer auf meine Brust. »Tut mir leid, dass es so laufen muss. Ich hatte wirklich gehofft, dass wir Freundinnen werden könnten, weißt du? Was ich sehr großzügig von mir finde, wenn man bedenkt, dass du seit Monaten mit meinem Mann schläfst. Du weißt hoffentlich, dass er immer noch mein Mann ist, oder? Wir wurden nie geschieden. Eure Verlobung ist ein Witz.«

Der Raum beginnt sich um mich zu drehen. Nichts ergibt einen Sinn. Erst recht nicht, als auch noch Rahel mit eingezogenem Kopf aus dem Badezimmer tritt. Das Blut hat sie abgewaschen. Bis auf eine leichte Schwellung sieht sie fast unversehrt aus.

Kurz schwenkt der Pistolenlauf in ihre Richtung.

»Du hast sie absichtlich entkommen lassen, oder?«, zischt Katharina sie an. »Ich hatte dich mehrfach gewarnt, dass sie versuchen wird zu fliehen!«

Rahel scheint sich kaum zu trauen, Katharinas Blick zu begegnen. Sie hat die Hände vor ihrem Schoß gefaltet und nuschelt leise vor sich hin. Es klingt, als würde sie beten.

»Was hättest du getan, wenn sie es bis nach draußen geschafft hätte?«, fragt Katharina mit wütend funkelnden Augen. »Sie hätte alles zerstört!«

»Es tut mir leid.« Noch immer hält Rahel den Blick zu Boden gerichtet, ihre Daumen reiben fest übereinander. »Aber es ist nicht richtig, sie hier gefangen zu halten.«

»Wir hatten einen Plan! Und nun geh zu ihr und fessle sie wieder ordentlich!«

Katharina wirft einen zusammengeknüllten Packen Kabelbinder vor Rahel auf den Boden. Allein der Anblick lässt mich erschauern, noch mehr, als Rahel die Kabelbinder aufhebt und damit auf mich zukommt.

Ich presse mich mit dem Rücken an die Tür. »Was soll das? Wieso tut ihr das?«

»Du bist ganz schön naiv, oder? Hast du den ganzen Schwachsinn etwa tatsächlich geglaubt? Die große böse Rahel? Ich meine, nun sieh sie dir an. Sie ist ein liebenswertes Geschöpf, aber nicht sonderlich eigenständig. Sie tut nur, was ich ihr sage.«

»Aber ... sie hat dich eingesperrt.«

»Unsinn! Hörst du mir nicht zu? Ich war nie eine Gefangene. Ich habe mich selbst gefangen genommen, nach dem, was vorgefallen war. Ben zuliebe. Diese Nacht, von der ich dir erzählt habe? Ich wollte uns umbringen. Mich, Ben ... und mein Baby. Ich wollte uns über eine Brücke fahren, und vielleicht hätte ich es auch geschafft, wäre ich nicht am Straßenrand eingeschlafen.« Katharinas freie Hand findet ihren Bauch und streicht zaghaft darüber. »Ich war wieder schwanger, aber ich habe mein Baby noch in derselben Nacht wegen der Drogen verloren. Ich wollte kein zweites Kind. Allein die Vorstellung hat mich schier in den Wahnsinn getrieben. Ich konnte damals nicht begreifen, was für ein Geschenk das war, und dann war es zu spät, und ich war schuld.«

Plötzlich schimmern Katharinas Augen vor Tränen, und die Pistole in ihrer Hand beginnt gefährlich zu zittern.

»Verstehst du endlich? Ich war schuld! Ich habe mein Baby getötet. Wie konnte ich da jemals wieder meinem

Mann gegenübertreten? Oder Ben, nach dem, was ich auch ihm beinahe angetan hätte? Deshalb bin ich geflohen. Nicht vor Thomas, sondern vor mir selbst. Rahel hat mir geholfen, meine Spuren zu verwischen. Sie war es, die mich vom Straßenrand aufgelesen hat, nachdem Thomas mich dort einfach liegen gelassen hatte. Mein Unterleib blutete. Das Baby war fort, ich habe es sofort gespürt. Es hatte beschlossen, mich zu verlassen, bevor ich ihm noch mehr antun konnte. Ich war hysterisch und gleichzeitig so klar wie nie zuvor. Rahel musste mir versprechen, mich nicht in diesem Zustand zu meiner Familie zurückzulassen. Ich musste sie um jeden Preis beschützen. Ich wollte so weit weg von ihnen wie nur möglich, also hat Rahel mich zur italienischen Grenze gebracht. Ich bin tagelang mit dem Bus durch die Einöde gereist und habe mich am Ende in einem Kloster versteckt, wo niemand wusste, wer ich war, und wo niemand mich gesucht hat. Die Nonnen dort haben mir geholfen, einen Entzug zu machen und wieder mehr zu dem Menschen zu werden, der ich sein wollte und den Ben als Mutter verdient hat. Ich war schon fast wieder so weit. Ich wollte zurückkehren und wieder alles richtig machen. Doch dann ... dann bist du plötzlich aufgetaucht. Rahel hat mir von dir geschrieben. Ich bin sofort heimgekehrt und habe mich hier unten versteckt, aber da war es bereits zu spät. Du hattest dich wie ein Parasit in meinem Haus ausgebreitet, und du warst so jung und verliebt und voller Hoffnung, und ich habe jede Faser an dir gehasst. Wie du arglos in meinem Bett gelegen und einfach so mein Leben übernommen hast. Nachts stand ich oft über dir und habe mir überlegt, wie ich dich am besten umbringen könnte. Ich hätte es wie einen Unfall aussehen lassen, Thomas hätte nie etwas geahnt. Es wäre so leicht gewesen. Ein plötzlicher Sturz auf der Treppe, ein angelassener Ofen oder ein ungesicherter Schrank, der einfach zur Seite kippt. Ich hatte hier unten viel Zeit, um kreativ zu werden. Und einmal ...«, Katharina lacht hart und freudlos, »einmal war ich sogar kurz davor, dich einfach im Schlaf zu erwürgen.«

Ein Schauer packt mich. »Du warst im Haus. Du hast ...« Ich erinnere mich daran. An das Gefühl fremder Hände um meinen Hals, und ich kann sogar wieder die Enge in meiner Kehle spüren, die aufkeimende Angst vorm Ersticken, die mich hat aufwachen lassen. Das war kein Traum, das war Wirklichkeit! »Du hast mich beobachtet, oder? Manchmal ... manchmal habe ich deine Nähe gespürt.« Wie ein Schatten, den ich nie erwischen konnte, weil er sich immer mit mir gedreht hat.

Katharina rümpft die Nase. »Du warst leider nicht sonderlich spannend zu beobachten. Dein Alltag ist stinkend langweilig, falls dir das selbst noch nicht aufgefallen ist. Selbst deine einfältigen Versuche, mich aufzuspüren.«

Rahel ist vor mir stehen geblieben. Ich wappne mich dafür, mich gegen sie zu wehren, doch noch unternimmt sie nichts, steht einfach nur da und lässt die Kabelbinder von einer Hand in die andere wandern, den Blick konzentriert nach unten gerichtet.

Ich darf nicht zulassen, dass sie mich erneut fesseln und zurück in diese Kammer schleifen. Ich spiele auf Zeit und taste mit einer Hand möglichst unauffällig die Tür hinter mir ab.

»Wieso hast du es dann doch nicht getan hat, wenn du mich doch so sehr gehasst hast?«, fragte ich, wobei ich einzelne Silben vor Aufregung verschlucke. »Wieso hast du mich am Leben gelassen?«

»Was denkst du denn, wieso du überhaupt hier bist? Wieso wir dieses ganze Theater veranstalten, um dich zu täuschen?«, entgegnet Katharina kühl. Dann gleitet ihr Blick an mir hinunter und bleibt an der deutlichen Rundung unter meinem Nachthemd haften. »Als Rahel mir erzählt hat, dass du schwanger bist, hat so vieles endlich einen Sinn ergeben. Die Jahre der Einsamkeit und der Verzweiflung und wieso du dann plötzlich in mein Leben getreten bist. Ich hielt dich erst für einen Eindringling, den es zu vernichten gilt, dabei bist du meine Rettung, ist dir das gar nicht bewusst? Ich habe meine Buße getan, und nun bekomme ich die Chance auf einen Neuanfang.«

Katharina lächelt, und ihr Lächeln ist schön und schrecklich zugleich.

»Du wirst mir mein Baby zurückbringen, und dann werde ich mit Thomas noch mal ganz von vorne beginnen.«

27

Der Gedanke ist so grotesk und so furchtbar, dass mich allein die Vorstellung lähmt. Deshalb bekomme ich auch nicht mit, wie Rahel mir gefährlich nahe kommt. Erst das Gefühl ihrer Hand auf mir bringt mich wieder zur Besinnung, und dann schreie ich. Ich schreie all mein Grauen und meine Angst hinaus und stoße Rahel, so fest ich kann, von mir.

Sie versucht entgegen Katharinas Anweisung nicht, mich festzuhalten. Ich merke, dass sie die Kabelbinder fallen gelassen hat. Stattdessen hält sie nun einen anderen Gegenstand in der Hand. Die Schlüssel. Wann hat sie mir die Schlüssel abgenommen? Ich will bereits protestieren, als Rahel einen der Schlüssel für Katharina nicht sichtbar hinter unserer beider Körper ins Schloss steckt. Unsere Blicke treffen sich. In ihren Augen liegt ein seltsames Flehen.

»Lauf«, haucht sie fast tonlos und drückt die Klinke hinunter.

Die Tür schwingt hinter mir auf. Im selben Moment entlässt Katharina ein wütendes Fauchen. »Rahel, du dumme Gans!«

Dann geht alles ganz schnell. Sanftes Morgenlicht berührt meine Haut, doch noch ehe ich mich ganz herumdrehen kann, ertönt ein Knall. Eine Schockwelle aus Schmerz explodiert in meiner linken Schulter und wirft mich um.

Für ein paar Sekunden versinkt alles um mich in Rot und Schwarz, doch ich kämpfe. Ich kämpfe, um bei Bewusstsein zu bleiben. Ich kämpfe für meine Tochter.

Maja, Maja, ist alles, woran ich denken kann. Ich will nach meinem Bauch greifen, aber ich kann den Arm nicht richtig heben. Alles ist von einer unerträglichen Schwere überlagert.

»Nun sieh, was du angerichtet hast!« Ein Schatten flackert über meine Augenlider. Blinzelnd kann ich gerade so Katharinas elegante Form über mir ausmachen. »Was, wenn sie jetzt verblutet? Können wir das Baby trotzdem irgendwie am Leben erhalten?«

Niemand bekommt mein Baby.

Ich greife, was ich greifen kann, und bekomme Katharinas Fuß zu fassen. Ich zerre ruckartig daran. Der Schmerz raubt mir den Atem, doch ich kann hören, wie sie zu Boden geht und einen schrillen Schrei ausstößt. Ein weiterer Schuss schallt durch die Luft. Dann noch einer.

»Vorsicht! Du bringst sie noch um!«

»Und wenn schon! Sie ist ohnehin nutzlos geworden, und das ist allein deine Schuld. Jetzt lass mich los!«

Schritte trampeln ganz nah neben meinem Kopf über den Boden. Katharina und Rahel sind für mich zu bloßen Schemen verschwommen, aber es klingt, als würden sie miteinander ringen.

»Rahel!« Katharinas Stimme. Zwei Silben, die in einen plötzlichen Schrei übergehen und dann von einem lauten Knall übertönt werden.

Ein weiterer Schuss.

Ich warte auf den Schmerz. Auf das Ende. Aber es kommt nicht. Stattdessen geht etwas polternd hinter mir zu Boden. Ich kann nicht sehen, wer oder was es ist.

Danach ist es für lange Zeit entsetzlich still. Eine Stille, die nur von meinem eigenen dröhnenden Herzschlag unterbrochen wird. Es kommt mir wie eine Ewigkeit vor, aber wahrscheinlich vergehen nur Sekunden, in denen ich so daliege, bis das Trippeln zarter Füße mich aus meinem Schwebezustand reißt. Ein näselndes Keuchen ertönt nah an meinem rechten Ohr. Etwas Feuchtes berührt meine Stirn, und als ich daraufhin blinzle, blicke ich in große, schimmernde Augen, umrahmt von schwarzem Fell.

Dante winselt leise, als er meinen Blick bemerkt, und schleckt einmal über meine Stirn. Ich will nach ihm greifen, doch bevor ich genug Kraft aufbringen kann, um die Hand zu heben, ist er bereits über mich hinweggetreten. Ich folge seiner Bewegung mit dem Kopf, wie er an mir vorbei in die Mitte des Raums vordringt, wo er zwei Gestalten am Boden vorfindet. Eine kniend. Eine liegend.

Die liegende Gestalt ist Katharina. Ihre offenen, glasklaren Augen sind starr zur Decke gerichtet. Ein dünnes Rinnsal aus Blut benetzt ihre Lippen, rot wie kussverschmierter Lippenstift.

Dante beschnuppert ihr Gesicht und ihre blutdurchtränkte Bluse, die auf Brusthöhe von einer Schusswunde zerrissen ist. Mit der Schnauze stößt er gegen ihre Schulter und jault gequält, als keine Regung folgt.

Rahel sitzt die ganze Zeit über daneben und weint, während sie rhythmisch vor und zurück wippt. In ihren zitternden Händen hält sie noch immer die Pistole umklammert. Sie sind blutverschmiert wie der Boden, auf dem sie kniet.

»Vergib mir«, höre ich sie immer wieder zwischen Schluchzern sagen.

War sie das? Hat sie Katharina getötet?

»Rahel«, will ich flüstern, doch meine Kraft schwindet, mir fallen die Augen zu. Das Letzte, was ich sehe, sind Rahels Hände, welche die Pistole langsam wieder nach oben führen.

Ich bin ohnmächtig, noch ehe der Schuss im Raum verklingt.

Der Boden unter mir bewegt sich. Ich glaube zu schweben, aber vielleicht falle ich auch. Vielleicht fühlt sich so Sterben an. Helle Lichter tanzen hinter meinen geschlossenen Augenlidern. Dann kommen Geräusche hinzu. Schrilles Läuten, gemischt mit wirr durcheinander rufenden Stimmen. Dann schält sich eine Stimme aus dem Lärm heraus, die mir vertraut ist. Der Klang allein ist wie ein Faden, der mich zurück in die Wirklichkeit zieht.

»Thomas?«, murmle ich, nachdem ich ihn nach mir habe rufen hören, doch ich weiß, dass ich seinen Namen nicht wirklich ausgesprochen habe. Mein Körper gehorcht mir nicht, scheint nicht einmal mehr ein wirklicher Teil von mir zu sein.

Es zieht mich wieder tiefer. Ich weiß nicht, wohin, doch ich habe Angst, dort ganz allein zu sein.

Es tut mir leid, Maja.

28

»Hannah! Hannah, hörst du mich?«

Meine Augen gehen immer wieder auf und wieder zu. Ich scheine sie nie lange offen halten zu können. Ein schrilles Pfeifen tost durch meine Gedanken, dazwischen immer wieder diese Stimme, die mich aus der Dunkelheit lockt.

Vage Schemen treten in Erscheinung. Grelle Deckenbeleuchtung und menschliche Konturen. Ein Gesicht, das sich über mich beugt. Dunkle Augen, die voller Sorge auf mich herabblicken.

»Hannah. Gott sei Dank.«

»Thomas?« Meiner Kehle entkommt lediglich ein raues Krächzen, das nur entfernt nach seinem Namen klingt. Ich benetze die Lippen und merke, was für einen Durst ich habe.

Als könnte er mir die Not von den Augen ablesen, hält Thomas eine Wasserflasche an meinen Mund, die er langsam nach hinten kippt und dabei meinen Kopf stützt. Selbst von dieser kleinen Bewegung wird mir schwindlig, und ich muss die Augen zusammenkneifen, während ich vorsichtig winzige Schlucke nehme.

»Besser?«, fragt er, nachdem er meinen Kopf wieder abgesetzt hat.

»Danke.«

Thomas lächelt müde, was die Abgeschlagenheit in seinem Gesicht unterstreicht. Er sieht furchtbar aus. Blass und mit rotunterlaufenen Augen, als hätte er seit Tagen nicht geschlafen.

»Das Baby ...« Mein Blick wandert über die Decke zu der vertrauen Wölbung, die sich unter dem Stoff abzeichnet.

»Dem Baby geht es gut.« Thomas nimmt meine Hand und presst seine Lippen auf die Rückseite. »Und dir? Wie geht es dir? Du hast ganz schön was abbekommen, aber die Ärzte sagen, es ist nichts Ernstes. Bloß ein Streifschuss und eine leichte Gehirnerschütterung.«

»Wie lange war ich weg?«

»Du hast etwa zwanzig Stunden geschlafen. Und warst drei Tage weg.« Thomas atmet tief durch die Nase ein und schließt kurz die Augen. »Du hast ja keine Ahnung, was für Sorgen ich mir gemacht habe. Ich habe morgens Ben und Dante halb erfroren im Auto gefunden, und du warst wie vom Erdboden verschwunden. Ich hätte verstehen können, dass du mich verlässt, aber nicht, dass du Ben auf diese Weise zurücklässt.«

»Das wollte ich auch nicht. Ich habe Katharina gefunden.«

»Ich weiß. Ich ...« Thomas' Kiefer verkrampft sich, als er schluckt. »Ich habe ihre Leiche identifiziert.«

»Es tut mir so leid für dich.«

»Mir fällt es immer noch so schwer, das alles zu verstehen.«

»Sie hat sich anscheinend schon seit Monaten im Haus versteckt. Hast du nie etwas geahnt?«

»Die Polizei hat mich dasselbe gefragt, aber nein. Diese mysteriösen Ahnungen, wie du sie hattest, hatte ich selber nie. Für mich war sie einfach verschwunden, was schlimm genug war.«

»Katharina hat mir von dem Abend erzählt, als sie verschwand, und dass ihr euch gestritten habt.« Möglichst sanft füge ich hinzu. »Sie war noch mal schwanger. Wusstest du davon?«

»Schwanger? Nein, davon hat sie nie etwas gesagt. Bist du dir sicher?« Thomas' Stimme klingt auf einmal sehr dünn.

»Ich weiß es nicht, aber sie behauptet, sie hätte es an dem Abend verloren, und gab sich selbst wegen der Drogen die Schuld daran. Sie hat mir erzählt, dass sie auch Ben beinahe umgebracht hätte und deshalb in einem Kloster untergetaucht war, um euch vor sich zu schützen.«

Thomas' Blick verliert sich im Nichts. Ich will mir gar nicht ausmalen, was er in diesem Moment alles fühlen muss. Er hat nicht nur seine Ehefrau zum zweiten Mal verloren, sondern nun auch noch ein Kind. Schwach drücke ich meinen Zeigefinger gegen seine Handfläche, um ihn wissen zu lassen, dass ich für ihn da bin.

»Erzählst du mir endlich selbst, was damals wirklich vorgefallen ist?«

»Es ist wohl an der Zeit, was? Tut mir leid, dass ich das nicht viel eher getan habe, vielleicht hätte ich dadurch das Schlimmste verhindern können. Katharina ... Sie machte damals eine schwierige Zeit durch. Ich hätte es wahrscheinlich ernster nehmen sollen, aber sie hat mich zugleich immer mehr auf Abstand gehalten. Ich wusste kaum mehr, was in ihr vorgeht. Und an diesem Abend ... Es stimmt, was sie gesagt hat. Sie hätte Ben tatsächlich fast getötet. Ich war außer mir, als ich sie fand, aber ich schwöre, ich habe ihr nichts angetan. Ich habe die Zeichnungen gesehen, die Ben gemalt hat. Die Polizei hat mich dazu befragt, und ich verstehe nun, wie das im Nachhinein für Ben ausgesehen haben mag und wieso ihn das alles so verstört hat, aber so war es nicht, bitte glaub mir das. Ich habe bloß meinen Jungen da rausgeholt. Und ja, ich habe Katharina gestoßen, aber dass sie gestürzt ist, lag mehr an ihrem Drogenrausch als an mir. Ich habe ihr nicht wehgetan. Nicht wirklich.«

»Aber wieso hast du der Polizei nicht einfach die Wahrheit gesagt?« *Oder mir*, füge ich in Gedanken still hinzu.

»Weil ich ihr Verschwinden am Anfang gar nicht ernst nahm. Ich hätte selbst nicht einmal eine Vermisstenanzeige aufgegeben, wenn die Polizei mich nicht wegen ihres verlassenen Wagens kontaktiert hätte. Ich dachte, sie wollte mich bloß für mein Verhalten bestrafen, indem sie fortblieb, und war mir sicher, sie würde bald wiederkehren. Aber sie kam nicht. Später bin ich diese Nacht tausende Male in Gedanken durchgegangen und habe mich immer wieder selbst hinterfragt, aber ich weiß, ich habe sie nicht fest gestoßen. Sie hat mir sogar noch nachgeschrien, als ich weggefahren bin. Ich begann zu fürchten, dass irgendein Verrückter sie aufgelesen hat, aber da war es schon zu spät, der Polizei die ganze Wahrheit zu erzählen. Es hätte mich verdächtig gemacht, und ich wollte Ben nicht noch ein Elternteil entreißen. Also begann ich die ganze Sache zu verdrängen. Manchmal redete ich mir sogar ein, dass sie bloß fortgegangen wäre, um anderswo ein besseres Leben zu beginnen. Ich weiß, dass sie mit mir nie glücklich war. Ich selbst hatte die Hoffnung auf Glück schon lange aufgegeben. Ich lebte für die Arbeit und für die wenigen kostbaren Momente, die ich mit Ben hatte. Und dann ... dann kamst ganz unerwartet du in mein Leben. Vielleicht war es naiv von mir zu glauben, die Vergangenheit einfach so begraben zu können, aber ich hatte mir so sehr einen Neuanfang mit dir gewünscht. Deshalb habe ich auch immer so wütend reagiert, wenn du Fragen über Katharina gestellt hast. Ich hatte Angst, noch einmal alles zu verlieren, noch mehr, als ich spürte, wie du dich mehr und mehr von mir abgewandt hast.«

»Du hättest einfach mit mir reden sollen.«

»Wärst du denn geblieben, wenn ich dir die ganze Wahrheit erzählt hätte? Oder sollte ich fragen ... wirst du bleiben?«

Thomas' Augen wenden sich ab von mir, als fürchtete er die Antwort, obwohl er noch immer fest meine Hand umklammert hält.

Werde ich bleiben? Plötzlich ist es die Frage aller Fragen. Die letzten Tage habe ich ums nackte Überleben gekämpft, da blieb für solche Überlegungen überhaupt kein Platz, und davor war ich noch überzeugt davon, dass Thomas ein Mörder ist. Kann man so etwas überhaupt jemals ungeschehen machen, oder wird es immer zwischen uns stehen, wie Katharina immer zwischen uns gestanden hat?

Die Antwort hängt von uns beiden ab.

»Ich habe eine Bedingung«, sage ich und richte mich mit einer Hand auf dem Bauch vorsichtig auf, um Thomas in die Augen sehen zu können.

»Alles, was du willst.«

»Ich will, dass wir ehrlich zueinander sind.« Das gilt genauso für Thomas wie für mich selbst. Katharina hatte immer nur so viel Macht über mich, wie ich ihr gegeben habe, nur deshalb konnten die Angst und die Zweifel am Ende gewinnen. Für meine Tochter will ich aber eine bessere Zukunft.

»Natürlich.«

»Keine Geheimnisse mehr.«

»Keine Geheimnisse mehr«, wiederholt Thomas und lächelt sichtlich erleichtert.

Wir besiegeln unseren Schwur mit einem Kuss.

EPILOG

Die darauffolgenden Tage vergehen in einem Strudel aus Untersuchungen und Befragungen, von denen eine der anderen gleicht. Immer wieder beantworte ich dieselben Fragen und gebe dieselben Antworten. Die Polizei will nicht glauben, dass Katharina absichtlich so lange verschwunden geblieben ist und Monate direkt unter uns gelebt hat, aber nachdem man eindeutig Rahel als ihre Mörderin identifiziert hat, kann man uns auch kein Verbrechen vorwerfen. Rahel hat sich mit derselben Waffe anschließend selbst das Leben genommen und kann somit keine Fragen mehr beantworten. Ich werde nie ganz verstehen, was hinter diesem ernsten, stolzen Gesicht vorgegangen ist, aber ich werde ihr für immer dankbar sein, dass sie mir und meiner Tochter das Leben gerettet hat.

Maja hat die ganze Tortur tatsächlich unbeschadet überstanden und soll gesund zur Welt kommen. Die Ärzte wollen mich dennoch noch eine Weile zur Beobachtung im Krankenhaus behalten, was mir ganz recht ist, weil ich mir nicht vorstellen kann, jemals wieder in dieses kalte Glashaus zurückzukehren, wo mich für immer Katharinas Geist verfolgen wird. Thomas durchkämmt bereits die gesamte Bodensee-Region, um ein neues Zuhause für uns zu finden, in das wir zu viert einziehen können, sobald Maja auf der Welt ist. Er hat sich unbefristet beurlauben lassen, um für Ben und mich da zu sein, und besucht mich in jeder freien Minute.

Ich verpasse Katharinas Beerdigung, was mich etwas schmerzt, nicht um ihretwillen, aber weil ich gern Thomas und Ben beigestanden hätte. Die Trauerfeier wird im Geheimen und nur im allerkleinsten Kreis abgehalten, um die Presse fernzuhalten, die uns seit meiner Flucht wie die Geier belagern. Schon mehrmals haben sensationsgierige Journalisten versucht, sich in mein Zimmer zu schleichen, bis die Polizei schließlich einen Wachmann vor meine Tür beordert hat.

Deshalb weiß ich auch sofort, wer es ist, als sich zwei Schrittpaare meinem Zimmer nähern und die Tür aufschwingt.

Thomas und Ben kommen direkt von der Beerdigung. Sie sind ganz in Schwarz gekleidet, und Bens Anblick fährt wie ein Stich durch mein Herz. Seine Augen sind noch ganz rot vom vielen Weinen, und er schnieft immer wieder laut.

»Na komm her«, sage ich sanft und tätschle die Matratze neben mir.

Ben blickt erst starr zu Boden, doch dann tut er etwas Unerwartetes. Er rennt los, rennt auf mich zu und kommt mit ausgebreiteten Armen auf mein Bett gesprungen. Ich fange ihn auf und halte ihn fest, während sein kleiner Körper von heftigen Schluchzern geschüttelt wird.

»Ich weiß«, sage ich bloß, während ich seinen Rücken streichle. »Ich weiß. Aber es wird alles gut werden.«

Es muss furchtbar für ihn gewesen sein, seine eigene Mutter zu beerdigen, aber auch wichtig. Vielleicht kann er dadurch endlich loslassen und sich mehr der Gegenwart öffnen. Zumindest zeigt er seine Gefühle und frisst sie mitsamt seinen Ängsten nicht länger in sich hinein. Nach allem, was passiert ist, konnte ich Thomas schließlich doch noch dazu überreden, Ben zu einer Psychologin zu schicken. Mir kommt es so vor, als ob es ihm seitdem besser ginge. Schritt für Schritt. Es wird noch viel länger dauern, bis er irgendwann ein normales Kinderleben führen wird, aber ich bin zuversichtlich, dass wir es gemeinsam schaffen werden.

Ich streichle noch immer Bens Rücken und bin so in Gedanken versunken, dass ich sein leises Nuscheln fast überhört hätte. Meine Hand erstarrt in der Bewegung.

»Was?«, frage ich und bin mir eigentlich sicher, mich getäuscht zu haben, aber dann hebt Ben sein Gesicht von meiner Brust und zieht ein zerquetschtes Veilchen unter seinem Arm hervor.

»Maja«, sagt er erneut mit heller, klarer Kinderstimme. Das schönste Geräusch, das ich je gehört habe. »Für Maja.«

Ben legt das Veilchen auf meinem Bauch ab, die lila Blüten weit aufgefächert, und lächelt schüchtern zu mir auf.

Am anderen Ende des Raums beginnt Thomas leise zu weinen.